**10
18**

12, AVENUE D'ITALIE. PARIS XIIIe

Sur l'auteur

Né en 1955 en Angleterre, Iain Pears vit à Oxford. Docteur en philosophie et historien d'art, il a travaillé pour l'agence Reuter jusqu'en 1990. Conseiller de la BBC et de Channel 4 pour plusieurs émissions consacrées à l'art, il est l'auteur de nombreux écrits sur ce sujet. Il a signé une série de romans policiers se déroulant dans le monde de l'art, ouverte par *L'Affaire Raphaël*, qui compte aujourd'hui sept titres, et dont le dernier s'intitule *Le Secret de la Vierge à l'Enfant*.

Il s'est aussi imposé sur la scène littéraire mondiale avec *Le Cercle de la Croix*, puis *Le Songe de Scipion* (Pocket, 2004). Son dernier roman, *Le Portrait*, a paru aux éditions Belfond en 2006.

IAIN PEARS

LE SECRET
DE LA VIERGE
À L'ENFANT

Traduit de l'anglais
par Georges-Michel Sᴀʀᴏᴛᴛᴇ

**10
18**

« Grands Détectives »
dirigé par Jean-Claude Zylberstein

BELFOND

Titre original :
The Immaculate Deception
publié par Collins Crime, Londres.

© Iain Pears, 2000. Tous droits réservés.
© Belfond, un département de Place des éditeurs, 2005,
pour la traduction française.
ISBN 2-264-04356-3

À Michael et Alexander

1

Par un beau matin de mai romain, alors que les nuages de poussière et de monoxyde de carbone ménageaient une agréable fraîcheur en tamisant la radieuse lumière du soleil, Flavia di Stefano était immobilisée au milieu d'un énorme embouteillage qui commençait à la piazza del Popolo pour se terminer quelque part près de la piazza Venezia. N'importe qui doté d'un tempérament différent aurait supporté ce banal événement sans broncher, voire contemplé la scène avec patience, et même une certaine hauteur. Rares sont ceux, en effet, qui circulent en ville aux frais du contribuable dans une Mercedes équipée des indispensables vitres teintées et conduite par un chauffeur. Il est encore plus exceptionnel d'exercer si jeune (fût-ce par intérim) la fonction de directrice de l'un des services les plus prestigieux de la police italienne, disposant de son propre budget, de son personnel et de ses frais de représentation.

Et, parmi la poignée de potentats de l'administration, aucun n'utiliserait son somptueux véhicule pour se rendre à un rendez-vous, fixé tard la veille et sans que le motif n'ait été précisé, au palazzo Chigi, la résidence officielle du Premier ministre.

Voilà ce qui tracassait Flavia et la rendait insensible au soleil matinal et indifférente à tout. D'abord, son col lui irritait terriblement la peau, démangeaison qui lui rappelait sans cesse son inexpérience et son désir de faire bonne impression. Au lieu de savourer ses tartines grillées et de déguster son café, elle s'était précipitée sous la douche, avait choisi nerveusement les vêtements adéquats et, comble de l'ineptie, s'était outrageusement fardée. Puis, dans un geste de défi, elle avait enlevé tout le maquillage, avant que ses nerfs craquent et qu'elle recommence l'opération. Plus grave, elle était restée plantée devant la fenêtre, guettant anxieusement l'arrivée de la voiture sur la petite place, tout en vérifiant et en revérifiant le contenu de son sac à main. Elle se voyait déjà – vision de cauchemar – attraper sa veste et traverser Rome en courant comme une folle pour être à l'heure au rendez-vous. Casser un talon sur un pavé. Arriver hors d'haleine, les cheveux en bataille. Produire une impression désastreuse. Sa carrière en lambeaux, anéantie d'un seul coup, uniquement parce qu'un imbécile de chauffeur n'était pas venu la chercher. En outre, elle se sentait patraque. Mal au cœur, nausée. Elle devait couver une grippe. Ou c'était le trac.

Quelque chose comme ça. La journée s'annonçait mal, elle le savait.

« Flavia. Arrête de t'agiter ! Tu me rends nerveux… » Assis à la table de la cuisine, Jonathan Argyll, son époux depuis quatre semaines – après avoir été son petit ami et colocataire pendant près de dix ans – essayait de lire le journal. « Il ne s'agit que du Premier ministre, tu sais. »

Elle s'était retournée et l'avait foudroyé du regard.

« Ce n'est pas de l'ironie », avait-il continué d'un ton calme. Il s'empara du pot de marmelade à l'orange avant qu'elle ait le temps de commenter son sens de l'humour. « Tu sais aussi bien que moi qu'on confie toujours aux sous-fifres la tâche d'annoncer les mauvaises nouvelles. De plus, tu n'as rien fait de répréhensible récemment, n'est-ce pas ? Tu n'as pas égaré de Raphaël, laisser choir un Michel-Ange, tué un sénateur ou commis quelque autre faux pas, hein ? » Nouveau regard noir. « Alors, tu vois. Tu n'as rien à craindre », avait repris Argyll. Il se leva pour la réconforter d'une petite tape. « D'autant plus que ta voiture est arrivée. »

Il avait indiqué la petite piazza devant l'immeuble, agité joyeusement la main à l'adresse du chauffeur qu'il connaissait vaguement, et fait un geste encore plus joyeux à Flavia tandis qu'elle se précipitait sur sa veste et son sac.

« Du calme. Tu te rappelles ? avait-il déclaré en ouvrant la porte.

« — D'accord. »

Du calme, se dit-elle une demi-heure plus tard, tout en jetant un énième coup d'œil à sa montre. En plein embouteillage. Encore huit cents mètres à parcourir et déjà cinq minutes de retard. En tout cas, ça soulageait son inhabituel mal des transports. Du calme, se répéta-t-elle.

C'est la faute de Bottando, vraiment, pensa-t-elle. Son ancien patron, aujourd'hui parti vers de plus hautes sphères, était le genre d'homme qui adorait énoncer des lois universelles sur l'existence sous forme de maximes qui revenaient vous hanter au plus mauvais moment.

« Si les hommes politiques, avait-il jadis affirmé en sirotant un cognac après un long déjeuner, peuvent vous gâcher la journée, les ministres, eux, peuvent vous gâcher la semaine.

— Et les Premiers ministres ? avait-elle demandé.

— Les Premiers ministres ? Ah ! la vie entière… »

Étrangement, à ce moment précis, ce *bon mot** ne lui paraissait plus aussi drôle. Elle allait se pencher pour demander au chauffeur de rouler un peu plus vite, mais se ravisa. Autre principe de Bottando : ne jamais montrer sa nervosité à quiconque, et surtout pas aux chauffeurs, qui sont notoirement très bavards. Alors, tel le condamné qui sait son destin scellé, elle

---

* Les mots en italique suivis d'un astérisque sont en français dans le texte. *(N.d.T.)*

12

poussa un profond soupir, se cala sur le siège et cessa de s'angoisser. Le feu passa au vert, les voitures s'ébranlèrent et elle aperçut le palais. On leur fit signe de franchir l'énorme portail de bois pour entrer dans la cour et, quelques minutes plus tard, on la conduisit dans l'antichambre de l'antichambre du cabinet où Antonio Sabauda, Premier ministre depuis déjà neuf mois, tenait ses audiences. Elle avait quatorze minutes de retard.

Son ange gardien s'était démené comme un beau diable. Car Sabauda était encore plus en retard qu'elle, et durant les quarante minutes suivantes elle eut tout loisir de fulminer contre le sans-gêne des gens qui ne sont pas ponctuels. Lorsque la porte s'ouvrit enfin et qu'on la fit entrer dans le bureau, sa déférence s'était volatilisée, le trac avait disparu, la nausée s'était dissipée et son humeur était redevenue normale.

Ce fut donc d'un pas alerte qu'elle pénétra dans la pièce étonnamment défraîchie, en regrettant juste d'avoir mis tant de rouge à lèvres. Elle serra avec désinvolture la main du Premier ministre et s'installa sur l'un des sièges avant même d'en être priée. Elle n'était pas le moins du monde impressionnée. D'ailleurs, elle n'avait pas voté pour lui.

Elle lui sut gré de ne faire aucune allusion à sa jeunesse, ni à sa qualité de femme, et il marqua des points en lui épargnant les préliminaires badins. Mais il les perdit aussitôt qu'il s'étonna de ce que le général Bottando ne se fût pas déplacé en personne. Flavia s'empressa de lui rappeler que c'était elle, et non pas le général Bottando, qui assurait la gestion quotidienne du service de la protection du patrimoine artistique.

« Il en est toujours le directeur, n'est-ce pas ?

— En théorie. Mais il ne participe plus activement aux enquêtes menées par le service. Il dirige ce fameux organisme européen qui occupe tout son temps…

— Et épuise toute sa patience, ajouta le Premier ministre avec un pâle sourire pour terminer la phrase de Flavia. Je vois… Je suis d'ailleurs persuadé qu'avec vous nous sommes en de bonnes mains, signora. Je l'espère, à tout le moins. Je crains que nous ne soyons confrontés à une crise. Je vous en aurais entretenue moi-même mais je n'en connais que quelques éléments. Le *dottore* Macchioli, lui, est parfaitement au courant et il vient tout juste d'arriver. Voilà pourquoi on vous a fait, hélas ! tant attendre. »

Bien sûr, pensa Flavia, tout est clair désormais. Alessandro Macchioli était l'un de ces êtres délicieux qui ne cessent de provoquer des catastrophes sur leur passage. Incapable d'être à l'heure, butant contre toutes sortes d'objets qui n'arrêtaient pas de surgir sur son chemin, c'était le type même du savant toujours dans la lune. Selon Jonathan, mieux à même de juger qu'elle en ce domaine, c'était un grand érudit. Pour Bottando, le directeur du Musée national était la huitième merveille du monde. Il avait été promu à ce poste après la mésaventure de son prédécesseur, homme énergique, dynamique, décidé à faire entrer de force le musée poussiéreux dans la modernité, qui allait bientôt être libéré de prison. Le scandale avait été retentissant et, vu les circonstances, Macchioli avait semblé à tous devoir être le successeur idéal. Il était non seulement capable de résister à la tentation mais n'aurait de toute façon même pas remarqué qu'il y était soumis. Un conservateur de la vieille école sachant garder les mains dans ses poches. Retour aux valeurs traditionnelles : érudition et compétence. Objet de l'affection de tous, soit, mais aussi impuissant à défendre son territoire contre les incursions des bureaucrates qui cherchaient à réduire son budget et incapable de lécher les bottes de mécènes potentiels ou de remettre de l'ordre dans son musée.

Il entra dans le bureau et fourra ses pinces de cycliste dans la poche déformée de son costume miteux. À en juger par sa nervosité, il était en plein désarroi. Flavia était on ne peut plus intriguée.

Il s'assit, se tordit les doigts, et son malaise sembla grandir durant les présentations.

« Peut-être pourrions-nous commencer ? souffla le Premier ministre.

— Ah oui ! fit Macchioli, l'air absent.

— Vous souhaitez entretenir la signora d'un certain problème ? »

À l'évidence, se résoudre à exposer l'affaire lui coûtait un effort surhumain, comme s'il devinait que la révélation allait déclencher un déferlement de déplaisantes contraintes. Il se balança de droite et de gauche, fit le gros dos, se frotta le nez, puis se jeta à l'eau.

« J'ai perdu un tableau… Ou plutôt, le musée… Il a été volé. »

Flavia était perplexe. Elle comprenait qu'il soit dans tous ses états, car il est toujours désagréable de perdre un tableau, mais ce n'était certainement pas le problème. On perdait constamment des tableaux. Cela arrivait si souvent, en fait, que la marche à suivre avait été clairement définie. Coup de téléphone à la police, les policiers débarquent, font ce qu'ils ont à faire, et on passe à autre chose, puisqu'il n'y a guère de chance de jamais revoir l'objet volé. Rien de plus banal… Toutefois, être convoquée dans le bureau du Premier ministre pour apprendre la nouvelle, voilà qui était quelque peu insolite.

« Je comprends », fit-elle pour l'encourager. Or, loin de voir là une invitation à poursuivre son récit, le malheureux Macchioli retomba dans un douloureux mutisme.

« Voyez-vous, cela fait cinq ans que nous préparons une exposition », reprit-il enfin. Il avait manifestement opté pour une approche détournée. « Nous voulions célébrer la présidence italienne de la Communauté européenne qui commence dans quinze jours en présentant tous les aspects de l'art européen… Cependant, je crains que certains (il lança alors un coup d'œil de biais vers le bureau du Premier ministre), que certaines personnes, disais-je, n'aient cherché à transformer l'exposition en manifestation nationaliste.

— Nous tenions juste à rappeler notre contribution en matière de culture, ronronna le Premier ministre.

— Ce qui ne nous a pas aidés à obtenir les œuvres, poursuivit Macchioli. Non que cela ait quoi que ce soit à voir avec le malheur qui nous arrive... »

Plus patient que sa réputation ne le laissait présager, le Premier ministre soupira en aparté. Cela suffit à ramener l'esprit vagabond du conservateur au sujet qui les occupait.

« On a quand même réussi à emprunter tous les tableaux que l'on souhaitait. La plupart à des institutions italiennes, bien sûr, mais aussi un bon nombre à des musées et à des collectionneurs étrangers. Beaucoup n'ont jamais été exposés en Italie.

— Je suis déjà au courant de tout ça, déclara Flavia, avec plus d'impatience que le Premier ministre. Il y a pas mal d'années que nous participons à la préparation de cet événement. Pas plus tard que la semaine dernière, des employés de mon service ont escorté les premiers tableaux entre l'aéroport et le musée.

— En effet. Et vous avez accompli un travail remarquable. C'est certain. Tout à fait exemplaire. Malheureusement...

— C'est l'un de ces tableaux que l'on vous a volé ? »

Il hocha la tête.

« Quand cela s'est-il passé ?

— Hier. À l'heure du déjeuner.

— À l'heure du déjeuner ? Alors pourquoi m'en parlez-vous seulement maintenant ?

— C'était très gênant, voyez-vous. Et je ne savais que faire...

— Peut-être devrais-je mettre madame au courant ? » interrompit le Premier ministre en jetant un coup d'œil à sa montre. Il devinait que s'il n'intervenait pas bientôt la réunion pouvait durer toute la journée, sans que Macchioli réussisse à expliquer la situation. « Corrigez-moi si je me trompe. Je crois comprendre que le tableau a été volé hier vers treize heures trente. Un homme cagoulé au volant d'une fourgonnette est entré dans l'entrepôt en marche arrière, a forcé les employés à charger le tableau, avec son cadre, dans le véhicule, puis a redémarré. C'est bien ça ? »

Macchioli hocha la tête.

« Si on n'a pas averti votre service, signora, c'est parce que le voleur a laissé un message nous interdisant d'appeler la police, reprit le directeur du musée.

— Il y a une demande de rançon, c'est ça ?

— Pas exactement, répondit-il en haussant les épaules. Le message disait seulement qu'on serait recontactés en temps voulu. J'imagine que ça veut dire qu'on va nous demander de l'argent.

— Ce n'est pas impossible. De quel tableau s'agit-il, au juste ?

18

— D'un Lorrain. *Paysage : Céphale et Procris* »,
répondit Macchioli avec réticence.

Flavia eut un haut-le-corps.

« Oh non ! Ce n'est pas vrai ! Le tableau dont le
gouvernement a expressément garanti la sécurité ? »

Il hocha la tête. Flavia comprenait son désarroi. Il ne
s'agissait sans doute pas d'un chef-d'œuvre, même si,
personnellement, elle avait toujours trouvé le Lorrain
exquis. Mais ce n'était pas l'œuvre d'un Raphaël ni
d'un peintre de cette envergure. Le tableau avait un
passé tumultueux. Sa réputation d'être l'un des
tableaux les plus souvent volés du monde lui donnait
une notoriété que ne justifiait pas sa valeur intrin-
sèque. Argyll se souviendrait mieux qu'elle des détails,
mais elle se rappelait les étapes marquantes. Peint vers
1630 pour un cardinal italien. Barboté par le duc de
Modène quand il le trouva dans un chariot après une
bataille. Puis par un général français quelques années
plus tard. Embarqué et vendu pendant la Révolution
française. Récupéré par Napoléon lorsqu'il tomba
dessus en Hollande. Dérobé dans les années trente,
saisi par les Allemands dans les années quarante, et
volé encore à deux reprises dans les années cinquante
et soixante. Exaspéré, le propriétaire d'alors l'avait
vendu au Louvre, dans l'espoir que le musée réussirait
à le garder. Ce fut en effet le cas. Jusqu'au jour,
semblait-il, où le tableau était arrivé en Italie.

« Oh, mon Dieu ! s'exclama Flavia.

— Vous voyez le problème auquel nous sommes

confrontés ? enchaîna le Premier ministre. M'étant personnellement porté garant de sa sécurité, cela m'est déplaisant. De plus, cette exposition doit représenter l'événement culturel de notre présidence. Ce serait vraiment désastreux qu'elle soit annulée, ce qui se passera si la nouvelle du vol se répand. Les prêteurs risquent de se rétracter, et même sans cela notre réputation sera gravement entachée. Je vous laisse imaginer les commentaires... On aurait l'air absolument ridicules. »

Flavia opina du chef.

« Par conséquent, vous paierez la rançon dès qu'on vous la réclamera ?

— Malheureusement, c'est illégal. Si nous arrêtons les gens qui paient des rançons pour faire libérer leurs femmes ou leurs enfants, il nous serait difficile d'en payer une pour un simple tableau. »

Un silence s'abattit sur la pièce et on sembla attendre que Flavia fasse une suggestion utile.

« Vous souhaitez donc que je mène une enquête pour retrouver ce tableau ?

— En d'autres circonstances, j'en aurais été ravi, mais pas en l'occurrence. De combien de personnes auriez-vous besoin pour effectuer une telle enquête ? »

Elle réfléchit quelques instants.

« De tout le personnel, si vous voulez un résultat rapide. Ce que je ne peux pas vous garantir.

— Et vous pourriez au moins vous assurer que la presse n'en parle pas ?

— Oui. Pendant six heures, tout au plus.

— C'est ça le problème. Le secret est indispensable en la matière. Car, autrement, même si vous récupérez le tableau rapidement, le scandale ne sera pas écarté.

— Dans ce cas, j'avoue mon impuissance. Vous refusez et de payer une rançon et de faire rechercher le tableau. Que souhaitez-vous donc qu'on fasse ?

— Il nous est impossible de payer une rançon. Le gouvernement ne peut l'autoriser. Il est hors de question d'utiliser l'argent des contribuables à cela. Aucun fonctionnaire de l'État ne peut participer à une telle opération. Suis-je assez clair ? »

Bien sûr. Mais Flavia n'avait pas passé des années à observer Bottando se servir de la force d'inertie sans apprendre une chose ou deux.

« Je crains de ne pas du tout vous suivre. Désolée, fit-elle d'un ton affable.

— Vous ferez tout votre possible pour récupérer ce tableau dans la plus grande discrétion. Mais aucun fonds public, je dis bien *public*, ne servira à payer la moindre rançon.

— Ah !

— Si ces voyous étaient payés par un particulier, par quelqu'un disposé à enfreindre la loi pour ce qu'il considère, à tort, comme le bien public, je serais, bien sûr, incapable de l'en empêcher, tout en déplorant son geste.

— Je vois.

— Tenez-moi quotidiennement au courant de votre

enquête et vous recevrez des instructions au fur et à mesure. Inutile de répéter qu'il faut garder un secret absolu sur cette affaire !

— Vous me liez les mains.

— Je suis persuadé que vous vous débrouillerez fort bien.

— Et si je découvre une autre façon de récupérer ce tableau ?

— Vous vous abstiendrez. Je ne veux à aucun prix que l'affaire soit ébruitée. Ce sera tout pour le moment, il me semble, conclut-il en se levant. »

Deux minutes plus tard, Flavia et Macchioli se retrouvaient dans l'antichambre. Si elle était un peu déconcertée par toute cette histoire, le directeur du musée, lui, paraissait totalement désemparé.

« Bon, d'accord, fit-elle après un certain temps, je pense que vous devez m'en dire un peu plus sur ce qui s'est passé.

— Hein ?

— Le vol… À main armée… Vous vous rappelez ?

— Oui, oui. Que voulez-vous savoir ?

— Comment contacter le voleur ? Si, d'une façon ou d'une autre, je devais remettre de l'argent il faudrait que je sache comment procéder. »

Macchioli eut l'air perplexe.

« Que voulez-vous dire par "remettre de l'argent" ? Je croyais qu'on venait de vous interdire de le faire ? »

Elle soupira. L'ennui avec Macchioli, c'était qu'il était d'une naïveté absolue. Il croyait vraiment qu'ils venaient d'assister à une réunion où on leur avait interdit de payer la moindre rançon. Voilà qui annonçait un sérieux obstacle...

« Peu importe. Laissez tomber, lui conseilla-t-elle. Ce message, il n'indiquait aucun moyen de contacter le voleur ?

— Non.

— Puis-je le voir, s'il vous plaît ?

— Il se trouve dans mon bureau. »

Elle avait l'impression de parler à un gosse particulièrement niais.

« Eh bien, si on allait à votre bureau ? »

« Voilà, fit-il, quarante minutes plus tard, après un trajet silencieux le long des rues de Rome. Il est plutôt laconique. »

Flavia s'empara du feuillet (inutile de se préoccuper désormais d'empreintes digitales ou de choses de ce genre) et le lut. En effet, le commentaire du directeur était on ne peut plus juste. Six mots en tout. Elle admira même l'économie de la formulation.

Elle s'appuya au dossier de son siège pour réfléchir. Ce message lui apprenait-il quelque chose ? « Vous aurez bientôt de mes nouvelles. » Cela sortait d'une imprimante d'ordinateur. Mais qui de nos jours n'a pas accès à une imprimante ? Le papier était standard, l'une des milliards de feuilles consommées journellement. Non, elle ne pouvait rien en tirer. En tout cas, rien que l'auteur du mot aurait cherché à lui cacher.

« Et le vol lui-même ? » s'enquit-elle en se tournant vers Macchioli.

Il secoua la tête.

« Il n'y a pas grand-chose à ajouter à ce qu'on vous a déjà dit. Une fourgonnette, comme celles dont se servent les commerçants pour livrer leurs fruits et légumes. Un homme déguisé en Léonard de Vinci…

— Comment ? » demanda-t-elle, incrédule. Il avait dit ça comme s'il voyait tous les jours déambuler dans le musée des gens vêtus en peintre de la Renaissance ou en pape de l'époque baroque.

« Il portait l'un de ces masques qu'on achète dans les magasins de farces et attrapes. Vous voyez ce que je veux dire… Ainsi qu'une sorte de cape. Et un pistolet, naturellement. Vous voulez le voir ? »

Flavia le regarda d'un air las. Exprimer simplement son incrédulité ne mènerait à rien.

« Un pistolet ?

— Il l'a laissé tomber en redémarrant. Ou plutôt, il l'a jeté. Aux hommes qui l'ont aidé à charger le tableau. Après leur avoir distribué des chocolats.

— Des chocolats ? soupira-t-elle.

— Des petites boîtes de chocolats. Belges, il me semble. Vous savez, de celles que l'on achète dans les confiseries. Entourées d'un ruban et fermées par un nœud sur le dessus.

24

— Bien sûr. Où sont-ils ?

— Quoi ?

— Les chocolats.

— Les gardiens les ont mangés.

— Ah ! je vois… Une petite crise d'hypoglycémie consécutive au choc. À part ça, pas la moindre violence ?

— Non.

— J'aimerais parler au personnel de l'entrepôt.

— De toute façon vous y êtes obligée.

— Que voulez-vous dire ?

— Il faut bien que quelqu'un leur dise de se taire.

— Vous ne l'avez pas déjà fait ?

— Évidemment que si ! Mais personne ne m'écoute jamais. »

Elle émit un profond soupir.

« Très bien. Alors, conduisez-moi jusqu'à eux. Ensuite, vous me montrerez le pistolet. »

Flavia décida de se montrer brutale. Non seulement parce qu'elle n'était plus d'humeur à s'embarrasser de subtilités, mais aussi parce que, à cause de sa jeunesse et de sa condition de femme, elle avait parfois du mal à être prise au sérieux, surtout par les manutentionnaires.

« Bien, fit-elle, lorsque les hommes se furent installés en face d'elle. Je dirige la brigade chargée de la protection du patrimoine artistique et je mène l'enquête sur le vol du tableau. Vous êtes tous les deux en tête de liste des suspects. Vous saisissez ? »

Ils restèrent cois, mais, à en juger par la façon dont ils blêmirent légèrement, elle sut qu'ils avaient compris.

« Je veux le récupérer le plus vite possible et des gens plus haut placés que moi ne veulent pas que l'affaire s'ébruite. S'il y a la moindre fuite et si je découvre que vous en êtes responsables, je m'assurerai personnellement un, que vous soyez jetés en taule pour complicité de vol, deux, que vous y restiez pour obstruction au cours de la justice, trois, que vous soyez congédiés, et quatre, que vous ne soyez jamais réembauchés. D'accord ? »

Leur pâleur s'accentua.

« Pour éviter un sort aussi funeste il vous suffit de la fermer. Il n'y a eu aucun vol, vous n'avez jamais entendu parler de vol, rien d'anormal ne s'est passé hier. Ça vous paraîtra peut-être pénible mais je pense que vous avez tout intérêt à vous discipliner. Me suis-je bien fait comprendre ? »

Flavia était plutôt fière de sa tirade, débitée du ton froid et convaincu du véritable apparatchik capable d'évoquer maintes puissances occultes susceptibles de déclencher d'horribles représailles contre les innocents. Il suffisait de réfléchir quelques instants pour deviner qu'il s'agissait de balivernes et qu'elle ne pouvait absolument rien faire contre eux, mais les deux hommes paraissaient trop obtus pour s'en apercevoir. Elle espérait seulement qu'ils seraient assez malins cependant pour saisir ce qu'elle attendait d'eux.

26

Elle s'en assurerait les jours suivants, quoiqu'il fût déjà évident, hélas ! qu'ils étaient trop stupides pour faire de bons témoins. Leur récit du vol n'était guère plus détaillé que le bref résumé que lui avaient fait Macchioli et Sabauda. Ils précisèrent seulement que la fourgonnette était assez grande pour transporter le tableau, qu'elle était blanche et qu'il ne s'agissait pas d'une Fiat. Le voleur était de taille moyenne et avait peut-être (ce n'était pas sûr) l'accent romain. Flavia les renvoya au bout de vingt minutes en les mettant à nouveau sévèrement en garde. Puis on l'emmena voir le pistolet.

Macchioli le gardait dans son coffre. Dans un sac en plastique. Il était excessivement fier du sac en plastique.

« Le voilà ! fit-il en le plaçant délicatement sur son bureau. Nous avons de la chance que le coup ne soit pas parti quand il a heurté le sol. »

Flavia eut soudain envie de pleurer. Certaines journées étaient si affreuses qu'elle ne savait pas comment elle tenait le coup. Elle prit son mouchoir, saisit le pistolet, l'examina quelques instants, puis plaça le canon contre sa tempe.

« Signora ! Faites attention ! » s'écria Macchioli, épouvanté.

Elle le regarda avec tristesse, ferma les yeux et, sous les yeux du conservateur horrifié, appuya calmement sur la gâchette.

La pièce retentit alors d'un bruit qui fut plus tard identifié par les spécialistes – ou, plus précisément, par une secrétaire du service de la paye, une fan d'opéra – comme une allègre version de « Teco io sto. Gran Dio ! », un extrait du deuxième acte de *Un ballo in maschera* de Verdi joué par un minuscule gadget dissimulé dans la crosse du pistolet.

Flavia rouvrit les yeux, haussa les épaules et jeta l'arme sur le bureau.

« Si nous parvenons à trouver une boutique de farces et attrapes qui a récemment vendu un masque de Léonard de Vinci et un pistolet musical en plastique à un homme chargé de boîtes de chocolats, on pourrait bien avoir une piste, déclara-t-elle, en remettant l'arme dans le sac. Je vous tiendrai au courant. »

Cinq minutes plus tard, affalée à l'arrière de la voiture, elle marmonnait entre ses dents. Si les autres allaient devoir observer le plus grand secret concernant l'affaire, elle, elle avait besoin d'en parler. Elle enjoignit à son chauffeur de prendre la direction de l'EUR.

2

Durant le trajet, malgré les événements de la matinée, Flavia ne pensa guère au tableau du Lorrain et à sa malencontreuse disparition. Toutefois, elle songea au général Taddeo Bottando, son pauvre patron, condamné à un exil doré dans cette sinistre banlieue, cerné par des immeubles de bureaux, des bâtiments des années trente et des terrains vagues où il ne semblait pas se passer grand-chose. Voilà déjà une année qu'il végétait là, en tant que directeur d'un organisme européen au nom ronflant, aussi coupé des véritables opérations de police que le suggérait sa situation isolée. Seuls les banquiers devraient être contraints de travailler dans un environnement à ce point épouvantable. Sans presque aucun restaurant correct où déjeuner – le déjeuner était très important pour Bottando.

Alors que, malgré son aspect délabré, le bâtiment où était logé le service de la protection du patrimoine était très beau et débordait d'activités nonobstant son maigre budget, le grandiose empire suburbain du général était, en dépit de son luxe tapageur, affreux et silencieux comme un mausolée. Avant de pénétrer à l'intérieur, il fallait accomplir toutes les formalités de sécurité en usage dans les organismes officiels. Tout le monde était excessivement bien habillé, les tapis étaient épais, les portes s'ouvraient et se fermaient automatiquement, les ordinateurs bourdonnaient. Un vrai paradis policier, capable avec ses ressources de surveiller le monde entier. Le malheureux homme, pensa Flavia.

Bottando fit cependant bonne figure et Flavia le gratifia d'un sourire encourageant. À chaque rencontre ils faisaient tous les deux comme si tout était pour le mieux dans le meilleur des mondes. Il énuméra les merveilleux projets mis en place par son nouvel organisme, elle plaisanta sur les notes de frais dont bénéficiaient les services européens. Mais ils passèrent sous silence le fait que Bottando avait un rien vieilli, que sa conversation était un tantinet plus ennuyeuse, que sa bonne humeur et ses bons mots étaient devenus un brin moins spontanés.

Et qu'il n'avait plus trop le cœur à l'ouvrage. Plus souvent absent qu'à son bureau, il prenait constamment des jours de congé. Se relâchait. Préparait sa sortie. Les vacances n'allaient sans doute pas tarder à devenir permanentes. Dans deux ans, il serait de toute façon obligé de partir à la retraite. Naguère, en tant que directeur du service de la protection du patrimoine, il avait soigneusement évité de penser à ce départ. Que faire une fois à la retraite ? Le général était l'une de ces personnes qui ne vivent que pour leur profession et la position sociale qu'elle leur confère.

Sa promotion lui avait fait perdre les deux. Était-ce le but de la manœuvre ? Le promouvoir afin de le pousser en douceur vers la sortie... Bottando était peut-être d'ailleurs prêt à mettre la clé sous le paillasson. S'il avait encore eu le feu sacré, il aurait sans doute opposé une plus farouche résistance. Il avait jadis gagné des combats plus désespérés. Qui sait s'il n'était pas las, tout simplement.

Flavia venait le voir assez souvent, non parce qu'elle avait besoin de ses conseils, mais afin de permettre au général de lui en donner. Elle dirigeait la brigade chargée de la protection du patrimoine depuis un an et se sentait désormais très à l'aise. Mieux, elle avait découvert qu'elle excellait à ce poste et qu'elle pouvait se passer de conseils. Si, au début, le soutien du général lui avait été indispensable, cette époque était dorénavant révolue. Nul doute qu'il en était conscient et qu'il s'en réjouissait. La dernière fois qu'on l'avait vu dans le service consulter quelque ancien dossier et chercher des documents, elle avait compris qu'en réalité il s'assurait que tout allait bien. Elle était également persuadée qu'il n'était venu pour aucune raison précise et que s'il était resté tout l'après-midi – déambulant dans les couloirs, lisant ceci ou cela, parlant aux collègues avant d'aller boire un verre au bistrot –, c'était surtout parce qu'il n'avait rien d'important à faire dans ses nouveaux bureaux. Flavia espérait qu'il ne se doutait pas que quelquefois – de temps en temps seulement – il lui arrivait de le plaindre un peu.

Cette fois-ci il n'y avait aucun faux prétexte à sa visite. Elle avait besoin d'être guidée, car elle naviguait en eaux troubles et le temps était à l'orage. Elle devinait plus ou moins la teneur du conseil qu'il lui prodiguerait, mais elle préférait l'entendre de sa bouche.

Le général sortit de son bureau pour l'accueillir, lui donna un baiser affectueux et s'empressa auprès d'elle pour qu'elle s'installe confortablement.

« Ma chère Flavia, comme je suis ravi de vous voir. Je n'ai pas souvent le plaisir d'être honoré de votre visite. En quoi puis-je vous être utile ? À supposer, bien entendu, que vous n'êtes pas venue jusqu'ici uniquement pour repaître vos yeux du spectacle d'un service doté d'un budget adéquat.

— Bien sûr, je suis toujours contente de voir comment on doit faire les choses, répondit-elle en souriant. Mais, en fait, je suis venue écouter la voix de l'expérience.

— Comme vous le savez, je suis toujours enchanté d'éclairer de mes lumières une jeunesse pleine d'entrain. Mais j'espère que cette fois-ci vous avez un vrai problème et non pas quelque chose de fabriqué dans le seul but de me convaincre que je ne suis pas totalement dépassé. »

Il l'avait remarqué. Zut ! Elle se sentait bigrement gênée.

« Vous m'avez dit un jour que les Premiers ministres pouvaient nous gâcher une vie entière…

— En effet. Surtout si vous vous mettez en travers de leur chemin. En quoi les Premiers ministres vous concernent-ils ? »

Après un bref préambule à propos des consignes de discrétion qu'elle avait reçues, Flavia le mit au courant.

Il l'écouta avec attention, se gratta le menton, fixa le plafond, ponctuant le récit de Flavia de grognements, exactement comme jadis quand ils discutaient d'un problème. Et, tandis qu'elle poursuivait son explication, elle vit une toute petite lueur apparaître dans les yeux du général, comme lorsqu'on remplace la pile usagée d'une vieille lampe de poche cabossée.

« Oh, oh ! fit-il, au comble du ravissement, en se calant dans son fauteuil, une fois qu'elle eut terminé son compte rendu. Je comprends pourquoi vous souhaitez un second avis. C'est absolument passionnant.

— Tout à fait. La première question que je me pose, naturellement, c'est pourquoi ça les intéresse tant là-haut… Être convoquée d'urgence chez le Premier ministre à cause d'un simple tableau…

— Je pense que le gouvernement doit être réellement préoccupé par la présidence européenne et que cet argument doit être pris au sérieux, déclara pensivement Bottando. Si j'ai bonne mémoire, le Premier ministre veut faire de la loi et de l'ordre la priorité des priorités. Antonio Sabauda aura du mal à pérorer sur la sécurité si tous ses auditeurs ricanent derrière leur bloc-notes. Aucun homme politique n'aime avoir l'air ridicule. Ils sont très susceptibles à ce sujet. C'est pourquoi ils confondent si souvent leur ego avec l'intérêt national.

— C'est possible. Mais j'ai quand même le sentiment que si ça tourne mal, et il y a de fortes chances que ce soit le cas, je serai alors assez vulnérable.

— Rien n'a été écrit noir sur blanc, je suppose ? »

Elle secoua la tête. Bottando opina du chef d'un air entendu.

« C'est ce que je pensais. Et le seul témoin de la conversation, c'est ce bon vieux Macchioli. Qui est aussi malléable que de la pâte à modeler. » Il réfléchit encore quelques instants. « Imaginons que ça tourne mal. Les journaux s'emparent de l'affaire. Grand scandale. Au comble de l'indignation, le Premier ministre déclare qu'il vous avait lui-même donné l'ordre de vous mettre en quête du tableau, toutes affaires cessantes. Et cependant vous n'avez strictement rien fait. C'est cela, n'est-ce pas ? »

Flavia hocha la tête.

« Scénario encore pire…, poursuivit Bottando. La nouvelle met un certain temps à se répandre. Le Premier ministre se déclare scandalisé qu'une inspectrice collecte des fonds auprès de bailleurs inconnus pour payer une rançon. »

Nouveau hochement de tête.

« Délit passible de prison.

— Tout à fait, chère amie. Deux ans de prison, sans compter ce qu'on pourrait vous ajouter pour corruption et complicité de vol.

— Et si tout se passe bien…

— Dans ce cas, et si vous récupérez le tableau, vous aurez rendu au gouvernement un très grand service dont personne ne sera jamais au courant. Mais vous, vous saurez que le Premier ministre – homme qui a beaucoup d'ennemis et qui fait de la politique depuis si longtemps qu'il ne faut pas sous-estimer sa capacité à rebondir – a manœuvré pour contourner la loi afin de pouvoir parader sur la scène internationale. Il est parfois dangereux d'en savoir trop… Si vous étiez plus féroce, vous pourriez faire pression sur lui, mais il y a davantage de chances que, vous considérant comme une menace permanente, il prenne les mesures qui s'imposent. Avec doigté, de sorte que si vous protestez il puisse réagir en affirmant, par exemple : "C'est une malheureuse aigrie qui cherche à faire des histoires parce qu'elle a été renvoyée pour incompétence." Ou corruption, ou attentat à la pudeur, ou quelque chose comme ça. Tout pour vous empêcher d'être prise au sérieux par quiconque. Je vous le répète, les Premiers ministres peuvent vous gâcher une vie entière. »

Plus il parlait, plus Flavia se sentait défaillir. Tout ce qu'il disait, elle le savait déjà, bien sûr. Mais cet exposé net et précis, sans la moindre fioriture, n'était certes pas fait pour lui remonter le moral.

« Des conseils ? »

Il hésita.

« C'est plus difficile… Quelles sont vos options aujourd'hui ? Une fuite stratégique dans la presse dont on ne pourra pas vérifier l'origine, suivie d'un engagement public de votre part à faire tout ce qui est en votre pouvoir, etc. ? Cela vous garantirait contre le risque d'être envoyée plus tard en prison, mais attendez-vous à vous attirer les foudres du Premier ministre. Fin d'une prometteuse carrière. Suivre ses instructions ? Très mauvaise idée, pour des raisons évidentes, d'autant plus que Macchioli déclarera sous serment qu'on vous avait expressément interdit de payer un seul sou de rançon.

— Ça ne me laisse guère de marge de manœuvre, n'est-ce pas ?

— Pas pour le moment, en effet. Dites-moi, cette rançon, d'où est-elle censée venir ?

— Aucune idée. Peut-être un patriote plein aux as franchira-t-il le seuil de ma porte, un carnet de chèques à la main.

— Des miracles encore plus incroyables se sont déjà produits. Supposons que l'argent apparaisse. Que se passera-t-il alors ?

— On récupère le tableau. Ensuite, on coffre le voleur ! Après tout, il pourrait bien remettre ça.

— Mauvaise idée ! fit Bottando en secouant la tête. Il vous faut adopter un profil bas. Faites ce qu'on vous demande, et rien de plus.

— L'ennui, c'est que je ne suis pas certaine d'avoir compris ce qu'on me demande.

— À malin, malin et demi, telle devrait être votre devise. Ou peut-être devriez-vous songer à remettre une lettre à un avocat dans laquelle vous indiquerez par écrit la façon dont vous avez compris les consignes qui vous ont été données lors de la réunion. »

Elle salua ces conseils d'un petit grognement, exactement comme, jadis, le général opposait une réserve circonspecte aux propositions risquées de ses subordonnés. Reconnaissant le son et ses connotations, il lui décocha un charmant sourire. Lui aussi, à sa manière, plaignait un peu Flavia. Les postes à responsabilité comportent leurs inconvénients, et devoir décider sans prendre de risques ne constituait pas l'un des moindres.

« Je ne pense pas que vous accepterez de m'aider…

— Moi ? gloussa le général. Grands dieux, sûrement pas ! Je suis trop vieux, chère amie, pour me coltiner des valises bourrées d'argent. En outre, je dois privilégier mon intérêt personnel.

— C'est-à-dire ?

— Je m'ennuie, Flavia, fit-il d'un ton chagrin. À périr. Voilà une année que je suis assis derrière mon bureau à déplacer des bouts de papier, à donner des ordres à des gens qui en donnent à d'autres, lesquels font parfois un travail de police, mais passent les trois quarts de leur temps à élaborer des directives internationales. J'ai donc décidé que trop c'est trop et que j'allais prendre ma retraite. Ma pension sera bien moins importante que je ne l'avais prévu mais tout à fait suffisante. Et ce n'est pas le moment de la compromettre. Je me ferai un plaisir de vous dispenser mes conseils si vous le désirez. Et une fois que je serai enfin à la retraite je pourrai vous fournir une aide plus efficace. À l'heure qu'il est, je dois moi aussi adopter un profil bas.

— Je suis vraiment triste que vous partiez, dit-elle, soudain affreusement désemparée et affolée.

— Bah ! vous vous passerez aisément de moi, et ma décision est irrévocable. Au bout d'un certain temps, même le travail le plus passionnant perd de son attrait, et, comme vous l'avez sans doute remarqué, ce que je fais en ce moment ne l'est pas particulièrement. Au fait, ces chocolats... Vous avez dit qu'ils étaient belges ?

— Oui.

— Ah, bien !

— Pourquoi donc ?

— Pour rien. Un simple détail. Personnellement, j'ai toujours pensé que les chocolats belges étaient surestimés. »

Elle se leva et jeta un coup d'œil à sa montre. Il était tard, très tard. Est-ce que sa vie serait ainsi désormais ? Réunion sur réunion, course effrénée ? Jamais plus le temps de discuter tranquillement ? Après plusieurs décennies de ce régime, elle serait prête à tout plaquer, elle aussi. Elle donna une brève accolade à Bottando, le pria de se préparer à dispenser d'autres conseils, puis regagna sa voiture. Le chauffeur l'attendait, allongé sur le siège arrière, profondément endormi. Le veinard ! pensa-t-elle en le secouant légèrement pour le réveiller.

3

Flavia rentra avant son époux et dégusta un verre de vin sur la terrasse. Grâce à sa promotion, à son mariage et aux émoluments enfin réguliers de Jonathan, ils pouvaient maintenant louer un appartement à leur goût. S'il était toujours situé dans le Trastevere, celui-ci possédait quatre vraies pièces, de hauts plafonds et une terrasse surplombant une place très calme. En se tordant le cou, on pouvait entrapercevoir un morceau de la basilique Santa Maria. Flavia était trop petite mais Jonathan pouvait y arriver. La seule présence de l'église lui procurait un frisson de plaisir. Même si Flavia n'était pas une fée du logis, elle faisait de vagues efforts pour tenir la maison propre et nette. Question d'âge, sans doute.

Elle était partie du bureau de bonne heure pour réfléchir calmement, car elle y était trop souvent dérangée. Coups de téléphone, secrétaires et collègues entrant à tout bout de champ pour poser des questions ou lui demander de signer des documents. Si, en général, elle aimait cette ambiance, ces interruptions l'empêchaient de se concentrer. Sa réflexion était facilitée par la contemplation du bâtiment ocre de l'autre côté de la place, du spectacle des habitants en train de faire leurs courses, avec comme fond sonore la rumeur d'une ville vaquant tranquillement à ses occupations.

L'absence de conseils pratiques de la part de Bottando l'avait beaucoup intriguée. Elle avait retourné ses propos dans tous les sens, étudié méthodiquement chaque option, chaque éventualité, sans trouver de meilleure solution. La teneur du message, cependant – adopter un profil bas, se croiser les bras, se tenir sur ses gardes –, la stupéfiait. Cela lui semblait aussi dangereux que d'agir. Quoi qu'elle fasse, elle avait la tête sur le billot. Si l'affaire tournait mal, elle paierait les pots cassés. Chef du service par intérim, Flavia n'était toujours pas confirmée dans ses fonctions, même après une année d'exercice. On pouvait se débarrasser d'elle en deux temps trois mouvements, discrètement, en douceur. Une simple note annoncerait qu'elle devenait l'adjointe d'un nouveau directeur titulaire, plus expérimenté et plus qualifié…

Mais que faire ? Il était évident que toute action concrète de sa part serait vite remarquée. Pas question non plus de courir chez tous les riches Italiens pour leur demander s'ils n'avaient pas par hasard quelque valise bourrée d'euros dont ils ne sauraient que faire. Collecter des fonds ne relevait pas des attributions de

Flavia. Si possible, Macchioli devrait s'en charger. De nos jours, c'était la principale occupation des directeurs de musée. Théoriquement, tout au moins, Macchioli étant, hélas ! notoirement peu doué pour cette tâche. Malgré tout, peut-être serait-il utile d'avoir avec lui une discussion sérieuse, au cas où il recevrait une demande de rançon.

Argyll rentra une heure plus tard, d'assez bonne humeur, compte tenu qu'il avait passé la journée à tenter d'inculquer à ses étudiants les rudiments de l'histoire de l'art. Il s'affala à ses côtés pour admirer la vue. Une fois satisfait, il s'enquit de sa rencontre avec le Premier ministre. Ne souhaitant pas en parler pour le moment, Flavia éluda la conversation.

« Où en est ta communication ? » demanda-t-elle ironiquement afin d'oublier ses propres soucis. C'était un point sensible. Argyll avait été engagé pour enseigner l'art baroque à des étudiants étrangers passant une année à Rome, poste pour lequel il était éminemment qualifié. Puis l'administration – plutôt baroque elle aussi – avait décidé, pour des raisons que personne ne comprenait vraiment, que sa rémunération serait fonction non seulement de la quantité d'heures passées au fond de la mine, mais aussi du nombre des publications. Il fallait remonter le niveau de l'institut afin qu'on le prenne au sérieux en tant qu'établissement d'enseignement supérieur, car, pour l'instant, on le considérait volontiers comme un collège huppé pour gosses de riches. Ce qu'il était en fait. En un mot, augmentation rimerait avec publication. Articles. Communications à des colloques. Et, mieux, un livre ou deux.

Argyll était agacé d'être obligé d'écrire des articles universitaires. Toutefois, il aurait bien aimé gagner un peu plus. Il était pratiquement au bout de ses peines, ayant exploité à fond ses anciennes notes infrapaginales pour pondre deux articles d'une extraordinaire banalité qui avait été publiés dans des revues de second ordre. On l'avait également invité à faire un exposé lors d'un colloque qui devait se tenir dans quelques semaines à Ferrare, cette intervention étant censée lui mettre le pied à l'étrier.

Mais sa communication n'était pas prête. S'il n'avait pas eu de scrupule à égrener de pompeuses platitudes, son anonymat protégé par le tirage confidentiel de la revue, il hésitait toutefois à monter à la tribune, devant des auditeurs en chair et en os, pour y débiter des fadaises. Pas le moindre texte à l'horizon, par conséquent. Il commençait à se faire du souci. Flavia s'efforça de lui remonter le moral quand il lui confia qu'il n'avait toujours pas de sujet. Il finit par passer à autre chose, de crainte de gâcher cette soirée qui s'annonçait si agréable.

« J'ai reçu un coup de fil cet après-midi, fit-il.

— Ah oui ?

— De Mary Verney. »

Elle reposa son verre et se tourna vers lui. Ah non, pas aujourd'hui ! pensa-t-elle. La journée avait déjà été assez pénible comme ça… Mary Verney avait pris sa retraite, Flavia le savait. Elle l'avait affirmé la dernière fois, quand on avait failli l'arrêter pour vol d'œuvres d'art commis sur une grande échelle. Mais elle l'avait déjà annoncé la fois précédente…

« Elle m'a prié de te demander si ça t'ennuierait qu'elle revienne en Italie.

— Quoi ? »

Il répéta sa question.

« Elle possède, semble-t-il, une maison quelque part en Toscane. Elle n'a pas osé y retourner, car, ces dernières années, tu semblais beaucoup tenir à la mettre sous les verrous. Elle voulait juste savoir si tu l'as toujours dans le collimateur. Si c'était le cas, elle resterait en Angleterre et vendrait la maison, sinon elle passerait volontiers vérifier l'état de la toiture. Je lui ai promis de transmettre sa demande. Ne me regarde pas comme ça ! supplia-t-il. Je ne suis que le messager… Tu sais, celui sur lequel on ne doit pas tirer.

— Dis donc, j'ai vraiment autre chose à faire, s'insurgea-t-elle, qu'à rassurer des voleuses sur le retour.

— Apparemment.

— Comment ça ? demanda-t-elle avec virulence.

— Tu n'as pas vraiment écouté mon anecdote, pourtant passionnante, sur la machine à café de la salle des profs. Ma petite plaisanterie sur le touriste qu'on a dû transporter à l'hôpital après qu'il a reçu sur la tête un morceau du Panthéon ne t'a pas fait sourire, malgré

44

le très astucieux jeu de mots qui aurait dû normalement t'enchanter. Et tu as trempé deux fois ton olive dans le sucrier sans même t'en apercevoir. »

Effectivement. L'olive avait un drôle de goût. Elle poussa un profond soupir et se décida à entretenir Argyll d'un sujet plus grave. Avant même la fin du récit, Argyll trempait lui aussi ses olives dans le récipient. Mais lui les trouvait délicieuses ainsi. Il comprenait aisément que la situation que décrivait Flavia faisait de l'ombre aux facéties du percolateur de la salle des profs.

« Ça fait plusieurs jours que tu as mal au ventre. Et si on demandait à Giulio de te faire hospitaliser pour une semaine ? Pour faire des analyses ? On craint un ulcère. Une gastro-entérite. Tu incrimineras ma cuisine. Il sera ravi de te faire plaisir. Tu pourrais ainsi attendre tranquillement la fin de cette affaire. »

Giulio était le médecin qui habitait au premier étage de l'immeuble. Flavia était sûre qu'il serait ravi de l'aider, car il était très serviable. Et l'estomac de Flavia faisait vraiment des siennes, même si, grâce au vin sans doute, il s'était calmé pour le moment. Malgré tout, vu les circonstances, elle ne pouvait absolument pas se défiler, et Argyll le savait aussi.

« Ne dis pas de bêtises ! répliqua-t-elle. Par contre, si tu veux te rendre utile : parle-moi de ce Lorrain.

— Qu'est-ce que je pourrais t'en dire ? Le tableau représente un paysage. Mais il ne s'agit pas de l'un de ses immenses paysages. Voilà pourquoi il est si apprécié des voleurs.

— Mais que peux-tu me dire du sujet ? Céphale et Procris. »

Argyll écarta la question d'un geste.

« Ça n'a sans doute aucune importance. Ce ne sont que des figures mythologiques qui se baladent sur la toile et qui ont été ajoutées pour faire plus sérieux. Le Lorrain était nul comme peintre de personnages. Bras et jambes trop longs. Fesses au mauvais endroit. Mais il était obligé d'en mettre pour être pris au sérieux.

— D'accord. Mais quelle est l'histoire ?

— Je n'en ai pas la moindre idée. »

Comme, à l'évidence, Flavia ne souhaitait pas en dire plus sur l'affaire, il changea de sujet.

« Parle-moi de Bottando. Il va te manquer, hein ?

— Terriblement. C'était un peu une figure paternelle, tu sais. Ça fait toujours un choc lorsque des piliers disparaissent soudain, d'autant plus qu'il part à la retraite à contrecœur. Sa longue carrière ne se termine pas en beauté.

— On devrait lui faire un cadeau. »

Elle opina du chef.

« Tu as une idée ?

— Non.

— Moi non plus. »

Ils se turent.

« Au fait, qu'est-ce que je dis à Mary Verney ? » demanda Argyll.

Elle soupira.

« Oh ! je n'en sais rien. Je suppose qu'il y a tant de voleurs dans le pays qu'un de plus ne se remarquera pas. Une chose est certaine en tout cas : ce n'est pas elle qui a volé le Lorrain. »

4

Argyll répugnait à critiquer sa chère épouse. Il semblait un peu prématuré de se disputer si peu de temps après l'échange des anneaux. Pourtant, il avait du mal à dissimuler son agacement devant le refus de Flavia de se rendre à la raison – à celle d'Argyll en particulier – à propos du Lorrain. Comprenant fort bien que le travail de Flavia consistait à récupérer des tableaux, il ne lui reprochait pas de se faire du souci. En général il était plutôt ébloui par son sang-froid et savait pertinemment qu'à sa place le fait d'avoir une épée de Damoclès suspendue en permanence au-dessus de sa tête l'aurait fait vivre dans une atroce angoisse. Maintenant que vendre des tableaux était devenu pour lui davantage un violon d'Ingres qu'une profession à part entière, le pire qui pouvait lui arriver était d'égarer ses notes de cours. Côté stress, écouler le restant de son stock de peintures et régler ses factures lui suffisaient amplement.

Il ne lui restait plus que quelques dizaines de tableaux, allant du rossignol immontrable au tout juste médiocre. Les autres, il les avait refilés à deux clients, à des marchands, ou choisi de les garder. Dans un moment d'énervement il avait décidé de se débarrasser de cette dernière série au cours d'une vente aux enchères, et, aucun n'étant de grande valeur, il allait les envoyer à Londres. Ils pouvaient être librement exportés et s'y vendraient à un meilleur prix. Il fallait cependant remplir des tonnes de documents sur lesquels il suait sang et eau depuis des mois. Il avait presque fini, la plupart des œuvres étaient solidement emballées et près d'être expédiées, mais il avait encore une énorme quantité de fiches à remplir.

Il ne reprochait donc pas à Flavia son inquiétude. Les crises d'irrationalisme aigu de l'État italien ont en effet quelque chose de terrifiant. Mais la réaction de Flavia – entre indolence et apathie – était, elle aussi, tout à fait déraisonnable.

Elle n'avait pas légèrement rabroué Jonathan par insensibilité, mais parce qu'elle était soucieuse. Depuis sa convocation chez le Premier ministre, même si elle affichait une totale désinvolture, elle était obsédée par le Lorrain. De sa longue et matinale conversation téléphonique avec le Premier ministre pour arracher des instructions un peu plus précises, elle n'avait obtenu qu'une déclaration alambiquée suggérant qu'il n'était pas au courant de la rançon. Une fois l'entretien terminé, Flavia se persuada que ses propos avaient été enregistrés et qu'ils seraient utilisés contre elle le cas échéant. La journée commençait mal, mais le fait que rien ne se passe l'inquiétait davantage. Le voleur n'avait envoyé aucun message pour leur indiquer le montant de la rançon, ni la manière dont on devait la payer. Mais avait-il l'intention de réclamer une rançon ? Le temps pressait, et Flavia trouvait cet amateurisme très déconcertant. Le voleur le plus bête – et à l'évidence celui-ci était loin de l'être – aurait compris que plus les heures passaient, plus le risque de contretemps était grand, et que si la nouvelle se répandait le montant diminuerait fortement.

Quoi qu'il en soit, ce sursis permit à Flavia de tenter quelque chose, même si elle ne se faisait guère d'illusions sur le résultat. Si elle ne pouvait pas envoyer quelqu'un poser des questions, rien ne l'empêchait de fouiller les fichiers dans l'espoir de dénicher un profil intéressant. Dommage qu'elle ne puisse révéler à quiconque le but de ses recherches… Heureusement, un nouveau stagiaire venait d'arriver dans le service et, une fois n'est pas coutume, il était exceptionnellement vif et enthousiaste. Quand il rentra au bureau, elle lui reprocha vertement d'avoir jusqu'à présent passé beaucoup trop de temps sur le terrain. Sa mâchoire tomba si bas que Flavia craignit de devoir l'aider à la ramasser par terre.

« Corrado, c'est très bien de rouler à fond de train dans de rutilantes bagnoles et de défoncer à coups de pied les portes des citoyens. Ne croyez surtout pas que c'est une critique, car comme défonceur de portes vous êtes très doué. Mais de nos jours l'alpha et l'omega du travail policier, c'est le renseignement. La prévention. Ce genre de truc. C'est souvent passionnant d'ailleurs, ajouta-t-elle d'un ton encourageant. Voilà pourquoi j'ai élaboré pour vous un petit exercice.

— Un exercice ? demanda le stagiaire Corrado sans vraiment chercher à dissimuler son mépris. Vous voulez dire que ce n'est même pas une vraie mission ?

— Cela pourrait tôt ou tard servir pour régler une affaire réelle. Vous avez votre carnet ? Bien… Voyons voir… Inscrivez : vol à main armée dans un musée. Malfaiteur agissant en solitaire. Vol d'un tableau.

— Quel tableau ?

— Le nom du tableau n'a aucune importance.

— Ah ! bien…

— Demande de rançon : "Aboulez le fric, sinon…" »

Corrado hocha la tête.

« Bon, poursuivit Flavia, supposez que ça vienne de se produire. Vous êtes chargé de consulter les fiches et d'élaborer la liste des suspects. Vous savez comment procéder ?

— Je commence par l'ordinateur, puis je consulte le fichier et je recherche des individus susceptibles d'être impliqués dans ce vol précis, je compare cette liste avec celle des personnes soupçonnées d'agressions similaires, etc. » Il avait l'air de trouver ça à la fois rasoir et agaçant. Flavia le plaignait un peu. Mais, même si elle lui avait raconté des bobards, un élément au moins était vrai. Aujourd'hui, le travail policier consiste essentiellement à rester assis sur son derrière à éplucher des fichiers.

« Bravo ! lança-t-elle avec enthousiasme. Je sais que vous allez pester et râler tant et plus… Mais plus vite vous aurez obtenu un résultat, plus tôt vous pourrez retourner dans le monde réel… Alors, au travail ! » conclut-elle en se forçant à jouer les bonnes maîtresses d'école. Elle le gratifia d'un sourire d'encouragement, tandis qu'il sortait du bureau en traînant les pieds.

Une bonne chose de faite. Son moral remonta même un peu avant de rechuter brusquement après son sandwich de la mi-matinée. Comme elle faisait glisser les miettes du sous-main dans la corbeille à papier, sa secrétaire lui annonça qu'un journaliste du *Mattino* était au téléphone. Rien d'étrange à cela. Bon nombre de journalistes appelaient régulièrement pour prendre l'air du temps, et Flavia se montrait bien plus affable avec eux que Bottando ne l'avait jamais été. C'était la première fois qu'elle avait affaire à Ettore Dossoni, cependant. Le nom lui disait vaguement quelque chose mais, autant qu'elle s'en souvînt, le domaine de ce journaliste n'était pas l'art ou le vol d'œuvres d'art.

« J'avais l'intention, fit-il d'un ton quelque peu insinuant, d'écrire un article sur la sécurité.

— Ah oui ?

— Oui. Vous savez… celle des musées. Surtout lors du transport des tableaux.

52

— Vous voulez dire pour les expositions ? Ce genre de chose ? demanda sèchement Flavia.

— Tout à fait. Vous savez, à propos de l'assurance, de la façon dont on protège les œuvres d'art, de ce qui pourrait se passer si, par malheur, un tableau venait à disparaître…

— Voilà une excellente idée ! s'écria Flavia avec entrain. Malheureusement, je ne peux rien vous dire de précis à ce sujet. Nous n'avons déploré aucune perte de cette sorte depuis des lustres…

— Bien sûr que non », répondit Dossoni d'une voix mielleuse. Il commençait à déplaire à Flavia. « Mais vous devez avoir une procédure à respecter dans une telle situation.

— Nous mettons tout en œuvre pour le récupérer immédiatement. Comme d'habitude. Rien de bien original.

— Mais s'il y a demande de rançon, par exemple.

— Il est illégal de payer une rançon, déclara gravement Flavia.

— Vous voulez dire que vous refuseriez d'en payer une ?

— Moi ? Personnellement ? Comment pourrais-je payer une rançon ? Ce n'est pas du ressort de mon service. Si c'était le cas, je me contenterais de transmettre la requête à ma hiérarchie. Et le plus vite possible. Mais si vous me citez là-dessus je vous étranglerai de mes propres mains. Vous pouvez deviner aussi bien que moi quelle serait la réaction de ladite autorité. C'est illégal, je le répète. »

Flavia expédia la fin de l'interview. Après avoir raccroché, elle s'appuya au dossier de son siège, la mine inquiète. Le journaliste cherchait, à l'évidence, à lui tirer les vers du nez. On lui avait fourni des renseignements mais pas assez pour faire quelque chose. Il existait trois sources possibles. Un employé du musée, un membre des services du Premier ministre, ou un complice du vol. Peu importait, en réalité, l'origine précise de la fuite. Elle décrocha le téléphone et s'entretint avec plusieurs contacts à propos d'une éventuelle mise sur écoute du journaliste. Elle reçut la réponse dix minutes plus tard.

Pas question.

Trop récemment promue à ce poste, voilà l'ennui. Pas encore assez de poids. Personne n'aurait osé le refuser à Bottando. Pourtant, à bien y réfléchir, c'était la première fois qu'on refusait quelque chose à Flavia. Elle ruminait sa colère lorsque Argyll lui proposa de nouveau ses conseils, sans doute judicieux, d'ailleurs.

Tandis qu'elle était ainsi occupée, Argyll restait à la maison. Il se sentait totalement laissé pour compte et abandonné à son triste sort. Jusqu'à présent, il supportait assez bien le travail de Flavia. Ils cohabitaient sans heurt depuis des années, se tolérant mutuellement, à part quelques anicroches de temps à autre. Argyll acceptait les fréquentes absences, les soucis et les sautes d'humeur provoquées par l'activité de sa compagne. En retour, le métier de Flavia avait été une source quasiment inépuisable de distractions. Il se targuait même – et Flavia le reconnaissait volontiers – de l'avoir sérieusement aidée dans plusieurs affaires. Le ménage à trois s'était un peu compliqué depuis qu'elle avait reçu *la* promotion, surtout parce que Flavia se coltinait plus de travail administratif et consacrait moins de temps à la recherche des œuvres d'art volées. Au bureau, elle était également devenue plus circonspecte, et, à l'instar de Bottando, elle évaluait davantage les risques, se montrant plus prudente face au danger et aux éventuelles chausse-trapes. Cela lui donnait parfois un air furtif, sinon méfiant, et Argyll avait remarqué que depuis qu'il était libéré de son poste, Bottando ressemblait davantage à l'ancienne Flavia, débordant d'idées intelligentes, voire brillantes.

Il s'était attendu à ce changement et, la plupart du temps, cela ne le gênait pas. Mais l'actuel dossier avait en quelques heures rendu leur vie de couple presque insupportable. La bonne humeur habituelle de Flavia s'était envolée, et il fallait lui tirer les vers du nez ne serait-ce que pour discuter des grandes lignes de l'affaire en cours. Sans compter que, à son avis, elle prenait un risque absolument inconsidéré en s'en mêlant. Cela faisait partie de ses attributions, soit, et le Premier ministre en personne lui avait confié le dossier. Selon Argyll, elle aurait dû se défiler pour échapper à tout cet imbroglio.

En attendant que sa chère épouse recouvre son équilibre, Argyll restait allongé sur le divan afin de décider par quelle tâche commencer. Ces méditations prenaient le temps qu'un moraliste austère lui aurait sans doute conseillé d'utiliser de préférence à l'accomplissement de l'une de ces tâches. Or, en homme pointilleux, Argyll voulait être certain de prendre la bonne décision. Voilà pourquoi son esprit vagabondait, passant d'un sujet à l'autre… Corriger ses copies, remplir les fiches d'exportation de ses tableaux, faire les courses pour la semaine, avant de revenir au point de départ.

C'est alors que lui vint à l'esprit une idée pour le cadeau d'adieu de Bottando. Naturellement, Flavia et lui avaient l'intention d'offrir au général une babiole quelconque pour célébrer l'occasion, mais lui souhaitait faire quelque chose de particulier. Il aimait beaucoup Bottando, et c'était réciproque. Il avait le sentiment que le vieil homme lui manquerait autant qu'à Flavia. Et son idée de présent était parfaite. Ils étaient récemment allés boire un verre chez le général, une première pour Argyll, Bottando recevant rarement. Célibataire, il n'était pas très doué pour le ménage et l'appartement était plutôt mal tenu. Il y dormait, y prenait sa douche, y rangeait ses vêtements. C'était à peu près tout. Vingt minutes après leur arrivée, ils se rendirent dans un restaurant du quartier.

Ce fut donc d'autant plus étonnant de découvrir le petit tableau au-dessus de la cheminée – inutilisée depuis fort longtemps –, se détachant sur le vieux papier peint taché. C'était le seul objet dans tout l'appartement qui ne fût pas strictement fonctionnel. Si Bottando avait passé une grande partie de sa carrière à récupérer des tableaux, il ne semblait jamais avoir voulu en posséder lui-même.

Or, celui-ci était adorable : huile sur bois, quarante-cinq centimètres sur trente, un peu meurtri et cabossé, représentant la Vierge Marie et un bébé tourbillonnant dans les airs, juste au-dessus de sa tête. Peu orthodoxe. Bizarre. Une Vierge étonnante. Un visage absolument ravissant. Et le peintre avait ajouté deux personnages agenouillés devant elle en train de prier avec ferveur. Joli travail, en assez bon état, et digne de la plus belle cheminée. Rares signes de maladroite restauration, si ce n'est, ici et là, l'inévitable retouche. Si Argyll devinait que l'œuvre datait de 1480, à peu près, et qu'elle venait de l'Italie du Centre, ce type de tableau ne relevait pas du tout de son domaine de compétences et il ne pouvait être plus précis.

« Joli tableau ! » s'était-il exclamé en le scrutant de près.

Bottando avait tourné la tête.

« Oh ça ? avait-il rétorqué avec un petit sourire. C'est un cadeau. Qu'on m'a fait, il y a bien longtemps.

« — Veinard ! Qu'est-ce que c'est ?

— Aucune idée. Rien de très particulier, il me semble.

— D'où est-ce que ça vient ? »

Haussement d'épaules.

« Puis-je… ? » avait demandé Argyll en le décrochant avant que Bottando ait pu dire non.

En l'examinant de plus près, Argyll s'était aperçu que les dommages et les traces d'usure étaient assez visibles. Peinture écaillée ici, éraflures là, mais ce n'était pas mal quand même. Puis il l'avait retourné. Aucun griffonnage révélateur, juste un bout de papier collé portant un petit sceau apparemment en forme de maison, ainsi qu'un nombre – 382 – écrit à l'encre, dont la couleur avait passé. Argyll n'avait pas reconnu la marque. Il avait remis le tableau à sa place, avant de dessiner un peu plus tard la marque dans un carnet qu'il gardait sur lui dans ce but, cette habitude étant l'un de ses rares signes d'organisation. Très utiles, ces marques d'appartenance. Le seul répertoire correct les concernant avait été publié trois quarts de siècle auparavant et était si dépassé et incomplet qu'il n'était que rarement utilisable. Argyll jouait avec l'idée d'en publier, un de ces jours, un supplément afin d'assurer sa gloire immortelle. « Est-ce que ça figure dans l'*Argyll* ? » demanderait-on durant les futures décennies… Encore faudrait-il qu'il s'y mette.

Ce jour-là, neuf mois plus tard, le tableau et sa marque lui revenaient en mémoire. Voilà une idée de cadeau. Il pourrait en rechercher les origines. Découvrir ce que c'était, au juste, d'où il venait, quels en avaient été les divers propriétaires. Concocter un petit dossier à l'aide de tous ces éléments. Un geste, rien de plus, mais Bottando serait ravi, se dit-il. Cadeau original, personnalisé. Mieux que la gravure ou l'aquarelle achetée avec la collecte organisée par le bureau.

Les iconographies ne lui furent pas d'un grand secours, mais c'était un début. Les Vierges à l'Enfant suspendu dans les airs étaient considérées comme les toutes premières représentations de l'Immaculée Conception, bien avant que la doctrine se soit emparée du cœur et de l'esprit des dévots. Les deux personnages agenouillés devant elle étaient probablement dotés du visage des commanditaires, mais pouvaient tout aussi bien être les parents de Marie. Et s'il s'agissait effectivement de l'Immaculée Conception, le tableau avait dû être peint pour les franciscains, qui soutinrent très tôt la doctrine selon laquelle Marie avait été conçue sans péché. Pourtant, Argyll ne connaissait ni l'identité ni même l'école de l'artiste. Il ne pouvait que deviner la date et la région. Il avait seulement ses notes et la marque au dos du tableau. Mais les petits ruisseaux faisant les grandes rivières, il appela sir Edward Byrnes, son ancien patron, qui lui promit de se renseigner autour de lui. C'est ce qu'il affirmait toujours ; or il tenait rarement sa promesse.

Les choses se passèrent différemment cette fois-là. Moins d'une heure plus tard, Byrnes lui envoya un fax pour signaler l'offre d'un collègue concernant l'un des tableaux mis en vente par Argyll. Jugeant le prix correct, il suggérait à Argyll d'accepter la proposition, ajoutant en post-scriptum qu'il avait découvert la signification de la marque représentant la petite maison.

« Selon des gens assez âgés pour s'en souvenir, c'est sans doute celle de Robert Stonehouse, qui, entre les deux guerres, avait rassemblé une collection de quelque valeur. Elle a été dispersée dans les années soixante. J'ai consulté pour vous le catalogue de la vente, mais la référence désignant à l'évidence l'œuvre en question ne va guère vous mener beaucoup plus loin. Le tableau est censé appartenir à l'école florentine de la fin du XVe, mais, vu les attributions fantaisistes de certains experts, il pourrait tout aussi bien s'agir d'un Picasso. Puisqu'il n'avait fait que quatre-vingt-quinze livres, à l'époque, personne ne l'avait, apparemment, estimé à sa juste valeur. La villa de Stonehouse en Toscane a été acquise par une université américaine. Il se peut que les nouveaux propriétaires en sachent davantage. »

Après une heure passée à consulter des livres de référence, des Mémoires et autres outils du métier, Argyll glana de nouveaux détails sur la collection, qui le convainquirent que le commentaire de Byrnes selon lequel la collection avait possédé « quelque valeur » était très modeste. Elle avait été de tout premier ordre, en réalité. C'était une histoire fort banale, semblait-il. Grand-papa Stonehouse avait fait fortune dans le jute ou quelque chose du genre ; le fiston avait des goûts artistiques et s'était retiré dans une magnifique villa italienne, position stratégique depuis laquelle il achetait ses tableaux, tout en gardant un œil avisé sur la Bourse. Il fut l'un des rares à tirer profit du krach boursier de 1929, un cataclysme qui entraîna la chute vertigineuse du prix des œuvres d'art, à la grande joie des collectionneurs.

Le grand cycle traditionnel se termina à la troisième génération avec le dernier Stonehouse, qui avait les penchants dispendieux de son père sans avoir hérité des dons de financier de son grand-père. Impéritie qui aboutit à la dispersion de la collection, à la vente de toutes les œuvres d'art aux musées du monde entier et à celle de la villa à une université américaine, laquelle installa une sorte de colonie de vacances dans le bâtiment qui avait jadis résonné des voix des plus grandes personnalités artistiques et littéraires de l'Europe.

Que du très banal jusque-là, et rien de bien révélateur, hélas ! Ce qui éveilla l'intérêt d'Argyll fut que le deuxième Stonehouse se considérait comme un collectionneur. Il ne se contentait pas de rassembler un *bric-à-brac** de grande valeur, mais il constitua un ensemble artistique à part entière. Peinture, tapisserie, bronze, sculpture, majolique, estampe, dessin étaient choisis pour créer un tout d'une parfaite harmonie. Réussite confidentielle, certes, susceptible d'être admirée seulement par quelques *happy few*, mais remarquable réussite néanmoins. Quelle tragédie, en un sens, que toute la collection ait été dispersée aux quatre coins du monde ! Au fond, rien de plus normal. D'une certaine manière, pensa Argyll en se servant un autre verre et en ramenant ses jambes sur le canapé pour se féliciter de sa trouvaille, mettre sur pied une collection a constitué la première forme de *happening* artistique. Réalisation temporaire, éphémère, évanescente. Créée pour ne durer qu'un moment, avant d'être emportée par les vents du changement, au gré des vicissitudes économiques.

Et des vols. Vu sous ce jour, le vol pourrait être considéré comme un acte artistique participant de l'éternel processus du démantèlement et de la reconstitution des collections de tableaux. Grands dieux ! songea-t-il, ce pourrait même être là le sujet de ma communication. La question du petit cadeau de Bottando et du colloque réglée en même temps. Faire d'une pierre deux coups, pour ainsi dire. Sans doute futile et vain, mais c'était le genre de truc dont raffolent les colloques. En outre, le temps pressait. Il fallait qu'il s'y mette et il n'avait absolument aucune autre idée en tête.

Si ses recherches ne lui fournirent pas la moindre information sur la petite Vierge, elles lui rendirent cependant l'espoir. Puisque le tableau avait attiré l'attention de Stonehouse, il présentait sûrement quelque intérêt. La mention de la provenance avait des chances de beaucoup augmenter sa valeur, au cas où Bottando déciderait un jour de s'en défaire. La recherche de la provenance d'un tableau peut devenir une véritable obsession : une fois qu'on se lance dans la quête, il est difficile de s'arrêter. On est toujours tenté de voir si on peut remonter un peu plus haut dans les origines de l'œuvre. Argyll était allé jusqu'à 1966 et n'avait découvert qu'un seul propriétaire avant cette date. Il ne savait toujours pas grand-chose sur le tableau, pourtant, l'idée d'en faire le sujet de sa communication titillait son imagination. Et Flavia était si soucieuse et bougonne qu'il ne lui manquerait guère s'il se rendait en Toscane afin d'enquêter sur le terrain. Autant se tenir à l'écart pendant quelques jours.

Il réfléchit, puis téléphona aux Renseignements pour avoir le numéro de l'université installée dans la villa de Stonehouse. Il appela. Des gens charmants lui répondirent. Bien sûr qu'ils possédaient des archives sur la famille Stonehouse. Bien sûr qu'Argyll pouvait les consulter. Bien sûr qu'ils seraient ravis de l'héberger pour une nuit s'il le souhaitait... Ah ! si les choses pouvaient toujours être aussi aisées... Une demi-heure plus tard, il préparait son sac et s'apprêtait à gagner Florence par un des premiers trains du lendemain matin. Et gagner ensuite la campagne toscane...

5

Corrado avait effectué un travail exemplaire. Il avait non seulement établi la liste quasiment exhaustive des voleurs d'œuvres d'art, l'avait comparée avec celle des personnes connues pour leurs goûts artistiques, élaboré une troisième liste de malfaiteurs liés au crime organisé, qu'il avait divisée selon les régions (se fondant sur l'hypothèse plausible que les malfrats sont extrêmement paresseux et n'aiment guère s'éloigner de leur domicile), mais le stagiaire avait aussi imprimé son compte rendu en vingt-quatre caractères différents, l'avait agrémenté de beaux graphiques, un peu inutiles, ainsi que de références au fichier des dossiers, avant de le relier pour lui donner l'aspect d'un document officiel de quarante-cinq pages. Flavia s'efforça de dissimuler son admiration.

« Très joli, fit-elle du ton le plus détaché possible en le jetant sur son bureau. Et maintenant, pourriez-vous résumer les résultats de vos recherches ?

— Il n'y en a aucun, avoua-t-il avec une remarquable franchise.

— Absolument aucun ?

— Aucune des personnes fichées n'a le profil. Et je cherchais quelqu'un travaillant seul et ayant déjà volé quelque chose de semblable. J'ai même élargi ma recherche en supposant que le voleur en question œuvrait peut-être pour quelqu'un d'autre, mais, malgré ça, personne ne possède vraiment le profil adéquat. Je n'ai pas réussi à tout vérifier, bien sûr, pourtant... »

Fort bien, pensa-t-elle. Il n'était pas infaillible finalement. L'occasion de se montrer critique...

« Et pourquoi donc ? Dans ce genre de recherche il faut aller au fond des choses, vous savez. Sans ça...

— Il manquait des fiches, l'interrompit-il, lui coupant l'herbe sous le pied juste au moment où elle commençait à trouver son rythme. Plusieurs... »

Elle grinça des dents. La négligence était l'un des rares défauts qui l'agaçaient vraiment chez ses collègues, d'autant plus qu'elle avait jadis été l'une des personnes les plus désordonnées du service. Pour marquer son ascension aux plus hautes responsabilités et sa conversion sur le chemin de Damas, en quelque sorte, une fois installée dans le bureau de Bottando, sa première décision avait été d'envoyer à tous ses subordonnés une note de service comminatoire leur enjoignant de signer chaque fois qu'ils empruntaient un document, d'éviter de poser dessus leur tasse de café et de le remettre en place ensuite. Sa deuxième mesure avait été de recueillir toutes les vieilles fiches encore dans le bureau et de les faire rapporter aux archives.

L'ordre produisit autant d'effet sur ses collègues que naguère sur elle les notes similaires rédigées par Bottando. Les dossiers présentèrent toujours d'importantes solutions de continuité et, les rares fois où on rapportait les fiches, certaines n'étaient rangées ni dans la bonne année ni dans la bonne catégorie. On entendait de temps en temps un rugissement de rage dans les couloirs du bâtiment, au moment où un collègue découvrait un vide à l'endroit où il aurait dû trouver la réponse à ses questions.

« Eh bien, ça sera votre distraction de l'après-midi ! À vous de les récupérer. Elles doivent bien être quelque part.

— C'est possible. Sauf pour une, en tout cas.

— Comment le savez-vous ?

— L'archiviste assure qu'elle se trouve à l'EUR. Le général Bottando l'a empruntée hier.

— Alors il faudra vous en passer. Mais retrouvez les autres ! »

Elle lui avait gâché sa journée, elle le savait. Il avait l'air dépité. Le malheureux garçon avait espéré que le splendide travail accompli lui aurait donné le droit de retourner accompagner Paolo dans ses tournées.

« Plus vite vous retrouverez les fiches, plus tôt vous retournerez sur le terrain », ajouta-t-elle au moment où il sortait du bureau. Puis elle s'appuya au dossier de son fauteuil. Il faudrait vraiment qu'elle se procure un médicament contre les nausées. Elle n'allait pas consulter un médecin car elle était certaine qu'il détecterait quelque chose de grave. Le mot « ulcère » hantait son esprit, le mal des bureaucrates. L'idée la révulsait. Puis le téléphone sonna. On avait reçu la demande de rançon. Enfin !

Tout à fait classique. Si classique que la formulation lui fit hausser les sourcils d'incrédulité. Coup de téléphone au musée – apparemment, le pauvre voleur avait d'abord eu du mal à se faire prendre au sérieux –, agrémenté d'un mot de passe pour prouver son authenticité. « Chocolats », avait-il précisé. C'était suffisant, car seul quelqu'un au courant du vol pouvait apporter cette précision. Puis la demande : trois millions d'euros. On lui dirait le lendemain quand et comment remettre l'argent.

« Au fait, je pense que vous devriez passer au musée, dit Macchioli après lui avoir fait part du message.

— Pourquoi ? Il n'y a rien de nouveau, si ?

— Non. Il y a juste un paquet.

— Quel paquet ?

— Celui qu'un coursier vient d'apporter à mon bureau. J'ai dû signer le reçu à votre place.

— Mais de quoi parlez-vous ? demanda Flavia en secouant la tête.

— Il est arrivé il y a cinq minutes. Je n'en connais pas l'origine. Il vous est adressé.

— Pourquoi me l'envoyer chez vous ? »

Silence à l'autre bout du fil.

« Très bien. Je vais passer le chercher. En attendant, tâchez de vous rappeler d'autres détails à propos du message téléphonique. Et demandez la bande pour que je puisse l'écouter.

— Quelle bande ?

— On a envoyé des techniciens, vous vous en souvenez ? Au cas où vous recevriez un coup de fil. Ils ont mis le téléphone sur écoutes, n'est-ce pas ?

— Ah, ce machin… » Il semblait sceptique. Une goutte de sueur perla au sommet du front de Flavia.

À juste titre. Les techniciens avaient effectué un excellent travail à tout point de vue, mais ils n'auraient pas dû compter sur la standardiste pour mettre en marche le système chaque matin. L'énorme femme se lança dans des explications furibondes. Le premier jour, elle avait enclenché le système, mais ensuite elle avait été lasse de constamment changer la bande. Qu'aurait-elle dû faire ? Est-ce qu'on se rendait compte à quel point il était pénible, épuisant, de répondre au téléphone toute la journée, alors, s'il fallait en plus penser à changer les bandes ! Pour ce qu'elle était payée ! Combien de fois, demanda-t-elle dans une grande envolée oratoire, oui, combien de fois avait-elle réclamé à son chef une seconde standardiste ? Mais personne ne l'écoutait jamais. Autant prêcher dans le désert…

Flavia s'aperçut qu'elle non plus ne l'écoutait pas. Elle se contenta de sourire poliment à la standardiste furieuse, puis retourna au bureau de Macchioli.

« Pas de bande ?

— Non, répondit-elle. »

Il esquissa un sourire gêné. Flavia résista à l'envie de lui jeter quelque chose à la tête.

« Vous ne vous rappelez aucun autre détail ?

— Non. Sauf que nous avons retrouvé le cadre.

— Où ça ?

— Dans le bureau d'un des conservateurs. Dans l'excitation on avait oublié qu'on avait sorti le tableau du cadre pour l'épousseter.

— Je vois. Je suppose qu'il me faut aviser le Premier ministre de la demande de rançon.

— Ah ! je l'ai déjà fait.

— Quand ça ?

— Dès qu'on a reçu l'appel.

— C'est-à-dire ? »

Le directeur jeta un coup d'œil à sa montre.

« Mon Dieu, comme le temps passe ! Il y a deux heures environ. »

Flavia ne prit pas la peine de signaler qu'elle trouvait vexant d'être traitée comme la cinquième roue du carrosse. Nul doute que Macchioli eût demandé en quoi cela importait. Et, en effet, cela n'avait pas la moindre importance.

« Parfait, fit-elle. Absolument parfait. Bon. Ce paquet, maintenant, où est-il ? »

Il indiqua dans un coin une grande boîte enveloppée dans du papier d'emballage. Flavia la regarda d'un air soupçonneux. On ne lui avait jamais envoyé une bombe, mais il y avait un début à tout. Et, sans doute, également une fin. D'un autre côté, pourquoi diable l'aurait-on envoyée ici ? Elle souleva le paquet – étonnamment lourd, comme une boîte remplie de livres –, le secoua prudemment, haussa les épaules, puis emprunta les ciseaux de Macchioli.

La boîte contenait de l'argent. Beaucoup d'argent. Une énorme quantité d'argent. Elle referma immédiatement le couvercle. Combien ? Il n'était pas particulièrement difficile de deviner qu'il y avait, en coupures de différentes valeurs, exactement trois millions d'euros. Ni que le paquet était arrivé après le coup de téléphone du directeur au Premier ministre.

« Bon sang ! s'exclama Macchioli en s'approchant pour regarder par-dessus l'épaule de Flavia. Qu'est-ce que c'est que ça ? » Il avait vraiment le chic pour poser des questions oiseuses.

« Eh bien ! expliqua Flavia, c'était mon anniversaire il y a quelques jours… » Elle se baissa pour ramasser la boîte. « Pourriez-vous faire venir ma voiture dans la cour à l'arrière du bâtiment ? Je n'aimerais pas perdre ce paquet. Au fait, que raconte l'histoire de Céphale et de Procris ?

— Pardon ?

— Le Lorrain. Quel en est le sujet ?

— Ah oui ! Ça se trouve dans Ovide, mais, si je ne m'abuse, la légende est surtout connue grâce à une pièce écrite au XVIIᵉ par Niccolò da Correggio. Une intrigue atrocement compliquée. Les dieux mettant la pagaille encore une fois. Diane donne à Céphale une lance magique qui ne rate jamais sa cible. Dans une forêt, il vise ce qu'il croit être un cerf et tue Procris par erreur. Alors Diane la ramène à la vie, et tout est bien qui finit bien. Pourquoi cette question ?

— Simple curiosité. Je ne connaissais pas cette légende.

— Vraiment ? fit Macchioli, très surpris. Dans ma jeunesse, cela faisait partie du programme scolaire.

— De quoi parlez-vous ?

— De la mythologie. On l'inculquait à tous les écoliers. Mussolini en raffolait, paraît-il.

— Tout ça a dû changer dans les années soixante.

— Sans doute, dit Macchioli, qui à l'évidence ne trouvait pas le changement positif. Ça ne me rajeunit pas, hélas… J'imagine que tous les gens de plus de quarante ans sont très forts en mythologie.

— Dans ce cas, je vais cantonner mes recherches aux voleurs quadragénaires. Quoique je ne pense pas que le sujet soit important. »

6

Le trajet de Rome à Florence fut plutôt simple. Il suffit à Argyll d'aller à la gare, de monter dans le train et d'admirer le paysage, de plus en plus beau au fil des heures. Le train était vide, mais ce n'était plus le même que jadis. Argyll était désormais assez âgé pour se sentir nostalgique à la moindre occasion, et le remplacement des vétustes wagons verts, archibourrés de conscrits, cahotant le long des voies, par de somptueux trains à grande vitesse flambant neufs, dont on prétend qu'ils sont aussi confortables que l'avion, lui faisait regretter la simplicité d'antan.

D'un autre côté, c'était bien plus rapide. À peine eut-il le temps de terminer la lecture du journal que le train ralentit pour entrer en gare de Florence. Là, la simplicité d'antan revint au grand galop. Quelles que soient les innovations apportées dans son sillage par la modernité, elles n'ont guère eu d'influence sur le réseau des autobus qui, malgré son maillage extraordinairement serré, n'est compréhensible que par les vieux résidants.

Voilà pourquoi Argyll passa les trois quarts d'heure suivants à courir de l'un à l'autre des arrêts situés devant la gare, dans l'espoir que l'un des chauffeurs finirait par reconnaître qu'il allait dans la direction demandée. Une fois cet obstacle franchi, les difficultés continuèrent… L'autobus le lâcha en rase campagne, à la jonction d'une route étroite et d'un petit chemin. Pas le moindre poteau indicateur, ni personne pour le renseigner. Il ne lui restait plus qu'à admirer la verdeur de la nature au printemps avant qu'elle soit desséchée par le dévastateur été toscan.

On se sentait ragaillardi et vivifié rien que d'avoir quitté Rome. Si Argyll adorait la capitale, il fallait bien avouer qu'elle était parfois un rien nauséabonde. On remarquait le vacarme seulement lorsqu'on l'avait laissé derrière soi et que le seul bruit était la petite brise soufflant dans les hauts cyprès et le gazouillis des rares oiseaux n'ayant pas encore été tués et dégustés.

Quelles délices ! Hélas ! il ne pouvait pourtant pas rester là toute la journée à respirer l'air pur de la campagne. Devait-il continuer sur la route suivie par le bus ou s'engager dans le chemin de droite ? Son instinct le poussant à adopter la seconde solution, il choisit comme d'habitude la première, car, placée devant ce genre d'alternative, son intuition se révélait invariablement défaillante. Alors, avant de faire une pause pour reprendre son souffle, le sac au bout du bras et la sueur au front, il marcha péniblement pendant près de un kilomètre, sans apercevoir la moindre habitation ni le moindre habitant. On n'était qu'au printemps mais le soleil était déjà assez chaud. Argyll était anglais : dès qu'il faisait plus que tiède, il commençait à fondre.

Il eût été idiot de rebrousser chemin et ridicule de continuer dans la même direction. Pas la moindre cabine téléphonique à l'horizon. Il regarda à l'entour, à la recherche d'un signe révélateur, mais n'en aperçut aucun. Il s'était résolu à se traîner jusqu'au prochain tournant, lorsqu'il découvrit le salut en l'apparition incongrue d'un homme vêtu d'un costume trois-pièces à fines rayures et qui fixait d'un air perplexe une vieille Volkswagen dont le capot était relevé.

« Excusez-moi de vous déranger…, commença Argyll en italien.

— Fichue bagnole ! s'exclama l'homme en anglais, sans lui prêter la moindre attention.

— Pardon ?

— Fichue voiture ! Fichus Italiens ! Regardez ! On a piqué le moteur. Je m'arrête une minute, et quand je reviens il a disparu. Pas étonnant qu'elle ne reparte pas. »

Argyll jeta un coup d'œil. C'était vrai. Il n'y avait plus de moteur.

« Est-ce qu'il ne serait pas à l'arrière ? demanda-t-il.

— Quoi ?

— À l'arrière. C'est là qu'il se trouve d'habitude. »

L'homme, grand, raide comme un piquet, les cheveux gris en bataille, l'air ahuri, cessa de fixer le coffre à bagages vide pour dévisager Argyll.

« Vous êtes mécanicien ?

— Non, mais si vous ne me croyez pas, vérifiez vous-même. »

De plus en plus perplexe, le vieil Anglais obéit et se dirigea vers l'arrière du véhicule, dont il souleva le capot.

« Mon Dieu ! Comme c'est bizarre ! Eh bien, dites donc ! »

Il se retourna vers Argyll.

« J'ai vraiment eu de la veine de tomber sur un mécanicien. Auriez-vous l'amabilité de faire redémarrer le moteur ?

— Mais je ne suis pas mécanicien…

— Vous vous y connaissez, de toute évidence.

— Pas vraiment…

— Eh bien, allez-y ! »

Argyll utilisa sa manière habituelle de traiter les voitures récalcitrantes. D'abord, vérifier qu'il y avait de l'essence, puis tirer sur tous les fils pour voir si l'un d'entre eux était détaché… Tout était parfait, mais il avait bien dû réparer quelque chose, puisque le moteur s'empressa de confirmer sa réputation de mécanicien prodige en repartant du premier coup. Son nouvel ami resta bouche bée d'admiration.

« Je ne vous demanderai pas de m'expliquer comment vous vous y êtes pris, fit-il. De toute façon, je n'y comprendrais goutte. Mais merci quand même… »

Argyll prit un air modeste.

« Peut-être pourriez-vous me rendre un petit service en échange… Connaîtriez-vous par hasard la villa Buonaterra ? »

Une imperceptible hésitation et une ombre de suspicion se peignirent sur le visage du vieil homme.

« En effet, fit-il. Pourquoi donc ?

— Je suis censé m'y rendre, mais je ne la trouve pas. Le chauffeur du bus m'avait promis de me laisser à l'arrêt le plus proche, mais je ne sais pas s'il l'a fait ou non.

— C'est à deux cents mètres sur la gauche », expliqua le vieil Anglais. Se retournant brusquement, il remonta dans sa petite voiture et démarra sans autre forme de procès. Puis, il freina soudain, fit marche arrière jusqu'à la hauteur d'Argyll et descendit sa vitre.

« Cavalier de ma part, se reprocha-t-il. Coutumier du fait. Venez donc prendre un verre, ce soir, si vous êtes libre. À environ un kilomètre et demi d'ici. Vous verrez mon petit pavillon, à l'entrée du village. »

Sur ce, il redémarra. Argyll le regarda s'éloigner. Voilà le genre d'invitation dont il se serait bien passé.

L'homme n'avait pas précisé que, si la grille du parc se trouvait bien à deux pas, le chemin conduisant à la maison proprement dite s'étendait sur un kilomètre et demi au moins. Il fallut donc à Argyll encore une demi-heure pour atteindre, épuisé et couvert de poussière, l'une des plus belles et des plus élégantes villas Renaissance qu'il lui eût jamais été donné de voir.

Appréciant la fraîcheur de l'ombre, il attendit sous le portique, entre les colonnes ocre en stuc effrité. Sous ses yeux s'étirait l'allée de gravier bordée de statues rongées par le lichen. D'un côté s'étendait le grand jardin à l'italienne, rigoureusement dessiné selon un plan géométrique, mais sans la sévérité ni la rébarbative austérité que la France introduisit plus tard dans ses jardins d'agrément. Au-delà se dressait la haute futaie. Argyll percevait le très léger bruissement des feuilles dans la brise. *Buonaterra*. Bonne terre, en effet. S'il était riche, lui aussi vivrait dans un tel lieu et le remplirait des plus beaux objets qu'il pourrait dénicher. S'il était immensément riche, plus précisément, car dans les années vingt, à l'époque où Stonehouse avait acheté cette villa, il n'avait pour concurrents que quelques rares musées et une poignée d'excentriques comme lui-même prêts à dépenser leur bel argent pour acquérir des madones du XVe et autres œuvres de cet acabit. Aujourd'hui, la concurrence venait des milliardaires de l'Internet et des multinationales. S'il était impossible de savoir avec exactitude combien de tableaux appartenant à la collection Stonehouse et jadis accrochés aux murs de la villa se trouvaient désormais dans la pénombre de salles de coffres bancaires, Argyll devinait toutefois qu'il devait y en avoir un bon nombre.

Aujourd'hui, les tableaux étaient donc la propriété des financiers et la villa, autrefois lieu de retraite de la noblesse florentine, devait être pleine d'étudiants jouant au Frisbee sur les pelouses. Le progrès avait un prix.

Une délicieuse nostalgie commençait tout juste à l'envahir lorsque la porte s'ouvrit, et l'accent chantant du Sud des États-Unis le ramena au nouveau millénaire. Une demi-heure plus tard, après avoir défait son sac et effectué un brin de toilette, il était descendu retrouver son nouvel ami sudiste.

« Combien d'étudiants y a-t-il ici ? » s'enquit-il, curieux, en regardant autour de lui. Apparemment déserte et meublée avec goût, la villa n'avait absolument rien d'un établissement scolaire. Argyll s'était attendu à une odeur de chou bouilli, à des murs gris fer, à voir partout des marques visibles d'usure. Or il n'y avait rien de tel.

« Quasiment aucun, répondit James Kershaw, son hôte. Je ne sais pas pourquoi, mais la possibilité de baguenauder plusieurs mois dans la campagne toscane ne semble présenter aucun attrait pour nos étudiants. Mais je soupçonne les enseignants qui séjournent ici chaque année de chercher à les décourager de tenter l'aventure. Toute l'entreprise, poursuivit-il en conduisant Argyll vers la terrasse de derrière où était dressée la table du déjeuner, semble avoir disparu dans quelque trou noir administratif. Une donation a financé l'achat de la villa, laquelle, grâce à l'excentricité du donateur, ne peut être revendue. L'effectif du département d'italien a beaucoup diminué ces dernières années, et nous exigeons que les étudiants qui viennent ici parlent l'italien. Si bien que, en plus de quelques étudiants-chercheurs de troisième cycle, nous n'en recevons que cinq ou six par an. Et ils ne sont pas encore arrivés.

— Par conséquent, le reste de l'année, vous vivez comme des hobereaux de la Renaissance.

— C'est exact. Tôt ou tard quelqu'un s'en apercevra et y mettra un terme, mais tant que ça dure j'ai bien l'intention d'en profiter le plus possible. Champagne ? demanda-t-il, avant d'ajouter : Ce n'est pas du vrai champagne, bien sûr. Si à huit on vidait une caisse de champagne par semaine, on risquerait d'attirer l'attention. »

Argyll convint qu'il valait sans doute mieux modérer ses ardeurs.

« Je suis ravi de vous recevoir. La compagnie est très appréciable dans notre exil. Que désirez-vous exactement ?

— Je dois faire une communication dans quinze jours, et je souhaite fonder tout mon article sur la collection Stonehouse. J'aimerais aussi faire des recherches sur un tableau qui se trouvait jadis ici. Vous avez bien acheté tous les documents du propriétaire quand vous avez acquis le manoir ?

— Oh oui ! Personne n'en voulait. Les collections du XXᵉ n'avaient pas alors la cote dans la communauté des historiens d'art. Ça n'a d'ailleurs pas changé. Je ne me souviens pas que quelqu'un ait jamais consulté les archives. Quel tableau étudiez-vous ?

— Une madone. Il me semble qu'il s'agit d'une version de l'Immaculée Conception.

— Quel est le peintre ?

— Le maître de l'Immaculée Conception de Buonaterra… Je n'en sais rien, en fait.

— Et vous souhaitez connaître son nom. Êtes-vous marchand ? »

Question piège. Avouer être marchand dans les milieux universitaires n'est pas mieux vu qu'admettre être universitaire lors d'une réunion de galeristes. Cela déclenche des hochements de tête de commisération et de braves sourires, mais le ton de mépris sur lequel se poursuit l'entretien est tout à fait perceptible. Il n'y a guère de sympathie mutuelle, les chercheurs jugeant que les marchands ne s'intéressent qu'à l'argent et ceux-ci considérant les universitaires comme de doux rêveurs. C'est en général le contraire qui est vrai, mais peu importe. Répugnant à révéler son honteux passé, Argyll émit de petits sons évasifs.

« Vous pensez à un chef-d'œuvre perdu de Giotto ? C'est ça ? ironisa son hôte.

— Non, non. Mon intérêt pour le tableau est secondaire. Je cherche à obtenir des renseignements pour ma communication. Je voudrais développer une sorte de méditation philosophique sur la collection en tant qu'œuvre d'art. Je cherche à étudier comment l'assemblage d'une collection puis sa dispersion possèdent leur propre esthétique. Je commencerai par Sylla dépouillant Athènes pour le compte de Rome et Constantin volant de nombreux biens romains pour les emporter à Byzance, puis les Vénitiens pillant Byzance, Napoléon faisant de même à Venise et les Allemands à Paris. Je terminerai enfin par la dispersion des collections après la guerre pour des raisons fiscales et le départ des œuvres pour l'Amérique. Tout en analysant la manière dont ce processus diffuse les styles et fait monter la cote de certaines œuvres. Ce genre de chose. »

Kershaw, dont les travaux universitaires portaient des titres tels que *Intersexualité et intertextualité dans les fresques vénitiennes tardives*, répondit d'un dubitatif « Oh ! je suppose que tout dépend de l'interprétation des documents…

— Tout à fait, rétorqua Argyll sans se démonter. Et pour le moment je ne dispose d'aucun document. C'est d'ailleurs la raison de ma présence ici. Par conséquent, si vous pouviez me conduire aux archives je pourrais m'atteler à la tâche sans plus tarder.

— Finissez d'abord votre déjeuner. On a l'habitude de prendre le café sur le balcon avant de se remettre travail, une fois bien requinqué. Voulez-vous aussi dîner ici ce soir ?

— Probablement. J'ai été invité à boire un verre chez un vieux fossile dont j'ai fait redémarrer la voiture. Un Anglais, à en juger par son accent, et un militaire à la retraite, par son allure. Un peu zinzin, il me semble. Je ne vais donc pas, j'imagine, rester chez lui très longtemps.

— Une vieille Volkswagen ?

— Exactement. Qui est-ce ?

— Robert Stonehouse. »

Argyll arqua un sourcil.

« Il a dû vendre cette villa, mais il possède une jolie petite maison, un kilomètre et demi plus bas. Il lui a fallu abandonner sa vie de grand luxe, mais il a toujours plus d'argent que vous ou moi n'en gagnerons jamais. Il ne nous aime pas beaucoup. Vous a-t-il invité à boire un verre avant ou après avoir appris où vous alliez ?

— Après. »

Kershaw eut l'air impressionné.

« Vous avez dû lui plaire, alors. En général, la seule allusion à Buonaterra suffit à le mettre de mauvaise humeur. Il n'a jamais vraiment accepté son déclin social… Si vous voulez des renseignements sur ce tableau, il est votre homme. Vous en apprendrez davantage de lui qu'en consultant les documents. S'il était là à cette époque. »

7

Dès que Flavia apprit que, après sa visite, Bottando avait fureté dans les fichiers, elle se rappela son air songeur et comprit qu'il allait sortir son habituel « nous, les vieux de la vieille, on est peut-être dépassés, mais vous vous apercevrez que l'expérience n'est pas inutile ». Normalement, elle serait entrée dans son jeu, aurait attendu qu'il réussisse son coup et qu'il débarque, la mine ravie, dans son bureau, pour lui présenter – *Voilà !** – ses suggestions. Elle aurait alors fait semblant d'être extrêmement impressionnée et reconnaissante.

Mais, comme elle était un peu pressée et que cette découverte mettait à l'épreuve et sa patience et son sens du suspense, elle lui téléphona séance tenante.

« La fiche, dit-elle. Celle que vous avez prise. De quoi s'agit-il ? »

Au lieu de se rengorger, comme elle l'avait imaginé, Bottando sembla plutôt gêné par son appel.

« Et moi qui pensais vous surprendre ! répliqua-t-il. Grands dieux ! je dois perdre la main. Si vous acceptez de déjeuner avec moi, je vous raconterai ce qui m'est arrivé. Il est possible que ça ne présente aucun intérêt, bien sûr, mais cela vous procurera peut-être matière à réflexion. »

Elle n'avait pas la moindre envie de déjeuner, son estomac faisant toujours des siennes, mais elle accepta cependant, sachant que Bottando était très soucieux de contribuer à la sauvegarde de la civilisation en observant ce rituel. Elle parviendrait bien à avaler quelques feuilles de salade et un verre d'eau.

« Ce sont les chocolats qui m'ont mis la puce à l'oreille, bien sûr, déclara Bottando, trois quarts d'heure plus tard, après qu'ils eurent pris place, commandé leurs plats et mâchonné patiemment deux ou trois bouts de pain. Quel âge avez-vous, chère amie ? »

Elle fronça les sourcils. Elle allait devoir affronter l'un de ses longs numéros de charme. Très bien ! S'il répondait à son attente, cela vaudrait la peine de supporter un rien de fatuité.

« Trente-six ans, répondit-elle.

— Dieu du ciel ! Vraiment ? Eh bien, dites donc ! C'est extraordinaire... Pardonnez la question... Ça ne me regarde pas, je sais, mais vous et Jonathan, allez-vous jamais... ? »

Elle fronça les sourcils à nouveau. Parfois, avec Bottando, elle avait tellement l'impression d'entendre sa mère que ça lui donnait presque la chair de poule. Ces derniers temps, en outre, le tic-tac de l'horloge paraissait un peu trop sonore.

« Vous avez tout à fait raison, l'interrompit-elle sèchement. Cela ne vous regarde pas. »

Le général se racla bruyamment la gorge.

« Et ça n'a, de toute façon, rien à voir avec l'affaire, s'empressa-t-il d'ajouter. Je voulais simplement savoir si vous aviez un souvenir précis des années soixante-dix. »

On n'était pas sortis de l'auberge…

« Assez précis, je crois. Pourquoi donc ?

— Maurizio Sabbatini. Ça vous dit quelque chose ?

— Pas du tout. »

La réponse parut procurer un certain plaisir à Bottando.

« Il n'y a aucune raison pour que vous vous souveniez de lui. Il n'a jamais fait beaucoup de bruit. Il n'y a même pas eu de procès. Mais à l'époque c'était malgré tout un membre très actif de l'extrême gauche, prêt à commettre des actions décisives pour abattre le capitalisme mondial. Vous vous rappelez sans doute ce genre de choses… »

Elle hocha la tête avec patience. Les plats arrivèrent. Bottando goûta le sien et mangea de bon appétit tandis que Flavia chipotait.

85

« Vous n'allez pas en rester là, j'espère ? soufflat-elle au bout d'un certain temps.

— Bien sûr que non, répondit Bottando en essuyant un filet de jus de truffe de sa lèvre. En octobre 1979 – j'ai lu le dossier, voyez-vous, d'où ma précision en matière de dates –, il cambriole une banque de Turin. En solo, apparemment. Il n'a jamais œuvré avec des complices. Pour tous les témoins, l'expérience a été d'abord effrayante, puis… déconcertante. Le visage masqué, il les menace tous et ramasse l'argent. Ensuite, il jette le butin par la fenêtre, récite un poème sur la révolution en marche avant de distribuer des chocolats à tout le monde. Enfin, il tire sa révérence. »

Bottando interrompit son récit pendant qu'on enlevait les assiettes et qu'on remplissait les verres.

« Des chocolats…, fit Flavia.

— Et un masque. Représentant le pape, cette fois-là. Il a toujours eu le sens de l'humour, semble-t-il, même en tant que combattant de la guérilla urbaine. Et bien que théoriquement considéré comme un terroriste il n'était pas directement lié aux groupes dits dangereux. Il les connaissait tous, évidemment, mais il jugeait plutôt ennuyeux leur sérieux et leur grande austérité. Et eux ne lui faisaient pas confiance, le trouvant trop désinvolte et fantasque. Quoi qu'il en soit, vu ses pantalonnades, il n'a pas réussi à rester très longtemps incognito. Et il n'a jamais été jugé.

— Tiens, tiens !

— C'est vrai. Le dossier ne dit rien à ce sujet.

— Et puis il devient voleur de tableaux avec un certain penchant pour les paysages du XVIIe siècle dans le style italien ?

— Non. Il se fait artiste. Tendance happening. » Le ton était, à l'évidence, un rien dédaigneux. Le vol d'une œuvre d'art datant d'après 1850 était toujours accueilli par Bottando comme une bénédiction. « Et il n'a pas vraiment de succès, sa critique sociale un peu grossière ne correspondant guère à notre époque cynique. On le juge un tantinet bizarre, tout au plus, et on expose ses œuvres plutôt par nostalgie que parce qu'on admire réellement son travail. D'ailleurs, la plupart des acheteurs appartiennent à sa génération. C'est l'impression que ça donne, en tout cas. Je suppose qu'on peut tirer une certaine gloriole à subventionner un terroriste même s'il commence à prendre de la bouteille.

» On en est là. Il n'y a qu'une fiche sur lui, pour simple référence, ce qui explique qu'elle ne soit pas complète. Mais elle indique une tendance à la parodie d'attaques à main armée : chocolats, masques de carnaval grotesques... Ainsi que l'habitude d'agir seul. Ajoutez à cela une carrière artistique dans l'impasse et la capacité de récolter de fortes sommes d'argent. »

Flavia réfléchit un instant. Bottando avait assez bien répondu à son attente, en effet. Mais qu'il ait tu ces renseignements l'irritait.

Il eut au moins le bon goût de prendre un air penaud.

« J'avais l'intention de vous présenter le résultat de mes recherches dans un paquet cadeau. Mon chant du cygne. Je ne souhaitais pas en tirer personnellement gloire, vous comprenez. Un dernier beau coup avant la retraite. Malheureusement…

— Oh non !

— C'est peut-être mieux ainsi. J'ai été contacté par le cabinet du Premier ministre, qui m'a donné l'ordre de me charger de ce dossier. J'ai protesté, il n'y a rien eu à faire. »

Flavia fronça les sourcils. Elle se rendit compte qu'elle fronçait beaucoup les sourcils ces derniers temps.

« J'ai aussi signalé que je pourrais – que nous pourrions – avec un tout petit peu de chance retrouver le tableau sans payer la moindre rançon. Mais on m'a enjoint, comme à vous, de ne rien tenter, de payer rubis sur l'ongle, de récupérer l'objet et d'oublier l'affaire. On ne m'a pas caché que toute tentative de porter plainte serait sans doute contrée, en sous-main, comme l'État sait si bien le faire. Je suppose que l'idée est qu'il ne pourrait y avoir de procès sans publicité. Et le gouvernement veut précisément éviter toute publicité.

— Hmm…

— Votre réaction en vaut une autre…

— J'imagine que ce Sabbatini a disparu.

— Cela va sans dire. On ne peut guère espérer qu'il nous attende chez lui. »

Incrédule, Flavia secoua la tête.

« Vous auriez quand même pu me mettre au courant… »

Bottando prit un air contrit.

« Vous avez tout à fait raison. J'aurais dû, en effet, chère amie. Mais est-ce que cela aurait fait la moindre différence ? »

Elle ne répondit pas tout de suite.

« Je suppose que non. C'est seulement que depuis quelque temps j'ai le sentiment d'être toujours la dernière informée. » Elle s'efforça de lui faire comprendre qu'elle était plus que simplement vexée.

« Nous devons donc, reprit le général, mettre le point final à cette affaire. Ce qui signifie qu'il nous faut l'argent et les instructions pour procéder au troc. »

Flavia poussa un profond soupir et lui raconta sa matinée.

« Vous avez trois millions d'euros dans une valise au bureau ?

— Dans le coffre-fort. Et ils se trouvent dans un carton, pas dans une valise.

— À qui appartient l'argent ?

— Comment le saurais-je ? À quelqu'un de l'entourage du Premier ministre, à n'en pas douter. À part ça, je n'en ai pas la moindre idée.

— Vous connaissez la procédure à suivre pour l'échange ?

— On me l'indiquera dans les deux jours qui viennent.

— Je ferais bien de m'en occuper, il me semble. »

Flavia émit une protestation.

« Ce sont les ordres, Flavia, les ordres. Et ça vaut sans doute mieux ainsi, de toute façon. Si ça tourne mal, c'est moi qui serai responsable, pas vous. Je pense que le meilleur jour serait vendredi.

— Pourquoi vendredi ?

— Parce que ma retraite commence officiellement vendredi. Il faut être prudent, voyez-vous. Même si l'affaire tourne au désastre, il sera trop tard pour m'enlever ma pension, toute réduite qu'elle soit. »

8

Pendant ce temps, Argyll goûtait à la vie de gentleman-farmer et jouissait de l'atmosphère paisible de la splendide campagne toscane.

Puis il gagna sans enthousiasme la salle des titres où la bibliothécaire, dans son admirable efficacité, avait déjà sorti pour lui les dossiers Stonehouse et les avait posés sur une table près des portes-fenêtres ouvertes. Argyll s'installa pour les consulter.

Il ne se débrouilla pas trop mal, vu les circonstances, c'est-à-dire la chaleur croissante, le bourdonnement paresseux des premières abeilles, le gazouillis des oiseaux virevoltant pour bâtir leur nid en prévision du rude été. Ç'eût été tellement plus agréable de s'appuyer au dossier du siège et de les regarder s'activer, de laisser vagabonder sa pensée, tout en surveillant les minces nuages qui s'effilochaient lentement dans le ciel.

Il s'adonna d'ailleurs à cette occupation un bon bout de temps, dispensant à certains nuages plus d'attention qu'ils n'en méritaient réellement. Il réussit pourtant à s'arracher à sa contemplation assez longtemps pour entamer la pile des rébarbatifs dossiers couleur chamois placés devant lui. Assez longtemps, en fait, pour recueillir, grâce à la bibliothécaire et à sa photocopieuse, tout ce dont il avait besoin en vue de sa communication. Pendant qu'elle était ainsi occupée, il se mit à chercher des renseignements sur la petite madone.

Une Immaculée Conception, fin XVe, huile sur bois, sans passé connu. Elle fut désignée soudain en tant que Vierge, sans autres précisions, seulement en 1940, lorsque Stonehouse l'acheta à Londres après avoir regagné en toute hâte la capitale anglaise, au début de la guerre. Même pas le nom d'un marchand pour lui faciliter la tâche. Rien d'insolite à cela : il est rare qu'on connaisse précisément les origines d'un tableau et la réticence des commissaires-priseurs n'aide guère le chercheur. Stonehouse avait acquis l'œuvre pour quarante guinées. Somme modique, même pour l'époque.

Il l'apporta dans sa villa toscane, la fit nettoyer – une facture de cent vingt-cinq lires était jointe – et l'accrocha dans une chambre du second, où elle demeura jusqu'au moment où elle fut ramenée à Londres en 1966 et mise en vente avec la plupart des autres tableaux de la collection. D'après les journaux, cette vente créa une sorte de scandale, ce qui lui fut favorable, car rien ne vaut une odeur de soufre pour faire monter les enchères. Les articles de journaux décrivaient les réactions soulevées par la vente, non à cause de la valeur des œuvres, mais parce que la collection constituait l'exemple récent le plus frappant d'une exportation massive et illégale d'objets d'art italiens.

Passe encore de faire sortir du pays un tableau sans autorisation, mais il était absolument inouï d'en emporter cent vingt-quatre au nez et à la barbe des autorités. Stonehouse junior avait argué (avec justesse) que presque tous les tableaux ayant jadis été achetés à Londres, il ne faisait que les rapatrier. Les Italiens soutenaient (avec tout autant de justesse) qu'il s'agissait malgré tout de peintures italiennes et qu'il fallait par conséquent obtenir des autorisations d'exportation. Il fallut six mois pour régler l'affaire et un impressionnant échange de lettres, qu'Argyll n'avait heureusement pas besoin de lire pour rédiger sa communication.

Hélas ! il paraissait de plus en plus probable que, malgré son ancienneté, le tableau n'était pas un grand chef-d'œuvre. Argyll fut déçu sans être surpris. La peinture avait reçu la même attribution dans l'inventaire de la collection que celle figurant dans le catalogue de la vente aux enchères, et à la villa on ne l'avait même pas accrochée à une place de choix. On l'avait reléguée dans une chambre peu utilisée où elle était flanquée, à gauche, d'un pastel représentant la grand-mère du collectionneur, dû à l'un des plus obscurs peintres écossais de l'époque d'Édouard VII et, à droite, d'une gravure révolutionnaire figurant l'exécution de Marie-Antoinette. Quelles conclusions tirer de cet agencement ? Stonehouse considérait-il sa grand-mère comme tenant à la fois de la Vierge Marie et de la reine de France ?

Une réponse s'imposait, sans hésitation possible. Une balade dans le parc, puis une petite sieste, avant d'aller boire un verre chez Stonehouse junior. Ensuite, une bonne nuit de sommeil et il rentrerait à Rome le lendemain. L'un des rares avantages du métier d'historien d'art est que lorsqu'on a du temps libre on a souvent la possibilité d'en tirer parti. Il faut bien qu'il existe des compensations à l'indigence du salaire.

Argyll suivit ce plan à la lettre, sauf qu'il repoussa sa sieste de cinq minutes pour téléphoner à Flavia, sans parvenir à la joindre. À six heures tapantes, il avançait donc lentement dans l'allée menant au « petit pavillon » de Robert Stonehouse. S'il avait peut-être connu un déclin social, il n'était pas en tout cas tombé au niveau de la plupart de ses semblables. Sa maison était toujours extrêmement vaste et l'immense vestibule luxueusement décoré. Le sol en marbre aux carreaux noir et blanc atténuait la chaleur et rafraîchissait agréablement l'atmosphère.

Stonehouse se montra très accueillant et s'excusa platement de son impolitesse du matin puis il lui expliqua qu'il était dans l'incapacité de lui offrir autre chose qu'un verre d'alcool ou deux.

« Je ne sais pas faire la cuisine, expliqua-t-il d'un ton où ne perçait aucun regret. Je sais que je devrais en avoir honte puisque cela montre que je vis dans le passé. Mais je considère le passé comme un pays dans lequel il fait bon vivre. Je préfère y demeurer avec un quignon de pain et un bout de fromage que dans le présent près d'un réchaud.

— Vous ne mangez sûrement pas que ça ?

— Cinq jours par semaine une femme du village vient s'occuper de moi. Mais pas aujourd'hui. Elle est malheureusement très vieille, et si elle me claquait entre les doigts je serais confronté à un dilemme : accepter la vie moderne ou mourir de faim. Que me conseillez-vous ? »

Argyll, qui se targuait d'être un véritable cordon bleu – sans que ce soit vraiment justifié, même si ses talents en la matière étaient supérieurs à ceux de son épouse –, reconnut que le choix était difficile. Il indiqua cependant qu'on pouvait prendre du plaisir à faire la cuisine. Stonehouse n'eut pas l'air convaincu.

« Porter un tablier, avoir les doigts qui sentent l'ail ou le poisson ? Très peu pour moi ! J'ai plaisir à manger, au même titre que l'art me procure de grandes joies. Mais je trouve insensée l'idée que les maîtres queux, ou les artistes peintres d'ailleurs, soient autre chose que de vulgaires artisans. Avez-vous jamais rencontré un peintre intelligent et sympathique ? Que vous aimeriez recevoir chez vous ? Bien sûr que non !

— Vous avez dû grandir entouré de peintres ?

— Mon Dieu, non ! Mon père a jadis commis l'erreur d'inviter le dénommé Modigliani, mais il l'a flanqué à la porte. Ce sale type a tenté de séduire ma mère. C'était avant ma naissance, naturellement.

— Quel goujat ! renchérit Argyll.

— Et il voulait, de plus, qu'on le paye pour le portrait qu'il avait peint, poursuivit le vieil homme, du même ton indigné.

— Vous avez un portrait de votre mère peint par Modigliani ?

— Sûrement pas ! Mon père l'a fait brûler dans le jardin. Ce n'est pas une grande perte.

— Eh bien ! fit Argyll, tentant de se rappeler quel prix avait atteint le dernier Modigliani vendu.

— Il n'y a pas que l'argent qui compte dans la vie, monsieur Argyll. Imaginez ce que je ressentirais si je savais qu'il existe dans quelque musée américain un portrait de ma mère dépouillée de tout vêtement.

— Je vous comprends. »

Argyll aurait bien aimé le questionner à ce sujet. Tout d'abord, comment se faisait-il que sa mère ait enlevé ses vêtements ? Mais il craignait de froisser Stonehouse.

« C'est très aimable à vous de m'avoir invité ce soir, reprit Argyll, pour passer à un sujet moins épineux. Je souhaitais vous demander des renseignements sur l'un

96

des tableaux de votre collection. J'ai passé la journée à examiner les archives de Buonaterra, sans rien trouver d'intéressant. »

À l'évocation de son ancienne résidence, Stonehouse faillit montrer son agacement mais se ravisa.

« Je serai ravi de vous aider, si je le puis.

— Une *Immaculée Conception*… »

Stonehouse parut se concentrer.

« Un petit tableau, continua Argyll, plein d'espoir. Huile sur bois. Art florentin, peut-être. Il n'a pas été vendu très cher à la vente aux enchères. On disait simplement une *Madone* à l'époque. C'est moi qui l'appelle Immaculée Conception.

— Ah oui ! Celui-là… Je m'en souviens maintenant. C'est celui qui avait été volé. »

Le cœur d'Argyll fit un bond dans sa poitrine, comme chaque fois que les mots « tableau » et « volé » apparaissaient trop près l'un de l'autre, avant de reprendre sa place. Après tout, le tableau ne lui appartenait pas.

« Une très étrange affaire. »

Argyll se força à écouter attentivement.

« Ah oui ?

— Je ne peux vous en donner les détails. Je ne suis arrivé qu'au dernier moment. Une grande partie de ce que je vais vous dire est de seconde main. Autant que je sache, un beau matin, on s'est aperçu qu'il avait disparu. Mon père a appelé la police, qui l'a retrouvé et l'a rapporté. Point final.

— Qui l'avait volé ?

— On n'a jamais découvert l'identité du voleur. Ou, en tout cas, personne ne l'a révélée. De toute évidence on en savait plus qu'on voulait bien le dire.

— Qu'est-ce qui vous fait penser ça ?

— Il a soi-disant été retrouvé dans un fossé, à huit cents mètres environ de la villa. Le voleur l'aurait dérobé, puis, pris de panique, l'aurait jeté, après s'être aperçu qu'il s'était trompé de tableau.

— En quoi est-ce bizarre ?

— C'était une peinture sur bois. Le tableau était très résistant d'un côté, relativement, en tout cas, mais très poreux au dos. Et il avait plu. Il aurait dû subir au moins quelques détériorations. Or il était absolument intact. Mon père était persuadé qu'on l'avait gardé à l'intérieur durant toute sa disparition. Mais on n'a pas pris la peine de faire une enquête. Après tout, on l'avait récupéré rapidement, et on ne voulait pas que l'assurance s'intéresse de trop près à cette histoire et augmente les primes. En outre, je pense que mon père savait qui l'avait volé.

— Vraiment ?

— Ou tout au moins qui était le commanditaire du vol. Avez-vous entendu parler d'Ettore Finzi ? »

Argyll secoua la tête. Ce qui fit glousser Stonehouse.

« Vous venez de faire très plaisir à mon père dans sa tombe, jeune homme. Finzi était le grand concurrent de mon père pour ce type de peinture. La bataille a duré plus de trente ans. Si on annonçait que mon père chercherait à acquérir un tableau à une vente, Finzi y accourait également, même s'il devait quitter spécialement sa résidence romaine pour venir à Londres. Leur rivalité faisait inutilement grimper les prix. Finzi haïssait mon père et, vu son comportement, mon père en vint, à son tour, à le détester cordialement.

— Simple rivalité de collectionneurs.

— Oh non ! Ils avaient des caractères diamétralement opposés. Le jour et la nuit. Richesse héritée et une vie de luxe du côté de mon père, en face d'un homme qui s'était fait tout seul. Milieux opposés, éducations opposées, nationalités différentes, approches de l'art totalement différentes. Finzi voulait se servir de sa collection pour forcer les portes de la haute société. Tandis que mon père considérait comme une victoire de débourser le minimum, Finzi était enchanté de payer des sommes folles. Absolument rien de commun entre eux, voyez-vous.

— Mais ce tableau, pourquoi l'aurait-il voulu ?

— Mon père racontait, en insistant peut-être trop, afin de le rendre ridicule, que Finzi ne savait pas changer une roue de voiture.

— Pardon ?

— Je ne sais plus quand ça s'est passé exactement. Ni qui avait entendu parler du tableau le premier, mais il y a eu une course à travers les rues de la ville jusqu'à la boutique du marchand. Mon père est arrivé le premier parce qu'un pneu de la Rolls-Royce de Finzi avait crevé et que celui-ci ne savait pas changer une roue. C'est pourquoi il a dû faire à pied le kilomètre restant et, quand il est enfin parvenu à destination, mon père venait d'acheter le tableau à un très bon prix. Il a forcé Finzi à l'admirer dans la rue lorsque celui-ci est arrivé, suant et soufflant et dans tous ses états. Bientôt, tout Rome a été au courant et Finzi ne lui a jamais pardonné cette humiliation. Mon père m'a raconté l'histoire au moment du vol du tableau.

— Ça s'est passé en 1940, c'est ça ?

— 1938, il me semble.

— Vous êtes sûr que ce n'était pas plus tard ?

— Certain. Le tableau venait de chez un galeriste romain. Mon père a quitté l'Italie à la fin de 1939. Finzi a réussi à sortir clandestinement plus tard.

— Pourquoi donc ? »

Stonehouse eut l'air perplexe, avant de s'apercevoir qu'il avait omis une partie de l'histoire.

« En tant que Juif, il avait intérêt à se tirer vite fait. Je ne sais pas comment il s'y était pris, mais apparemment il a débarqué en Angleterre sans un sou. Mon père lui a prêté de l'argent pour le dépanner, mais, malgré cela, ils n'ont jamais réussi à s'entendre sur la peinture. Les hostilités ont repris sur ce front dès qu'elles ont cessé sur l'autre.

— Et le tableau a été volé… ?

— En 1962.

— C'est attendre bien longtemps pour se venger.

— Pas pour un homme comme Finzi. Il avait juré

qu'il aurait ce tableau tôt ou tard et savait qu'il lui restait peu de temps à vivre. Il était vieux et malade... En fait, il est mort l'année suivante. C'est pourquoi il était pressé.

— Mais il n'y a jamais eu la moindre preuve.

— En effet. Mais ça n'avait aucune importance. Il n'a pas eu le tableau et il était malade. Pourquoi le tourmenter pendant les derniers mois de sa vie ? Même si je pense qu'il ne s'est jamais remis de ce que mon père n'ait même pas pris la peine de porter plainte contre lui. Il n'est pas impossible que ce soit ce dernier affront qui l'ait précipité dans la tombe. »

Une communication sur la psychologie du collectionneur ? se demanda Argyll. La rivalité qui pousse les hommes – toujours des hommes, car combien de collectionneuses y a-t-il eu dans l'histoire ? – à des comportements si extrêmes qu'ils en arrivent à se voler pour posséder l'objet convoité ? Quelques connaissances, une pincée d'histoire, un zest de Freud ? Quelle bonne idée !

« Mais qui a vraiment volé le tableau, en fait ? »

Le sujet ne sembla guère intéresser Stonehouse.

« Aucune idée. Je n'étais pas là, hélas ! Les seules personnes à se trouver dans la maison étaient mon père et une jeune étudiante dont il s'était entiché, ainsi que quelques-uns de ses confrères amateurs d'art. J'imagine que la plupart sont aujourd'hui morts, sauf Bulovius, qui est toujours parmi nous, mais pas pour longtemps. Il doit avoir quatre-vingt-dix ans, au bas mot. »

C'était la belle époque, en effet. Argyll avait entendu parler de Tancred Bulovius, de cette race de collectionneurs-chercheurs qui se fait de plus en plus rare. L'un des spécialistes les plus étroits d'esprit au temps de sa splendeur, c'est-à-dire à la fin des années quarante et dans les années cinquante. Homme odieux, sans doute, mais doué d'un savoir encyclopédique et personnage emblématique d'un temps où les spécialistes pouvaient véritablement espérer acquérir les œuvres sur lesquelles ils écrivaient, publiant seulement quand ils avaient quelque chose à dire, et qui passaient des semaines et des semaines comme invités dans le château dont ils consultaient les archives. Les temps avaient changé. L'espace d'un instant de nostalgie, Argyll partagea l'antipathie de Stonehouse pour le monde moderne.

« Je ne l'ai jamais rencontré, dit Argyll.

— Ne perdez pas de temps si vous souhaitez le faire. Il n'en a plus pour longtemps. Je ne peux pas dire que je l'ai jamais aimé. Aux jeunes, il se contentait de leur assener des cours magistraux. Mais il se peut qu'il se soit bonifié avec l'âge. Il a dû au moins arrêter de courir après le moindre jupon à cinq kilomètres à la ronde.

— Je ne savais pas qu'il avait cette réputation.

— Oh ! si ! Tout à fait incorrigible. Il ne se donnait jamais pour battu. Il harcelait tellement la malheureuse étudiante qui séjournait à la villa qu'elle a fini par s'enfuir. La pauvrette… Un beau brin de fille, d'ailleurs. Et toute jeune mariée, si j'ai bonne mémoire. Non que ce genre de détail ait jamais rebuté Bulovius… Vous paraissez passionné par cette affaire, on dirait.

— Le tableau appartient aujourd'hui à l'un de mes amis. Alors, lorsque j'ai découvert la marque de votre père au dos, j'ai décidé de faire des recherches pour lui. J'espère qu'on ne peut pas l'accuser de recel ?

— Non, non. Je le répète, on l'a récupéré, avant de le vendre avec tout le reste.

— J'aimerais en apprendre davantage sur le vol. Ces petits éléments pittoresques ajoutent toujours un certain piment à un tableau. »

Stonehouse réfléchit un instant.

« Je ne peux guère vous aider. La seule personne qui pourrait vous renseigner serait cette jeune femme…

— Comment s'appelle-t-elle ?

— Je ne m'en souviens pas. Elle n'est restée là que quelques jours. Elle habitait surtout Poggio di Amoretta, un village près d'ici. Près de l'endroit où vous êtes descendu du bus, en fait. Et aussi le juge d'instruction…

— Et lui, il s'appelle comment ? demanda Argyll, plein d'espoir.

— Ah, ça ! je m'en souviens. Il s'appelait Balesto. Je m'en souviens parce que j'ai lu l'avis de son décès, il y a environ six mois. J'ai atteint l'âge où l'on est fasciné par les notices nécrologiques.

— Ah bon !…

— En revanche, Bulovius est toujours vivant. Enfin, tout juste.

— Et le policier ? »

Stonehouse plissa les yeux et le regarda de biais.

« Le policier, fit-il. Peux pas dire que je lui ai prêté beaucoup d'attention. Voyons voir… » Il fit un effort surhumain pour se rappeler les protagonistes de l'affaire. « Non. Impossible de me souvenir de lui. Ils étaient deux. L'un était vieux, gros et stupide. Il essayait de se mettre dans les petits papiers de ma famille. Et voulait se faire inviter à dîner, je crois. L'autre était jeune, dégingandé, et portait les cheveux bien trop longs. Je me rappelle m'être demandé comment ses supérieurs toléraient ça.

— Et les noms ? Je suppose que vous ne vous rappelez ni l'un ni l'autre ? »

Il secoua la tête.

« Non. Mais je suis sûr que vous les trouverez dans les papiers de mon père à Buonaterra. Le plus jeune lui a aimablement donné quelques conseils sur la manière de protéger le manoir et les a mis par écrit pour que mon père les envoie à la compagnie d'assurance. Regardez là-bas et vous trouverez ce que vous cherchez. Et il y aura aussi le rapport sur le vol. »

Conscient d'avoir abouti à une impasse, Argyll orienta la conversation sur le père de Stonehouse, sa collection, sur ce que cela signifiait d'être élevé dans une villa toscane après la guerre – ce devait être plus agréable qu'un collège anglais, mais ça il s'en doutait déjà plus ou moins –, sujets sur lesquels Stonehouse adorait discuter.

Argyll prit congé une heure – et deux bouteilles – plus tard et regagna son lit en zigzaguant. Il avait plutôt passé un bon moment.

Il rentra à Rome le lendemain, mais seulement après avoir lu le dossier concernant l'assurance et le rapport de police qu'il contenait. Il ne s'agissait que d'un résumé, à peine plus détaillé que la première déposition faite par Stonehouse père, en plus du compte rendu sur la façon dont avait été récupéré le tableau. Il découvrit, en outre, grâce aux archives, que le policier qui avait retrouvé le tableau était un grand jeune homme dégingandé, inexpérimenté et chevelu : un certain Taddeo Bottando.

9

« Dégingandé et chevelu ? gloussa Flavia. Il n'y a pas de photo, n'est-ce pas ?

— Je crains que non. Mais ç'a dû être plus ou moins ses premiers pas dans le monde de l'art.

— Il faut que je lui en parle…

— Moi aussi. Ça jetterait quelque lumière sur ce tableau. »

Il nota que le mariage avait métamorphosé Flavia. Chaleureuse étreinte, sourire radieux, tout ce qu'un époux peut souhaiter au retour d'un épuisant voyage. Stupéfiant.

« Enfin de l'action ! C'est l'inactivité qui me minait. Et ces fichus maux d'estomac.

— Ça ne va pas mieux ?

— Pas vraiment. Mais bah, aucune importance. L'essentiel, c'est que je remets l'argent ce soir, en échange du tableau. Ensuite, je pourrai reprendre normalement le travail.

— Et alors ? Raconte-moi…

— À minuit. Sur la voie Appienne. Très théâtral. Toute seule, bien que Bottando m'ait proposé de conduire la voiture. Quelle aventure !

— Un peu trop dangereux à mon goût. Ne crois-tu pas que c'est risqué ? »

Haussement d'épaules.

« Pas vraiment. Pas s'il veut l'argent. Il travaille seul et il n'a pas la réputation d'être violent.

— Tu n'avais pas dit que c'était un terroriste ?

— Pas un vrai. Il utilise des armes qui jouent du Verdi.

— Et s'il en possède une qui n'en joue pas ? »

Nouveau haussement d'épaules.

« Flavia, je parle sérieusement.

— Moi aussi. Je veux en finir avec cette histoire. Je ne peux pas demander à quelqu'un de m'accompagner, car je ne veux pas risquer d'ébruiter la chose. Je ne peux pas retarder l'opération, même si ça pouvait servir à quelque chose. Ne t'en fais pas, Jonathan. Bottando va veiller sur moi. Il connaît son boulot.

— Il a soixante-cinq ans, fit remarquer Argyll. Et pèse une tonne. Un vrai poids mort, si tu veux mon avis. Que fera-t-il s'il y a un problème ? Il se servira de son corps comme d'un rouleau compresseur ? Je t'en prie, laisse-moi t'accompagner.

— Non.

— Flavia…

— Non. Pas question. Si tu dois te ronger les sangs,

fais-le à la maison. » Elle prit son manteau. « Je n'en ai pas pour longtemps, dit-elle en ouvrant la porte d'entrée. Promis. »

« Tu vois ! s'écria-t-elle d'un ton joyeux quatre heures plus tard en rentrant en trombe, je te l'avais bien dit. »

Comme Argyll venait de passer les quatre heures les plus longues de sa vie, ce fut la goutte d'eau qui faillit faire déborder le vase. Il n'avait pas fermé l'œil – il était près de deux heures du matin – et n'avait pas cessé d'arpenter l'appartement en grommelant et en imaginant toutes sortes d'horreurs.

« Tu aurais pu téléphoner. »

Elle prit un air contrit.

« Désolée. Tu as raison. J'aurais dû. Ça ne m'est pas venu à l'esprit, avoua-t-elle, avant de scruter le visage d'Argyll. Oh ! Jonathan, tu t'es fait du souci ? » Et elle l'étreignit avec force pour se faire pardonner et le réconforter.

« Pas vraiment..., maugréa-t-il.

— Tu ne veux pas savoir ce qui s'est passé ?

— Pourquoi pas ? fit-il, décidé à ne pas se laisser trop facilement enjôler.

— Succès sur toute la ligne !

— Hmm.

— Un triomphe. »

Propos salués par un grognement sceptique.

« Opération exemplaire. Quasiment un cas d'école. »

Il la foudroya du regard avant de céder.

« Eh bien, d'accord ! bougonna-t-il en se jetant sur le divan. Je t'écoute. »

Elle ôta son manteau et s'installa confortablement à ses côtés. Puis se releva pour se verser un grand verre de whisky, avant d'aller chercher de l'eau. Elle l'aimait avec des glaçons, mais s'abstint de peur de faire perdre patience à Argyll. Après tout, c'était un excellent whisky.

« Je suis allée chercher Bottando, commença-t-elle enfin. On est arrivés dix minutes en avance. Le mausolée d'Hérodias, tu connais ? »

Hochement de tête.

« Énorme, circulaire, en rase campagne. Pas la moindre voiture visible dans les parages... Il avait donc dû traverser les champs à pied pour parvenir sur les lieux. »

Elle prit une petite gorgée.

« On s'est disputés.

— Qui donc ?

— Bottando et moi. Il a invoqué son grade et a fait appel à mon fair-play.

— En tant qu'Italienne tu n'as aucun fair-play.

— Oh si ! Quoi qu'il en soit, il a commencé par me dire que c'était trop dangereux pour la pauvre petite femme que je suis. Un peu comme toi. Je l'ai envoyé sur les roses. Alors il a prétendu qu'il était toujours mon patron et qu'il m'ordonnait de le laisser procéder à l'échange. Je l'ai à nouveau envoyé bouler. Il a alors essayé de m'amadouer en disant que c'était là sa dernière opération policière officielle.

— Bien vu.

— J'ai donc accédé à sa demande.

— Et alors ?

— Un point c'est tout. Il s'est enfoncé cahin-caha dans les ténèbres avec un sac plein d'argent et est revenu du même pas, dix minutes plus tard, chargé d'un Claude Lorrain. Intact. Sans la moindre égratignure. L'homme était bien là, caché derrière un monceau de ruines. Ils ont eu un bref échange, très formel. Pas le moindre danger. Un vrai plaisir de travailler avec lui, d'après Bottando. C'est un homme de parole, ce Sabbatini.

— Comment sais-tu que c'était bien lui ?

— Je n'en sais rien, admit-elle en haussant les épaules. Selon Bottando, il portait la cagoule réglementaire. Mais ce qu'on pouvait apercevoir de son physique correspondait au portrait. Franchement, c'est le cadet de mes soucis pour le moment. Nous avons récupéré le tableau. Et un scandale national a été évité.

— Tu en es sûre ?

— Oh oui ! s'écria-t-elle. » La tendance d'Argyll à se faire du mouron la faisait sourire. « J'avais prévenu Macchioli et on s'est rendus immédiatement au musée. Il était sur des charbons ardents et avait les nerfs à vif. Autant que toi, j'imagine. Il a examiné le tableau sous toutes les coutures et s'est montré satisfait. On ne nous avait pas refilé une copie dans l'espoir qu'on n'y verrait que du feu. Le marquage aux ultraviolets au dos était bien là, les réparations de la toile se trouvaient aux bons endroits, etc.

— Il est content, par conséquent ?

— Fou de joie. Tout comme le Premier ministre. Enfin, dans le cas de celui-ci, "fou de joie" n'est peut-être pas la bonne expression. Mais il a dit merci. Ce qui n'est déjà pas si mal. La seule ombre au tableau, si j'ose dire, c'est que j'ai reçu officiellement l'ordre de ne pas toucher à Sabbatini.

— Pourquoi donc ? »

Nouveau haussement d'épaules.

« Parce qu'on ne peut pas l'approcher sans révéler que la peinture avait été subtilisée au nez et à la barbe des employés du musée. Et les autorités préfèrent laisser filer Sabbatini plutôt que de rendre public le vol du tableau.

— Il s'en est donc tiré ? Le petit veinard ! Ou le petit malin !

— N'est-ce pas ? Mais rien ne m'empêche de lui rendre la vie impossible… Et à la moindre infraction routière je lui coupe la tête, ajouta-t-elle avec un grand sourire.

— Bien sûr. Félicitations ! Bon, passons aux choses sérieuses. As-tu parlé à Bottando ?

— À propos de quoi ?

— Du fameux tableau : *L'Immaculée Conception*. Lui as-tu demandé qui le lui a donné ? »

Flavia eut l'air perplexe.

« Oh ! ce truc ! fit-elle finalement. Désolée, ça m'était complètement sorti de la tête. J'avais d'autres préoccupations. Je lui poserai la question la prochaine fois que je le verrai. Bon. On va se coucher ? Je suis complètement vannée… »

Les jours suivants, la vie revint à la normale… Ou plutôt non, car tout était très calme et paisible. Argyll donna son dernier cours, se retrouva en vacances et faillit se mettre à bûcher son projet d'article. Flavia avait, elle aussi, du temps libre, les voleurs, cambrioleurs et autres délinquants italiens semblant avoir perdu le goût du travail et être en mal d'inspiration. À part les affaires courantes dont pouvaient aisément se charger ses collègues, rien ne l'empêchait vraiment de ranger son bureau, de hanter les couloirs du pouvoir pour établir d'utiles contacts et de pratiquer de discrètes pressions pour obtenir des fonds.

Seul nuage en cet agréable printemps : elle n'était toujours pas confirmée dans son poste. Toutefois, elle parvint à reléguer ce souci au second plan. De toute façon, elle ne pouvait rien y faire.

Flavia n'eut jamais l'occasion d'interroger Bottando sur son tableau. Pendant qu'elle était assise à son bureau en attendant que quelque chose se passe et qu'Argyll paressait, le général mettait de l'ordre dans ses papiers, remplissait les formulaires et, avec une surprenante discrétion et une certaine froideur, s'apprêtait à quitter la vie qu'il menait depuis une bonne trentaine d'années. Pour de longues vacances, amplement méritées, affirmait-il. Dans un lieu tranquille.

Flavia était déçue. Contente, bien sûr, qu'il soit parti si facilement, tout en étant un rien attristée quand même. Est-ce ainsi que cela se terminait ? Serait-elle un jour si lasse qu'elle pourrait abandonner, sans la moindre nostalgie, travail, collègues, amis ? Même si elle savait que personne ne manquerait au général, elle aurait bien aimé qu'il manifeste quelque regret à se séparer d'elle. Il aurait pu venir lui faire ses adieux, au lieu de se contenter d'un simple coup de téléphone.

Ce fut le seul instant de malaise dans un interlude d'autant plus agréable qu'elle le devinait de courte durée. Tôt ou tard, la fin de la récréation sonnerait. Ce qui arriva d'ailleurs plus tôt que prévu. Sous la forme d'un petit nuage à l'horizon, pas plus gros qu'une main d'homme, mais annonciateur de violentes tempêtes.

Mime découvert mort au cours de son spectacle. L'entrefilet figura dans le journal uniquement parce que le pays somnolait lui aussi et que le fait divers permettait au journaliste de donner libre cours à son humour d'un goût un peu douteux.

Maurizio Sabbatini avait, semble-t-il, réussi à se noyer dans un baquet de plâtre où il était assis durant la présentation d'une œuvre d'art intitulée *Retour à Pompéi*. S'inspirant des moulages effectués par les archéologues ayant pratiqué les fouilles dans la ville romaine, le programme annonçait que le spectacle commentait la mort, ainsi que le manque de cœur des hommes de science qui transforment la tragédie en œuvres de musée. Après s'être immergé tout nu dans le plâtre liquide, Sabbatini restait immobile tandis que les visiteurs de la galerie défilaient devant l'artiste, tour à tour figé, le regard fixe, endormi, ou en train de psalmodier à la cantonade de mélancoliques chants napolitains. Ils étaient censés réfléchir sur la brièveté de l'existence, la permanence de l'art, et... l'inconfort des baignoires.

Soit. Mais le but de la démonstration était, malheureusement, trop flou. L'un de ses confrères se borna à déclarer que c'était là la grande faiblesse artistique de Sabbatini, faiblesse fatale en l'occurrence. Ses mises en scène étaient si vagues qu'on n'était jamais sûr du message qu'il souhaitait transmettre. Voilà pourquoi quand, après avoir mis trop de plâtre pour la quantité d'eau, très imbibé d'alcool (une autre de ses faiblesses), il se coula dans le mélange et se noya, laissant le plâtre se solidifier autour de lui, les rares visiteurs passant devant lui ne trouvèrent rien d'insolite au spectacle. En fait, au grand embarras des dirigeants de la galerie et à l'immense joie du journaliste qui se tenait les côtes, personne ne s'aperçut qu'il n'avait pas bougé durant plusieurs jours. Le détail qui leur mit la puce à l'oreille, écrivait l'auteur de l'article, qu'on imaginait tellement étranglé de rire qu'il devait avoir eu du mal à taper son texte, ce fut que Sabbatini n'avait pas renouvelé sa provision de chocolats, sa marque de fabrique, qu'il disposait toujours autour de lui à l'intention des spectateurs. Quand quelqu'un – une femme de ménage, pour être précis – s'en fut aperçu finalement et eut averti les autorités, on dut décarcérer l'artiste à l'aide d'un marteau-piqueur... Au comble de l'hilarité, le journaliste finit par avoir les idées si embrouillées qu'il se montra incapable de fournir certains éléments essentiels, par exemple le moment de la mort du grand artiste.

Ce ne fut qu'à la deuxième lecture, frémissant elle-même de plaisir et d'autosatisfaction en constatant les effets évidents de la justice divine, que Flavia songea soudain qu'une quantité importante d'argent devait traîner quelque part et qu'elle avait intérêt à se dépêcher avant que quelqu'un tombe dessus. Non qu'elle se soit méfiée de ses collègues, bien sûr, mais elle voulait éviter d'avoir à leur fournir une explication.

L'avantage avec les cadavres, c'est qu'il est très facile de fouiller dans leurs affaires. On ne peut vous reprocher de violer leurs droits civiques ou ce genre de chose. Marcher sur les pieds des collègues est plus délicat, surtout si on ne peut préciser le but de l'enquête. Après tout, le dossier du Lorrain était toujours classé « secret confidentiel ». Il est vrai que Flavia était passée maître dans l'art de se débarrasser des importuns grâce à de vagues propos concernant les indices et la direction générale de l'enquête, tout en leur dorant la pilule en promettant de leur fournir une explication complète plus tard. Tout cela lui prit cependant la matinée entière et ce ne fut que bien après l'heure du déjeuner qu'elle décida d'emmener avec elle Corrado, le stagiaire, afin de parfaire sa formation.

« Vous vous rappelez ce cas d'école que je vous ai donné à traiter il y a quelques semaines ? lui demanda-t-elle tandis qu'ils traversaient la ville en voiture. En fait, il ne s'agissait pas d'un simple exercice.

— Je me suis posé la question, répondit le jeune homme avec une extrême discrétion.

— Il s'agissait d'une vraie peinture et d'un vrai vol. Et d'un vrai voleur. On va procéder à la fouille de son appartement.

— Il sera là ? »

Elle lui donna un aperçu des circonstances. Corrado réagit avec plus de retenue que tous les collègues qu'elle avait déjà mis au courant.

« Le pauvre homme ! s'écria-t-il. De quel tableau s'agit-il ?

— C'est la seule chose qui doit rester encore confidentielle.

— C'est si important ?

— Je ne peux vous répondre là-dessus. Peu importe, d'ailleurs, je l'ai récupéré. »

Ces propos produisirent une réaction de surprise et

116

de sincère admiration, dont Flavia ne put s'empêcher de se délecter.

« Bien. Revenons à nos moutons… On va effectuer la fouille habituelle. Chercher notes, journal intime, factures de téléphone… la routine, quoi. Comme l'individu avait jadis milité dans des mouvements d'extrême gauche, j'imagine qu'il ne nous aura pas laissé trop d'indices, mais il suffit d'un coup de chance. Il semble qu'il ait tiré le diable par la queue ces deux dernières décennies. Rester assis dans des baquets de plâtre ne doit pas rapporter gros. »

Sur ce, la voiture s'arrêta devant l'un des immeubles les plus cossus du quartier Parioli. Flavia évita le regard dubitatif du stagiaire quant à ses capacités de déduction.

« Êtes-vous sûr que c'est la bonne adresse ? demanda-t-elle au chauffeur avec irritation.

— Évidemment ! » rétorqua celui-ci d'un ton plutôt cavalier.

Le luxe du logis de l'ancien révolutionnaire antimatérialiste dépassait encore celui de l'immeuble. Hypermoderne, l'appartement était plein de meubles coûteux et de tableaux de grande valeur, parmi lesquels se trouvait un authentique Chagall – apparemment. La visite des lieux leur révéla des armoires regorgeant de vêtements portant la griffe des plus grands tailleurs, un réfrigérateur contenant assez de bouteilles de champagne pour enivrer en une seule soirée la plupart des terroristes du monde entier, ainsi que des parquets recouverts de merveilleux tapis de soie persans.

« C'est peut-être plus lucratif qu'on pourrait le croire, commenta Corrado d'une voix égale. À combien s'élevait la rançon ?

— Qui a parlé d'une rançon ?

— Oh ! veuillez m'excuser… Je croyais que…

— Si. Vous avez raison. Mais il n'a pas pu acheter tout ceci avec la rançon », ajouta-t-elle en secouant la tête, sans toutefois lui faire part des informations qui lui permettaient de se montrer aussi péremptoire.

« Peut-être n'en était-il pas à son coup d'essai ? » reprit le stagiaire.

Stupéfaite, elle s'immobilisa devant la boîte de soupe portant la signature de Warhol. Elle éclata de rire.

« Voilà un bel exemple du danger qu'il y a à tirer des conclusions hâtives… Que cela vous serve de mise en garde, jeune homme ! »

Il lui fit un large sourire pour saluer la grâce avec laquelle elle admettait s'être ridiculisée. C'était cette honnêteté qui avait déjà séduit plusieurs de ses subordonnés. S'il était difficile de succéder à Bottando sans paraître seulement occuper son poste par intérim, elle réussissait mieux qu'elle ne le croyait.

« Bien, fit-elle, déjà quelque peu soulagée. Fouillez dans ses tiroirs, emparez-vous de toute photo, de tout document intéressant. Pendant ce temps, je vais aller frapper aux portes des voisins pour voir s'ils peuvent m'aider à me faire une idée de ce type. »

Dans ce genre de circonstances, il faut trouver quelqu'un qui déteste cordialement la personne sur laquelle on enquête. Lorsque la police nous interroge sur une personne qu'on apprécie, on a tout naturellement tendance à rester dans le vague. C'est vrai même des riches Romains, caste qui éprouve peut-être le moins de solidarité avec le reste de l'humanité. La formule « Oh, je ne sais rien ! » utilisée pour éviter de dénigrer un voisin a fait capoter plus d'une enquête commencée sous les meilleurs auspices. L'inimitié entre voisins délie merveilleusement les langues.

Hélas ! Sabbatini n'avait pas l'habitude de faire jouer sa musique à pleins tubes à deux heures du matin, de fourguer de la drogue dans les couloirs, de sortir ses poubelles le mauvais jour. Au contraire, tout semblait indiquer le paisible et honorable membre de la *haute bourgeoisie**.

Flavia découvrit, en effet, son sombre secret après cinq entrevues inutiles. Elle se doutait d'ailleurs que la plupart des renseignements requis se trouvaient dans les dossiers complets qu'elle attendait. Mais l'interviewée numéro six avait un contentieux colossal avec Sabbatini : le parking de l'immeuble.

Bien plus que la politique et la religion, davantage que le bruit, la saleté et l'outrage aux bonnes mœurs, occuper la place de parking d'un autre constitue une offense susceptible de déchaîner les passions. Or voilà plus de six mois que Sabbatini et Alessandra Marchese semblaient s'affronter sur ce terrain. Chaque fois que l'emplacement de la dame était libre, Sabbatini y garait sa voiture, bien qu'il sût parfaitement à qui il appartenait. C'était délibéré de sa part, s'écria-t-elle, le visage grimaçant de colère, les mains tremblant de rage. Cela dépassait les bornes... Elle s'était plainte au syndic, qui, bien sûr, n'avait pas réagi. Tout ça parce que Sabbatini avait des relations...

Flavia hochait la tête d'un air compatissant. Cette femme détestable et prétentieuse était une vraie mine d'informations.

« Peut-être accepteriez-vous de me fournir d'autres renseignements... ? » murmura Flavia.

Une demi-heure plus tard, la voisine avait vidé son sac et brossé un portrait au vitriol de son voisin, même si certains détails étaient sans doute exagérés et d'autres carrément inventés. La signora Marchese se souciait bien plus de Sabbatini qu'il n'est normal entre voisins. Lorsqu'elle le voyait, l'entendait ou même humait son eau de toilette dans l'ascenseur, elle se hérissait et ne pouvait penser à autre chose durant des heures.

Passant apparemment la majeure partie de son temps à faire des emplettes, elle ne put fournir un compte rendu sans faille mais s'en tira cependant avec les honneurs. Dépouillé de la haine, le portrait dressé était celui d'un homme qui, malgré son penchant pour les baquets de plâtre et les places de parking des autres, menait une existence banale et tranquille. Plutôt oisif, il n'exerçait pas de métier et faisait la grasse matinée. Ayant le même mode de vie, la signora Marchese ne jugeait pas cela étrange. D'où venait l'argent ? se demanda Flavia. Interrogée à ce sujet, la signora haussa les épaules et déclara : « Fortune personnelle. » Explication habituelle, qui n'explique rien.

Il avait peu d'amis, recevait peu de visiteurs. Ni copines, ni même copains. Il était resté absent pendant plus d'une semaine. Toutefois, le mercredi précédent il y avait eu quelqu'un dans l'appartement. La signora Marchese avait entendu des chocs et des raclements comme si on déplaçait les meubles. Certes, il était artiste – l'idée semblait la scandaliser, comme si elle avait suspecté chez Sabbatini d'horribles tares mais pas un pareil vice –, mais il s'adonnait à cette activité ailleurs que dans l'immeuble. Sabbatini était donc dans l'ensemble le type même du riche oisif, bien sous tous rapports, occupant ses loisirs d'une façon ou d'une autre, dépensant sans compter pour acquérir ce qui lui faisait envie, sans faire de mal à personne. Pourtant...

Entre-temps, Corrado avait recueilli assez d'éléments pour compléter le tableau. Chaque mois, une somme substantielle était versée sur son compte bancaire. Une liasse de lettres émanant d'un cabinet d'avocats indiquait que les fonds transitaient par ledit cabinet. Excellent ! Mais il fallait commencer par le commencement. Elle envoya Corrado en taxi pour parler à la brigade médicolégale, tandis qu'elle-même se rendait à l'atelier de Sabbatini.

Si Flavia avait réellement voulu impressionner ses subordonnés, cette démarche aurait été une erreur. Mieux valait en effet mener des entretiens courtois avec des gens distingués que se salir les mains en travaillant sur le terrain. Et l'atelier – guère plus qu'un box situé derrière l'un des lotissements délabrés, bâtis, comme tant d'autres, il y a une vingtaine d'années, à la va-vite et sans permis de construire, si bien qu'ils tombent déjà en ruine – était d'une saleté repoussante. Tas de plâtres, atroces sculptures fabriquées avec de vieilles boîtes de conserve et des débris ménagers, croûtes accrochées aux murs, tout le bric-à-brac du médiocre touche-à-tout. Flavia en conclut que Sabbatini était totalement dépourvu de talent artistique. Quelque chose, cependant, se révéla d'une importance capitale et justifia le déplacement, même si cela ne fit que confirmer ce qu'elle savait déjà.

Dans un tiroir du bureau se trouvait un exemplaire des *Métamorphoses* d'Ovide, en édition de poche. Si ce n'était guère une preuve, évidemment, il s'agissait toutefois du thème qui avait inspiré l'œuvre du Lorrain, et Sabbatini était-il vraiment le genre d'homme à lire Ovide uniquement pour se distraire ? Heureusement qu'il était mort et qu'il n'y aurait aucun procès ! Elle imaginait la mine du juge d'instruction en apprenant que tout le dossier reposait sur un mythe grec… Cette découverte confirma néanmoins qu'elle cherchait dans la bonne direction et nourrit ses espoirs de récupérer l'argent. Elle savait aussi que le récupérer l'aiderait énormément à garder son poste.

Sur le chemin du retour au bureau, Flavia rédigea mentalement son rapport, puis écouta Corrado lui faire son premier compte rendu d'autopsie, mission à laquelle il n'avait guère pris de plaisir.

Rien de particulier. Fort degré d'alcoolémie et décès par noyade. Aucun signe d'homicide – mais cette hypothèse ne pouvait être écartée, cependant.

Elle hochait la tête d'un air distrait tout en mordant dans un sandwich au jambon.

« Heure de la mort ? Je suppose qu'on ne le sait pas, comme d'habitude ?

— Mercredi matin au plus tard. Plus probablement mardi soir. »

Elle cessa de mâcher.

« Quoi ? »

Le stagiaire répéta ce qu'il avait dit.

« Pourquoi avez-vous l'air si stupéfaite ? »

Elle le renvoya sur-le-champ. Un stagiaire était la dernière personne à qui elle allait expliquer que Sabbatini était mort non seulement avant de collecter la rançon, mais avant même de la réclamer.

10

Suivre la trace de Sabbatini n'avait peut-être plus beaucoup d'importance s'il n'avait pas commis le vol, mais le tempérament obstiné et perfectionniste de Flavia la chassa de son bureau en dépit du découragement et de la conviction croissante qu'elle souffrait de tels ulcères à l'estomac que ses jours étaient sans doute comptés.

Elle se traîna donc chez les avocats qui, depuis de nombreuses années, versaient à Sabbatini de colossales sommes d'argent. Pour leur tirer les vers du nez elle usa de son autorité, de ses pouvoirs de persuasion et surtout de son humeur massacrante. Ce qu'elle apprit alors lui compliqua de nouveau terriblement la vie.

Maurizio Sabbatini était le beau-frère de Guglio di Lanna.

« Fort intéressant », fit-elle simplement. Son interlocuteur ne réagit pas à cette constatation informelle.

Elle réfléchit à la situation en revenant au bureau. Dommage qu'elle ne puisse plus profiter des conseils de Bottando... Pour affronter les di Lanna on aurait besoin de beaucoup d'appuis. Sans être la famille la plus riche d'Italie, c'était sans doute l'une des plus puissantes, et le parti que di Lanna avait échafaudé à partir des débris de la vie politique de ces dernières années permettait au gouvernement de durer. Le Parti pour le progrès démocratique (personne ne savait ce que signifiait au juste cette appellation, ni même s'il s'agissait d'un parti de gauche ou de droite) ne possédait que quatorze députés, mais le gouvernement de coalition n'ayant qu'une majorité de douze sièges, la formation de di Lanna détenait bien plus de pouvoir que ne le justifiait sa force théorique.

En outre, Guglio di Lanna étendait ses tentacules sur toute l'industrie et la finance italiennes. S'il ne possédait rien et ne contrôlait pas grand-chose, par l'intermédiaire de toute une série de groupes d'investissements et de sociétés de portefeuilles, il avait des intérêts dans presque tout. Passé maître dans l'art de faire flèche de tout bois, c'était un potentat sans véritable assise, un illusionniste extrêmement influent par le seul fait qu'on lui prêtait de grands pouvoirs.

Et son beau-frère était, semblait-il, un terroriste qui, sur ses derniers jours, était devenu voleur d'œuvres d'art.

Flavia finit par dénicher le député di Lanna dans l'endroit le plus improbable, la Chambre des députés. Sauf pour les grandes occasions, filmées par les caméras de télévision, les membres du Parlement, surtout les plus en vue, y mettent rarement les pieds. Il était donc surprenant de trouver un homme de son envergure dans le bureau qu'on lui avait réservé en tant que chef de parti. Ni secrétaire, ni assistants qui surveillaient les abords, ni va-et-vient de solliciteurs qui indiquaient la présence d'une huile... Il n'y avait qu'une simple affichette, tapée à la machine et scotchée par-dessus une inscription tracée à la peinture et signalant que le bureau avait jadis été attribué à l'ancien parti des démocrates-chrétiens. L'endroit était si calme que Flavia fut persuadée qu'il n'y avait personne à l'intérieur. Si elle prit la peine de frapper, ce fut uniquement parce que cela lui semblait idiot de repartir sans vérifier.

Non seulement di Lanna était bien présent, mais, à la grande stupéfaction de Flavia, il vint ouvrir en personne. En Italie – et dans tous les pays, d'ailleurs –, les hommes politiques de premier plan n'ouvrent pas eux-mêmes la porte de leur bureau, de crainte de suggérer qu'ils ne sont pas, au fond, si importants que ça. Di Lanna semblait prêt à courir le risque de baisser dans l'estime de ses visiteurs, car d'un grand geste il invita Flavia à pénétrer dans le local exigu. Démagogue étalant des références d'homme de gauche ? se demanda-t-elle. Touche de décontraction à l'américaine indiquant qu'il était en faveur de la libre entreprise et de l'économie de marché ? Elle secoua la tête. Il fallait vraiment qu'elle s'efforce de ne pas compliquer les choses.

« Vous êtes en avance, dit-il.

— Vraiment ? répondit Flavia, un peu surprise.

— Oui. Nous avions rendez-vous à quatre heures seulement. Mais peu importe. Allons-y ! N'espérez pas cependant que je vous apprenne quoi que ce soit d'intéressant.

— Loin de moi cette idée ! »

À son grand étonnement, di Lanna s'esclaffa.

« Asseyez-vous, je vous en prie. Au fait, à qui ai-je l'honneur ? »

Il se rassit et la dévisagea, l'air un rien espiègle et curieux. Lorsqu'elle y réfléchit plus tard, Flavia conclut que ce fut le regard de son interlocuteur qui la décida. Lorsqu'on possède des yeux aussi vifs et malicieux on ne peut être que parfaitement équilibré, pensa-t-elle avec un certain illogisme. Elle mit du temps à comprendre ce qui la déconcertait chez cette personne qu'elle avait trouvée d'emblée sympathique. Si ses vêtements, plutôt classiques, bon chic bon genre, de style théoriquement anglais, suggéraient le gentleman-farmer et les solides valeurs traditionnelles, tout le reste – coupe de cheveux, façon de s'asseoir, gestes – évoquait la nouvelle gauche. Mélange volontairement déroutant visant à déstabiliser quelque peu l'interlocuteur...

« Qui suis-je, d'après vous ?

— Une journaliste de plus, non ? Venue me demander quand je vais poignarder le Premier ministre dans le dos ? »

Elle lui tendit sa carte professionnelle. Il ne parut pas étonné.

« Puis-je vous demander, reprit-elle, si on peut discuter dans votre bureau en toute sécurité ? »

Il hésita un instant.

« Chaque mercredi matin des gens y placent un micro ou deux et chaque mercredi après-midi je les fais enlever. Ils sont au courant, mais ça ne les décourage pas. Façon de me signaler que je suis surveillé. Non qu'ils s'attendent à apprendre quoi que ce soit d'intéressant. En ce moment, on devrait être en parfaite sécurité.

— Qui sont ces gens ?

— Qui sait ? fit-il avec un haussement d'épaules. La main noire de l'État… Vous voyez ce que je veux dire. Peut-être devriez-vous m'indiquer pourquoi la police chargée de la protection du patrimoine artistique vient m'interroger ? »

Elle n'hésita qu'une fraction de seconde.

« Il se pourrait que vous soyez apparenté à un voleur d'objets d'art. Comme vous le savez pertinemment puisque c'est vous, je suppose, qui avez fourni les trois millions d'euros pour payer une rançon la semaine dernière. »

La moue que fit di Lanna suggérait que perdre trois

millions d'euros ne tirait pas le moins du monde à conséquence. Ce qui dans son cas devait être la pure vérité.

« Ah ! fit-il. On m'avait assuré que l'affaire serait traitée avec une extrême discrétion. Et qu'il n'y aurait aucune enquête. Je dois vous avouer que je suis déçu.

— Vous n'avez aucune raison de l'être. Je ne fais que resserrer quelques nœuds. L'affaire s'est un peu compliquée depuis la mort de votre beau-frère. »

L'allusion à Sabbatini ne produisit pas la moindre expression conventionnelle de consternation ou de chagrin. Sur les traits résolument impassibles du député flottait même une ombre de satisfaction.

« J'aurais pensé que ça vous aurait simplifié la vie, dit-il. Comme c'est le cas pour moi.

— Dans mon cas, sa mort a eu un effet tout à fait contraire, répliqua Flavia. Il semble désormais qu'il soit mort avant que la rançon ait été récupérée, et même réclamée. Autrement dit, ou bien il avait un complice – qui est au courant de cette affaire gênante et qui détient l'argent –, ou bien quelqu'un a utilisé sa mise en scène habituelle pour nous égarer. »

Di Lanna eut l'air intrigué.

« Je ne pense pas être la seule personne au courant de votre lien de parenté, poursuivit Flavia. Nous devons considérer l'éventualité que toute cette mascarade était avant tout dirigée contre vous. »

Il fit pivoter son fauteuil – autre américanisme –, puis joignit les mains et posa le bout de ses doigts sur

129

ses lèvres, à la manière d'un prêtre. Vieux geste chrétien-démocrate.

« À mon avis, votre hypothèse se justifierait si l'affaire était de notoriété publique, auquel cas cela me ferait du tort, en effet.

— C'est toujours possible, d'après moi. L'argent est aux mains de quelqu'un qui est parfaitement au courant du vol. Et, puisque la rançon est en sa possession, il détient aussi la preuve que ce qu'il raconte est vrai. Mais on ne peut pas faire grand-chose, il me semble. On ne peut inquiéter cet individu sans courir le risque que tout le monde apprenne que l'État italien a réussi à perdre un tableau dont il avait garanti la sécurité. Et que vous vous êtes rendu coupable d'un acte illégal pour le récupérer. Ce que vous voulez éviter, j'imagine.

— Cela va sans dire.

— Par conséquent, je vais agir avec prudence. Toutefois, je crois qu'il est important de découvrir l'identité de cette personne. Afin de diminuer les risques qu'un beau jour vous ayez une mauvaise surprise en ouvrant le journal. »

Di Lanna réfléchit quelques instants puis opina du chef.

« Cela semble sage. J'ai toujours su que, tôt ou tard, ce petit merdeux nous causerait de nouveaux ennuis.

— Puis-je vous demander quel genre de contacts vous aviez avec lui ?

— Absolument aucun. Voilà près de vingt ans que

je ne l'ai pas vu ni ne lui ai parlé. Pour moi, il n'existait pas. Il a trahi tous ceux qu'il a fréquentés.

— Mais vous lui donniez quand même de l'argent. »

Di Lanna jeta sur Flavia un regard interrogatif.

« J'ai parlé à l'avocat qui lui versait son allocation mensuelle, déclara Flavia.

— Cet argent venait de son père et le legs était administré par fidéicommis. Si j'avais pu mettre un terme aux versements je l'aurais fait. J'ai dépensé une fortune en frais d'avocats pour tenter de le faire déshériter et j'y suis en grande partie parvenu. Mais pas complètement. Il avait réussi à garder une fortune assez importante et je ne comprends pas pourquoi il a monté ce coup. S'il avait une qualité – sa seule qualité peut-être –, c'est qu'il se souciait de l'argent comme d'une guigne. Quand il en avait, il le dépensait. S'il n'en avait pas, il s'en passait.

— Il avait donc changé ? »

Di Lanna se contenta de hausser les épaules.

« Pourriez-vous me parler de lui ? Qui sont ses amis, associés ? »

Il secoua la tête.

« Le volumineux dossier de la police vous serait d'une plus grande utilité, à mon avis. Je le répète, je refusais même de lui parler.

— Était-il à ce point mauvais ?

— Oui. Le mal qu'il a fait est immense et impardonnable.

— Il n'a pas fait grand-chose, en réalité. À part cambrioler une banque.

— Pour un membre de la police, vous êtes bien tolérante, signora. Mais je ne pensais pas à ses activités politiques, ni à ses pitreries d'enfant gâté. Je parle du meurtre de sa sœur, ma femme.

— Veuillez m'excuser, fit-elle, après un instant de réflexion, mais je ne vous suis pas.

— Maurizio a baguenaudé avec cette engeance, et, comme d'habitude, il n'a pu s'empêcher de se vanter de son origine familiale. Il avait beau aimer jouer les révolutionnaires, il ne voulait pas qu'on oublie qu'il appartenait à une famille riche et influente. Ses activités étaient-elles une façon de se révolter contre son père, homme autoritaire, redoutable, très puissant, qui adorait sa fille mais ne supportait pas son fils ? Je n'en sais rien et je m'en contrefiche.

» Ses comparses ne se sentaient pas liés à Maurizio, pas plus que lui à eux. Ils le considéraient comme un plaisantin et une source de revenus. Rien de plus. Et quand ils ont décidé de faire un grand coup ils l'ont exploité sans merci. Il leur a parlé des membres de sa famille et de leurs demeures. De sa sœur, de ses boutiques préférées et des restaurants qu'elle fréquentait. Il s'agissait de ma femme, signora. Je l'aimais plus que tous les êtres que j'ai jamais aimés. Nous n'étions mariés que depuis dix-huit mois.

» Le reste est simple, quoique douloureux. Ils l'ont enlevée, puis ont fait connaître leurs exigences. J'ai préparé la rançon – j'aurais payé le double s'il l'avait fallu –, mais pour une fois les policiers ont été efficaces et ont découvert la maison où ils la croyaient détenue. Le siège s'est terminé par une fusillade.

» Tout s'est horriblement mal passé. Les terroristes qui se trouvaient à l'intérieur ont tous été tués. Mais Maria n'était pas là. La réaction fut immédiate et sauvage. On a retrouvé son corps le lendemain, jeté derrière un buisson du Janicule, près d'une statue. Elle avait vingt-quatre ans. On lui avait logé une balle dans la tête. Ça a tué son père et ça a failli me rendre fou de chagrin. Le 25 mai 1981. Ce jour-là ma vie s'est arrêtée. »

Flavia s'appuya au dossier de sa chaise et réfléchit. Elle n'avait aucun souvenir de cette tragédie.

« C'est l'une des nombreuses affaires qu'on s'est efforcé d'étouffer. On a voulu au moins éviter qu'ils bénéficient de la publicité. On a recueilli son corps avant que la presse arrive sur les lieux et on a fait courir le bruit qu'elle était morte dans un accident de voiture. J'ai regretté qu'on ne connaisse pas la vraie raison de mon deuil, afin que le public comprenne la vérité, mais on a agi à bon escient. C'est ce que je pensais alors et je n'ai pas changé d'avis. »

Il haussa les épaules d'un air impuissant. Son chagrin était manifeste.

« Je ne me suis jamais consolé. Et, en tout cas, je ne lui ai jamais pardonné. Alors, trêve de questions à son sujet !

— Désolée. Je ne me doutais pas…

— Comment auriez-vous pu ? » Il se tut, faisant pivoter son fauteuil à nouveau, mais, cette fois-ci, lentement et sans affectation. « Le Premier ministre Sabauda était alors ministre de l'Intérieur. C'est lui-même qui m'a appris la nouvelle. Il est resté avec moi pour me réconforter. »

Di Lanna ébaucha un pâle sourire.

« On me demande toujours à quel moment je vais le renverser, quand je vais sortir de la coalition et tenter d'accroître mon propre pouvoir à ses dépens. La réponse que je ne peux jamais donner est que je n'en ai pas la moindre intention. Je lui suis reconnaissant de la façon dont il m'a aidé durant ces heures sombres. Je ne peux l'avouer, bien sûr, car, si l'on apprenait que j'étais mû par des sentiments tels que la reconnaissance et la fidélité, c'en serait fini de ma crédibilité politique. Voilà pourquoi je dois invoquer l'unité et la stabilité. Termes qui, naturellement, sont interprétés comme des mots de code signifiant que je ronge mon frein en attendant l'occasion de lui faire un croc-en-jambe. »

Une bouffée de nostalgie monta en Flavia au souvenir des bons vieux criminels d'antan. Avec eux, on savait en général à quoi s'en tenir.

« Je comprends. Il me semble… Alors, quel était le mobile de Sabbatini, à votre avis ?

— Je n'en ai aucune idée et je m'en fiche. La peinture a été récupérée et, grâce au ciel, il est mort. Que le diable l'emporte ! Pour trois millions d'euros, c'est donné ! »

Il saisit un petit cadre sur le bureau et le tendit à Flavia. La photo représentait une jeune femme tenant un bouquet de fleurs et souriant à l'appareil. Le cliché semblait déjà suranné.

« Elle était jolie, commenta Flavia, ne sachant trop quoi dire.

— Délicieuse. Tout ce que j'avais toujours désiré. Nous n'avons pas eu d'enfants, hélas… Ç'aurait été au moins une consolation. Il m'a même refusé ça.

— Désolée… »

Di Lanna fit un effort pour revenir au présent.

« Pourquoi avez-vous fourni l'argent de la rançon ? demanda Flavia.

— Parce que dès qu'on l'a informé du vol, le Premier ministre a deviné qui en était l'auteur. Et quand il m'a mis au courant j'ai proposé de l'aider. On doit se sentir responsable des actes de ses parents, même lorsque ces derniers sont absolument méprisables. Sabauda répugnait à utiliser des fonds publics, car on s'en serait très probablement aperçu. J'ai apporté mon concours. Rien de plus. Je le répète, pour moi ce n'était qu'une bagatelle, financièrement parlant. Le coût psychologique a été bien plus élevé, pourrait-on dire… Je crains que vous ne deviez m'excuser maintenant, signora… », ajouta-t-il avec douceur après avoir jeté un coup d'œil à sa montre.

Flavia se leva.

« Bien sûr. Veuillez m'excuser. Je vous ai déjà pris beaucoup trop de votre temps.

— Qu'allez-vous faire maintenant ?

— Prendre des précautions et remettre les choses en ordre.

— Puis-je vous donner un conseil ? Laissez tomber. Il n'y a rien à gagner. Ma femme a été enterrée sans explication. Que Maurizio parte de la même façon ! C'est tout ce qu'il mérite. Et, ajouta-t-il, laissant entrevoir ses griffes pour la première fois – de manière d'autant plus menaçante que laconique – personne ne vous en saura gré. »

11

Malgré tous ses efforts, Argyll ne pouvait se défaire de l'idée qu'il y avait quelque chose de vraiment bizarre à propos de la petite madone de Bottando. Cela devenait une véritable obsession. Quand Flavia était très occupée et qu'il aurait pu théoriquement travailler, Argyll adorait les distractions. Il les recherchait, en fait, utilisant le moindre prétexte, bon ou mauvais, pour éviter de s'installer à son bureau, de se concentrer et de se mettre à rédiger. Il éprouvait alors une envie irrépressible, quasiment physique, de bondir hors de son siège pour aller vérifier une date ou tout autre détail.

Le tableau de Bottando jouait à merveille ce rôle de divertissement. Si parfaitement que même Argyll savait que toute tentative de résistance serait anéantie par la force de l'instinct primaire qui le poussait à barguigner, à temporiser et à mettre en doute l'intérêt du sujet de sa communication sur la collection artistique considérée comme œuvre d'art.

Il écrivit à peine plus d'une phrase avant d'abandonner : « L'étude de la formation des collections possède déjà une longue histoire, mais la collection elle-même n'a jamais, à ma connaissance, été analysée en tant qu'objet d'art à part entière. Le but de cet article est de... »

Voilà un bon début, se félicita-t-il, en s'appuyant au dossier de sa chaise pour relire la phrase une fois de plus. Et précis. D'abord déclarer son intention, puis passer à la démonstration. Toutefois, après tout bon début, la phrase suivante doit se montrer à la hauteur. Pas de relâchement, ni de verbiage. Autrement, c'est un désastre. Se rendant soudain compte que la deuxième phrase devait être rédigée avec le plus grand soin, il jeta sa plume et décida que pour qu'elle soit parfaitement au point il fallait mûrement y réfléchir. Or c'est en marchant qu'il réfléchissait le mieux. Il ne pouvait justifier une balade que si elle constituait un mode d'action.

Alors pourquoi ne pas passer quelque temps – une demi-heure, tout au plus – à faire une nouvelle petite tentative à propos de la madone ? S'étant ainsi persuadé que s'arrêter complètement était de loin la meilleure façon de travailler à son article, il chercha à déterminer la bonne manière d'entreprendre Tancred Bulovius, le vieil Anglais, peut-être la seule personne encore vivante capable de lui raconter les événements qui s'étaient déroulés à la villa Buonaterra en 1962. La perspective ne l'enthousiasmait guère, et si la rédaction de son article n'avait pas été le seul autre choix, il aurait peut-être renoncé à l'idée. Chez les grands amateurs d'art de la vieille garde il existe un je-ne-sais-quoi qui, sans être véritablement déplaisant, n'est pas tout à fait engageant. Ils sont rarement très sympathiques, et la plupart d'entre eux se font une idée de leur importance qui dépasse de beaucoup la tendance normale de tout être humain à se surestimer. Beaucoup, en un mot, ne sont pas d'un commerce facile.

Il n'existait, hélas ! aucune échappatoire. C'était ou Bulovius ou aller au charbon. Après moult hésitations, il décrocha le téléphone et retint son souffle... Une heure plus tard, il se dirigeait vers le domicile du dernier géant des études sur la Renaissance italienne. Il eût été probablement plus courtois de solliciter un rendez-vous pour le lendemain ou la semaine suivante, mais cela aurait laissé à Argyll le temps d'écrire son article. En outre, songea-t-il, Bulovius a au moins quatre-vingt-douze ans. Et avec les gens de cet âge on ne peut se permettre d'attendre. Une seule heure peut faire la différence. Bulovius pouvait passer l'arme à gauche sans crier gare. De plus, l'homme qui avait répondu au téléphone paraissait enchanté de recevoir Argyll.

Quel est le secret de ces gens ? se demanda Argyll en arrivant sur les lieux. Peut-être était-ce dû à leur âge, à la chance d'être né à une époque où la livre sterling dominait de très haut toutes les autres monnaies et où des ressources modestes en Angleterre permettaient de vivre *en grand seigneur** presque n'importe où en Europe. Belle époque, en effet, si vous possédiez le bon passeport, mais ces temps étaient depuis long-temps révolus. Alors qu'il n'y passait que quelques mois par an, Bulovius s'était installé, juste après la guerre, au *piano nobile* d'un imposant palais, à deux pas de la piazza Navona. La fameuse loi sur la modéra-tion des prix des loyers faisait le reste. Quelle injustice !

Un palais est un palais, même s'il est évident que l'électricité a besoin d'être un peu rénovée, que les fenêtres sont si vermoulues qu'elles semblent sur le point de se décrocher à tout moment, que la plom-berie laisse beaucoup à désirer et qu'on a l'impression que personne n'a habité l'appartement normalement depuis l'époque où un pape régnait sur Rome. Élégance ou confort, il faut choisir. Le palazzo Agnello faisait sans doute la part trop belle à l'élégance, mais aux yeux d'Argyll les sacrifices en valaient la peine. Sauf en hiver, car alors le manque de chauffage l'aurait gêné.

Par une chaude fin d'après-midi de printemps on n'était guère conscient de ces inconvénients, à part le fait que, la vieille aristocratie romaine détestant le grand air, il n'existait pas de balcon ou de terrasse où s'installer. Le soleil brunit la peau, vous donne l'air d'un paysan. Aucun noble n'aurait voulu avoir le teint autrement que pâle comme un linge. Les temps changent, pas les palais. Bulovius reçut son visiteur dans le grand salon, et il fallut près de dix minutes pour que les yeux d'Argyll s'adaptent totalement à la pénombre.

Il eut un certain mal à distinguer ce qu'il restait de la célèbre collection Bulovius, et la plupart des œuvres accrochées aux murs ne présentaient guère d'intérêt. Au fil des ans, la majeure partie en avait été transportée discrètement en Angleterre et y attendait la mort du collectionneur dans sa maison (moins grandiose mais plus fonctionnelle) de Queen Anne's Gate. Jadis, Bulovius avait signé un accord avec le gouvernement britannique stipulant que sa collection était léguée à la National Gallery, en échange d'une attitude tolérante en ce qui concernait les droits de succession sur le reste de sa fortune. D'après ce qu'il entendait dire depuis plusieurs années déjà, Argyll croyait comprendre que le gouvernement ne ferait pas une si bonne affaire. Bulovius aimait autant l'argent que l'art, et cet amour n'avait d'égal que sa haine des impôts, quels qu'ils soient.

De toute façon, la National Gallery aurait sans doute eu intérêt à commencer de libérer une salle ou deux afin d'accueillir l'héritage de Bulovius, celui-ci ne paraissant pas devoir rester encore longtemps en ce bas monde. En fait, pensa Argyll en s'asseyant en face du vieillard, il avait même la mine de quelqu'un mort depuis pas mal d'années. Minuscule, ratatiné, tassé dans son fauteuil et enveloppé dans un épais plaid malgré la chaleur, le teint grisâtre, les yeux larmoyants, les mains agitées d'irrépressibles tremblements, Bulovius ne respirait guère la santé. Argyll fut stupéfait, ne s'étant pas attendu à ce spectacle. Il comprit pourquoi dès que Bulovius ouvrit la bouche.

« Et que puis-je faire pour vous, jeune homme ? » Loin de murmurer, Bulovius s'adressait à lui d'une voix de stentor qui détonnait avec sa décrépitude physique. Argyll hésita avant de répondre, ne sachant trop s'il devait accorder son ton au témoignage de ses yeux ou à celui de ses oreilles. Il décida qu'il était plus courtois de répondre en fonction de la voix.

« Eh bien ! Je souhaitais vous demander... »

Il n'alla pas plus loin. Bulovius secoua la tête, fit la grimace, avant de jeter des regards à l'entour.

« La porte est-elle fermée ? »

Argyll répondit par l'affirmative.

« Bien. Dans le placard, là-bas... Vite ! Il y a un flacon... Apportez-le-moi ! »

Inquiet et persuadé que sans son médicament le vieil homme allait lui claquer dans les mains et lui gâcher son après-midi, Argyll bondit hors de son fauteuil et traversa la pièce en courant dans la direction indiquée. Il ne trouva ni pilules ni potions.

Bulovius clappa de la langue avec impatience.

« Du whisky, jeune homme ! Il doit y avoir une bouteille là-dedans.

— Non. Rien... »

— Foutue bonne femme ! Elle a dû la dénicher.

— Pardon ?

— Mon infirmière. Elle passe son temps à me confisquer mon whisky. Elle prétend que c'est mauvais pour ma santé. Bien sûr que c'est mauvais pour ma santé ! Mais quelle importance ? Allez à la cuisine ! La bouteille doit s'y trouver.

— Et si elle refuse de me la donner ?

— Elle a dû sortir. Vite, vite ! Prenez aussi un verre pour vous. »

Doutant beaucoup de la sagesse de tout cela, mais d'accord avec le vieil homme sur l'inutilité d'un régime de santé, Argyll prit la direction indiquée et passa les dix minutes suivantes à errer dans le vaste appartement à la recherche de la cuisine, et encore davantage de temps à fouiller dans les placards, en quête de la bouteille que Bulovius désirait si ardemment.

« Où étiez-vous passé ? J'ai failli mourir de vieillesse en attendant ! » s'écria-t-il quand Argyll revint enfin. « C'est une plaisanterie, reprit Bulovius. Ne vous en faites pas. À mon âge, j'ai bien le droit de plaisanter. J'ai quatre-vingt-treize ans. Je ne les fais pas, n'est-ce pas ?

— Euh…

— Bien sûr que si. C'est ce que vous pensez, et vous avez raison. Je pourrais tomber raide mort d'un moment à l'autre. Sous vos yeux. Que feriez-vous alors, hein ?

— Je n'en sais rien. Ce serait une première pour moi.

— À votre place, je prendrais ce dessin.

— Plaît-il ?

— Celui-ci. Il a beaucoup de valeur. » Bulovius désigna un petit croquis près de la cheminée, dans un recoin si sombre et si miteux qu'Argyll avait du mal à le distinguer. « Vous pourriez vous en emparer et filer en douce. Ni vu ni connu… Allez-y ! Jetez-y un coup d'œil. Qu'en pensez-vous ? »

Ah, mon Dieu, on en était aux petits jeux. Argyll avait horreur des tests que ces vieux birbes aiment vous faire passer… Il n'est plus de bon ton aujourd'hui de vous interroger sur la position sociale de vos parents ou sur les écoles dont vous sortez. S'enquérir du niveau de votre fortune n'a jamais été convenable, mais, pour une mystérieuse raison, administrer ces petits examens de passage est toujours admis. Êtes-vous capable de reconnaître la patte de l'artiste ? d'identifier un sujet ? À contrecœur, Argyll releva le défi.

Testé pour testé, il allait mettre toutes les chances de son côté. Sans prendre la peine de demander l'autorisation, il décrocha le dessin et l'apporta près de la fenêtre pour l'examiner. Joli cadre, très ancien – ça ne voulait rien dire. L'œuvre était un sépia d'environ dix centimètres de côté. Des coups de crayon fermes et hardis dessinaient un torse masculin aux muscles bandés, comme si le sujet était en train de lancer quelque chose. Les ombres étaient tout aussi efficaces, sans une hachure de trop. L'économie de moyens était particulièrement remarquable.

Comment reconnaît-on la griffe d'un artiste ? Argyll, dont c'était la principale occupation et qui avait tiré naguère la plus grande partie de ses revenus de cette aptitude, ne le savait pas précisément. Les mots sont impuissants à définir ce don. Même le bagout habituel de l'expert n'explique rien et ne décrit que sa réaction irrationnelle devant une œuvre. Le tableau porte la griffe de tel ou tel artiste, mais le verdict n'est pas le résultat d'un processus de déduction logique. Cela n'a rien à voir avec la réflexion.

En l'occurrence, Argyll était à quatre-vingt-dix-neuf pour cent certain qu'il était en présence d'un croquis de Castiglione. Grâce, d'une part, à la pose, qui lui rappelait une peinture qu'il avait vue à Ferrare et, d'autre part, au trait, tout aussi caractéristique. Et aussi à l'encre, d'une teinte brune évoquant celle du sang séché. Mais il restait quand même dans son esprit un pour cent de doute. À quoi cela tenait-il ? Pourquoi hésitait-il à donner le nom ? Le croquis était beau, parfait, impeccable. Était-ce là le problème ? Était-il plus Castiglione qu'un Castiglione ? Y avait-il trop d'indices ? Un peintre esquissant à grands traits un croquis avant de peindre un tableau sème-t-il tant d'indices et met-il inconsciemment tant de lui-même ? Peut-être bien, après tout. Ce n'est pas la réflexion logique qui permet à un pour cent de doute d'en défier quatre-vingt-dix-neuf de certitude. Et encore moins de l'emporter.

« Je pense que c'est une belle, une merveilleuse copie », déclara enfin Argyll, le souffle un peu coupé par la nervosité. Il savait qu'il s'agissait d'un jeu stupide, mais, ayant relevé le gant, il était décidé à ne pas le lâcher. « Atelier de..., élève de..., ce genre de chose. Je dirais que c'est la bonne époque, voire le même endroit, mais l'œuvre n'est pas authentique. »

Cela faisait partie du jeu d'envoyer des petits signes à l'interlocuteur pour lui faire comprendre de qui il s'agissait sans prendre la peine de le nommer. Seul un amateur, sous-entendait Argyll, se soucierait de souligner une si criante évidence. Ce serait aussi inutile que de préciser qu'il s'agissait d'un croquis à la plume.

« Si vous tombiez soudain raide mort sous mes yeux, je ne pense pas que je prendrais le risque de recevoir la visite de votre fantôme vengeur en dérobant ce croquis. Je préférerais ceci, déclara-t-il en indiquant une petite étude à l'huile très fatiguée, accotée à un appui posé sur la commode près de la fenêtre. J'ai toujours adoré Bamboccio. »

Il avait réussi l'examen. Son instinct l'avait sauvé une fois encore. Il le sut en notant la mine quelque peu déconfite de Bulovius, qui avait dû reléguer le masque du triomphe au magasin des accessoires. Le problème avec les amateurs d'art de la jeune génération, s'était dit le vieil homme, se réjouissant à l'avance de vérifier son hypothèse, c'est qu'ils n'ont pas l'œil. Bardés de

146

diplômes, soit, ayant lu tous les théoriciens, soit, mais ils n'ont absolument pas l'œil, et sans ce don... Or, Argyll n'avait lu aucun théoricien et avait passé la majeure partie des sept années écoulées à ne pas faire grand-chose d'autre que se servir de ses yeux.

Bulovius ne lui adressa aucun compliment, se contentant de bougonner : « Alors remettez-le là où vous l'avez pris. Ne l'exposez pas à la lumière du soleil, vous risquez de lui faire perdre son éclat. Puis venez me faire part du but de votre visite. » Argyll devina qu'il venait de gagner son droit à la parole.

« Robert Stonehouse, commença celui-ci, 1962. Vous avez passé chez lui plusieurs semaines, il me semble.

— Si vous le dites. Cela fait bien longtemps. Devrais-je m'en souvenir ?

— Durant votre séjour on a volé un tableau. Il a disparu, avant d'être récupéré dans un fossé. Le coupable n'a jamais été retrouvé et personne ne paraît connaître le mobile du vol. J'aimerais que vous me disiez tout ce que vous savez là-dessus. »

Quoique Argyll ait douté qu'il y eût grand-chose à raconter sur cette histoire, son perfectionnisme le poussait à rassembler le plus d'éléments possible. Cela ne mènerait sans doute à rien, mais il voulait connaître les tenants et les aboutissants de cette affaire. À son grand étonnement, Bulovius se rappelait pas mal de choses. Mais ce n'était pas ce à quoi Argyll s'attendait.

S'il est possible d'avoir l'air à la fois troublé, amusé et malade, Bulovius faillit y parvenir.

« Que voulez-vous ? Un aveu ? Bon, très bien, répondit-il avant qu'Argyll ait le temps de l'assurer que tel n'était pas son désir. J'avoue. Quoi d'autre ? »

Argyll le regardait, bouche bée.

« C'était stupide, je le sais. Un moment de folie, dû à l'agacement. J'espère que vous comprenez que c'était la première et la dernière fois que j'ai commis une action de ce genre. Tous les tableaux, bronzes, gravures et dessins que je possède, je les ai acquis honnêtement. J'ai des documents et des factures pour chaque objet. En outre, je dois vous assurer…

— C'est vous qui l'aviez volé ? » s'écria Argyll, soudain conscient que toutes ses folles hypothèses des jours précédents étaient totalement erronées. Heureusement qu'il savait encore reconnaître la griffe d'un peintre… Car, à l'évidence, c'était sa seule compétence.

« Oui, oui, je l'ai volé. Je ne peux même pas prétendre que je l'ai rendu volontairement. Je suppose que vous le savez déjà.

— Eh bien… » Argyll s'interrompit un instant pour tenter de s'adapter au nouveau tour pris par l'affaire. « Pourquoi l'avez-vous volé ?

— Parce que ce butor de Stonehouse ne l'estimait pas à sa juste valeur. Il n'avait pas la moindre idée de ce que c'était, le balourd. Et la façon dont il l'avait acquis était on ne peut plus méprisable.

148

— Pourquoi donc ? Il paraît qu'il avait pris de vitesse le dénommé Finzi, mais il n'y a rien de méprisable à ça. C'est de bonne guerre, en fait.

— Mais de quoi parlez-vous ? demanda Bulovius d'un ton agacé.

— Je n'en suis plus du tout sûr. Je me suis laissé dire que Stonehouse l'avait acheté en 1938 à un marchand romain. D'autre part, ses comptes suggèrent qu'il l'a acheté en 1940... Son fils m'a affirmé que 1938 est la bonne date.

— Non, non, non ! Sornettes que tout ça ! Il raconte des bobards. Ou plutôt, il ne fait que répéter ce que son père lui a dit, comme toujours. Finzi l'a acheté. Il a acheté au marchand romain deux panneaux d'un triptyque. Stonehouse n'aurait jamais eu le nez. Il n'a jamais recherché le troisième panneau. Ils ont dû être séparés au moment où on les a sortis de San Pietro Gattolia, à Florence. »

Argyll fut un peu abattu d'apprendre qu'il n'avait plus désormais affaire à un mais à deux tableaux. Il avait espéré trouver une issue à cette histoire et non la voir se compliquer. Il fit cependant un sourire d'encouragement au vieil homme.

« Ces deux tableaux...?

— Comme vous l'imaginez, quand les choses se sont envenimées, Finzi a eu du mal à sortir d'Italie. Une grande partie de sa fortune a servi à payer des pots-de-vin et il a alors donné un grand nombre de ses tableaux. Il en a fait sortir quelques-uns, mais il est arrivé à Londres quasiment sans un sou. Stonehouse lui a proposé de lui prêter de l'argent en prenant en garantie les rares tableaux restants. Après la guerre, quand Finzi a eu de nouveau pignon sur rue, Stonehouse a refusé de les lui rendre en soutenant qu'il les avait payés. Ça a porté un coup fatal à Finzi. Le meilleur de sa collection avait été dispersé et, même s'il en a bâti une nouvelle, il n'a jamais réussi à en reconstituer une aussi belle. C'était une grave blessure personnelle, comme vous le devinez sans doute.

— Pas si j'en crois la version de Stonehouse.

— Finzi avait un don. Il adorait la peinture. Il avait beau être avant tout un homme d'affaires je n'ai jamais rencontré un œil aussi infaillible. Il n'a acheté que des joyaux. De plus, c'était un homme bon. À l'époque où j'étais un étudiant fauché à Rome, il m'a engagé pour répertorier sa collection et m'a donné un salaire jusqu'à ce que j'obtienne un premier travail. Et il a fait de moi son légataire universel. En dehors des tableaux légués à la National Gallery. »

Voilà donc, pensa Argyll, l'origine de tout.

« Stonehouse était un être répugnant. N'ayant jamais eu à gagner lui-même sa vie, il ne connaissait pas la valeur de l'argent. Juste le pouvoir. Et il achetait de la camelote. Les rares bonnes peintures de sa collection y avaient atterri par hasard. Avez-vous jamais entendu l'histoire de son Modigliani ?

— Vaguement, avoua Argyll. Il a été détruit, c'est ça ?

— Typique de lui. Trop faible pour empêcher sa femme d'avoir une liaison avec le peintre, il se met en rogne quand ce dernier l'a peinte nue. Les gens auraient pu deviner le fin mot de l'histoire, voyez-vous. Ça, il n'en était pas question ! Et le qu'en-dira-t-on ? Seules les apparences comptaient pour lui.

— Et ce tableau… ?

— Finzi a compris d'instinct ce que c'était. Après avoir un peu bûché la question, j'ai pu en apporter la preuve. J'avais tout, noir sur blanc. J'avais trouvé les esquisses préliminaires aux Offices, identifié la gravure de Passarotti. Mais je n'ai rien publié. J'ai absolument refusé de le faire tant que l'œuvre se trouvait entre les mains de ce type. Stonehouse était dans l'ignorance complète. Il faisait confiance à ce vieil imposteur de Berenson qui s'était amusé à lui donner une fausse origine. Berenson en connaissait parfaitement la vraie, mais aurait préféré mourir que la lui révéler. Stonehouse n'avait aucun sens de l'humour et était totalement incapable d'imaginer qu'on se payait sa tête. Je n'ai pas pu résister à la tentation de m'en emparer quand j'ai vu quel emplacement il lui avait réservé. Le coup de grâce ! Si le tableau m'avait appartenu, je me serais débarrassé de tous les autres et l'aurais placé bien en vue. Au lieu de le reléguer dans une chambrette, entouré de camelote. »

Argyll était désormais confronté à un problème épineux. Il détenait le tableau – par l'intermédiaire de Bottando – et Bulovius en connaissait l'auteur. Réunir les deux éléments pouvait se révéler plus difficile qu'il n'y paraissait. On croit souvent à tort que le commerce des œuvres d'art est une question d'art. Loin s'en faut. Cela relève plutôt du renseignement. Celui qui connaît la nature d'une œuvre est généralement en meilleure position que celui qui n'en est que le propriétaire. Bulovius le savait aussi bien qu'Argyll. Mieux, en fait. Cette certitude était tellement ancrée en lui qu'il mettrait un point d'honneur à obtenir une contre-partie à ses révélations. La tâche d'Argyll consisterait à lui soutirer l'élément le plus important de l'équation.

« Si je comprends bien, commença-t-il, évitant pour le moment de s'attaquer de front au problème, vous étiez arrivé à la villa sachant déjà que le tableau s'y trouvait et décidé à vous en emparer…

— Non, non ! répliqua Bulovius avec irritation. Pour qui me prenez-vous ? Je savais, bien sûr, qu'il se trouvait là. Finzi m'en avait parlé plusieurs fois et il me tardait de le voir. J'étais très énervé de ne l'apercevoir dans aucune des pièces principales. Finzi n'avait jamais envisagé que Stonehouse le gardait uniquement pour l'empêcher de l'avoir. Si Stonehouse n'avait pu se résoudre à s'en séparer tant il l'adorait, alors il aurait pu lui pardonner. »

Il se tut. Barbe ! se dit Jonathan. Quelques mots de plus et Bulovius aurait lâché le morceau.

« Quoi qu'il en soit, quand j'ai fini par le dénicher, coincé entre un hideux portrait et une banale gravure, j'ai été horrifié. Et rempli de mépris. C'est très mal de ma part, mais j'ai alors décidé de lui donner une leçon. Si Stonehouse n'estimait pas le tableau à sa juste valeur, il ne lui manquerait pas.

— Donc, vous l'avez pris. »

Bulovius poussa un soupir.

« En effet. Et je dois avouer que, maintenant, je comprends très bien l'attrait que peut exercer une vie de criminel. J'ai trouvé tout à fait palpitant de me faufiler à pas de loup, en pleine nuit, de cacher le tableau… Même si c'est rude pour les nerfs. À la fin, j'étais tout excité.

— Où l'avez-vous mis ?

— Oh ! je n'ai pas cherché midi à quatorze heures… Je n'ai guère d'imagination pour ce genre de chose. J'aurais été plus original si j'y avais réfléchi un peu plus, mais j'avais passé tant de temps à m'armer de courage avant de m'en emparer que je n'avais pas vraiment pensé à ce que j'en ferais ensuite. Il y avait un énorme divan dans le salon, affreux, certes, mais c'était le seul siège confortable de la pièce. Je l'ai glissé dessous. On n'avait pas nettoyé sous ce canapé depuis des lustres et mes éternuements ont failli réveiller toute la maison. Quand, le lendemain, j'ai vu le policier assis sur le divan, ça m'a mis plutôt mal à l'aise.

— Alors, comment le tableau s'est-il retrouvé dans le fossé ?

— Aucune idée. Tout ce que je sais, c'est que, comme j'en avais délesté Stonehouse, quelqu'un m'en a ensuite délesté. Et puis, de ma fenêtre, j'ai vu l'un des policiers, flanqué de Mme Verney, traverser tranquillement les jardins et se diriger tout droit vers le fossé où on l'a trouvé. Ce sont eux qui l'ont retrouvé. »

Argyll encaissa le choc avec un calme impressionnant. Pas le moindre battement de cils, pas le plus léger bégaiement. Pourtant, une réaction plus mélodramatique, comme pousser un sonore grognement, se frapper la poitrine ou tomber à la renverse, aurait été parfaitement justifiée selon lui. Il aurait dû évidemment deviner que Mary Verney était impliquée. Mais de quelle façon ? Voilà l'insondable mystère.

« Qui était cette Mme Verney ? demanda-t-il d'un ton désinvolte dont il fut assez fier.

— Une étudiante, je crois. Jolie fille, quoiqu'un brin trop délurée pour moi. Trop intelligente, voyez-vous. Et elle fricotait avec les policiers, ce qui ne me plaisait pas beaucoup. Je me la rappelle car elle connaissait un de mes amis marchands.

— Que voulez-vous dire par "fricotait avec les policiers" ? »

Bulovius gloussa, tout en faisant un clin d'œil complice à Argyll, mimique peu ragoûtante sur ce vieux visage.

« Elle aimait trop les policiers, si vous voyez ce que je veux dire. Elle avait l'air d'une ingénue, mais on avait toujours l'impression qu'elle ne disait pas tout ce qu'elle savait. »

Les propos étaient vagues et peu éclairants. Bulovius n'avait manifestement guère l'intention d'aider Argyll.

« Je vois. Mais ce tableau…

— Je ne peux pas vous en dire plus. Le policier l'a rendu d'un air triomphal, à l'évidente irritation de son prétentieux supérieur et, autant que je sache, aucune suite n'a été donnée à l'affaire. Selon la théorie des policiers, les voleurs, pris de panique, l'auraient laissé tomber dans leur fuite. Hypothèse absurde, bien entendu, et je suis persuadé que le jeune policier n'a jamais été dupe. Il cherchait, paraît-il, à me protéger, ce dont je lui suis reconnaissant, mais je ne vois pas pour quels motifs. Quoi qu'il en soit, la police, Stonehouse et moi-même avons été ravis que les choses en restent là. L'affaire a été classée. Sans suite. »

Il se tut et sirota son whisky avec une telle évidente délectation qu'Argyll se félicita d'avoir accédé à sa demande. Une fois que le frisson de plaisir eut parcouru tout le corps frêle du vieillard, Argyll tenta d'aborder à nouveau le sujet qui lui tenait à cœur.

« Vous êtes sûr de la justesse de votre attribution ?

— Naturellement ! Je sais que vous croyez que je prends mes désirs pour des réalités. Pas du tout ! Comparez avec le tableau de Fiesole, étudiez le style, et surtout, lisez votre Vasari. Pas l'ombre d'un doute à ce sujet. Il y a assez d'indices pour convaincre le plus sceptique. Les preuves sont irréfutables. Si Finzi avait pu le compléter… »

Argyll tremblait de frustration. De qui s'agit-il, bonté du ciel ? aurait-il dû demander d'un ton calme, en réfrénant son envie de hurler. Hélas ! il savait que

Bulovius resterait bouche cousue. D'ailleurs, la minuscule étincelle qui luisait dans l'œil du vieux malin suggérait qu'il connaissait parfaitement la règle du jeu. Il se pouvait qu'il finisse par cracher le morceau, mais pas avant qu'Argyll ait mérité sa récompense.

Argyll exerça quelques pressions, lança plusieurs coups de sonde, avant de renoncer, de peur que le vieil homme ne se rebiffe. Il prit enfin congé le plus aimablement possible, puis, jurant et pestant, dévala l'escalier quatre à quatre. Il se rendit chez Bottando et appuya sur la sonnette plus longtemps qu'il n'était nécessaire, dans l'espoir qu'il soit revenu et lui permette d'étudier à nouveau le tableau. Manque de chance ! Le général était toujours absent, et trois centimètres de bois renforcés par un blindage d'acier empêchaient Argyll de pénétrer dans l'appartement.

Il se coucha sans en savoir plus qu'à son lever, et quand il décida, le lendemain, d'aller poser carrément la question à Bulovius, il fut reçu sur le seuil par l'infirmière du vieil homme. Tancred Bulovius, lui apprit-elle d'un ton bouleversé, était mort durant la nuit. Sans doute à cause du whisky sur lequel le vieux poivrot avait réussi à mettre la main.

12

Le premier augure funeste apparut à Flavia à peu près au moment où Argyll, de plus en plus mal à l'aise, écoutait l'infirmière raconter les derniers moments de Bulovius. Il était deux heures de l'après-midi et l'odieux journaliste avait à nouveau téléphoné.

« J'aimerais savoir, commença-t-il, si vous auriez l'amabilité de commenter un article que nous pensons publier.

— Allez-y ! répondit Flavia. Je ferai de mon mieux.

— C'est à propos du vol et de la rançon concernant un tableau du musée National. »

Flavia eut un petit haut-le-cœur et son estomac se retourna.

« Sans blague ? Première nouvelle...

— Vraiment ? fit Dossoni d'un ton incrédule. Nous savons de bonne source qu'un tableau devant figurer dans la prochaine exposition d'art européen a été volé par une bande d'hommes armés qui, malgré les efforts héroïques des gardiens, ont réussi à prendre la fuite...

— Qu'ont fait les gardiens ?

— Selon nos informations, ils se sont jetés sur l'un des malfrats, mais ils ont dû le relâcher lorsque les autres ont menacé de tuer l'un d'eux.

— Très courageux de leur part.

— La peinture a refait surface une semaine plus tard. Il est clair qu'une rançon avait été versée.

— Ça tombe sous le sens, si cette histoire est un tant soit peu véridique. Que dit le musée ?

— Je ne l'ai pas encore contacté.

— Votre informateur est l'un des gardiens héroïques, j'imagine ?

— Je ne peux vraiment pas vous répondre. Pouvez-vous me confirmer l'information ?

— Pas du tout. Je ne suis pas au courant de cette histoire.

— Aucun vol n'a été commis ?

— Ne soyez pas ridicule ! Combien de temps pourrait-on dissimuler ce genre d'incident ?

— Aucune rançon n'a été versée ?

— Pas par moi, en tout cas. Vous vous rappelez qu'il y a une semaine vous m'avez déjà posé la question ? Je vous avais alors répondu que c'était illégal et que nous ne disposons pas de budget pour cela. Combien a-t-on payé ces gardiens ?

— Nous ne payons jamais nos informateurs. Nous n'avons pas beaucoup d'argent, nous non plus. Mais on m'a rapporté que vous avez convoqué les gardiens pour leur enjoindre de se taire.

— Je n'ai donc pas été très efficace, hein ?

— En effet. Et vous n'avez pas non plus répondu à ma question. Y a-t-il eu, oui ou non, un vol à main armée au musée, la semaine dernière ?

— Absolument pas !

— Avez-vous payé une rançon pour récupérer le tableau, oui ou non ?

— Pas du tout ! Aucune bande armée n'a volé quoi que ce soit au musée, ni la semaine dernière ni celle d'avant.

— Souhaitez-vous ajouter quelque chose ?

— Oui : n'écoutez pas les gardiens. Même s'ils ont agi en héros. »

Elle raccrocha et fronça les sourcils, des idées de meurtres plein la tête. Tôt ou tard, Dossoni affinerait ses questions et découvrirait la vérité. Elle n'y était pour rien, mais il y avait de l'orage dans l'air. Elle jugea opportun de mettre le Premier ministre au courant de la situation. Et de reprocher vertement à Macchioli son incapacité à tenir son personnel.

Ensuite, elle rentra chez elle, où elle trouva un Argyll inconsolable qui s'empressa de lui déclarer qu'il était bel et bien un assassin.

« C'est moi qui lui ai donné le whisky, bon sang ! Comment ai-je pu être aussi idiot ? »

Aucune réaction de sympathie de la part de Flavia.

« Je suis abattu ! reprit-il.

— Parce que tu l'as tué ou parce qu'il ne t'a pas révélé le nom du peintre ? demanda-t-elle sèchement.

— Surtout pour la première raison. Mais la seconde ajoute à ma contrariété. Que penses-tu de Bottando ? Du fait qu'il connaissait Mary Verney ? Il ne t'en avait pas parlé au moment où tu cherchais à l'arrêter, n'est-ce pas ?

— En effet. Il est possible, cependant, qu'il ne s'en soit pas souvenu. Après tout, à l'époque, en 1962, elle n'était pas le moins du monde soupçonnée. Il ne l'avait interrogée qu'en tant que témoin. Je ne me rappelle pas le nom des témoins que j'ai reçus il y a quarante jours, alors ne parlons pas de quarante ans...

— Hmm ! fit Argyll sans grande conviction. » Tout ce qui, de près ou de loin, touchait à Mary Verney le mettait en émoi, et sa seule existence était pour lui un cauchemar. Il ne lui avait jamais pardonné d'avoir si bien joué le rôle de la gentille vieille dame inoffensive, quoiqu'un brin excentrique, essentiellement préoccupée du puceron noir du rosier et de savoir si la collecte de fonds pour restaurer l'église du village progressait. D'où la tendance d'Argyll à surestimer la capacité de Mary Verney à lui causer des soucis. Si l'ange du Seigneur était descendu du ciel pour annoncer la fin du monde à grands coups de trompette, Argyll se serait persuadé que, pour d'obscures raisons personnelles, Mary Verney avait tout manigancé. Il croyait assez en ses pouvoirs pour imaginer que ses actes pouvaient déclencher des catastrophes, même quarante ans après.

« Le problème, c'est qu'elle était présente sur les lieux. Maintenant que Bulovius est mort, elle représente mon seul espoir. Bottando a sincèrement l'air de ne pas avoir la moindre idée de la valeur du tableau.

— Qui n'en a peut-être aucune, en effet.

— Soit. » Il réfléchit quelques instants avant de faire taire l'affreux pressentiment qui l'étreignait depuis qu'il avait appris que Mary avait été présente à la villa Buonaterra en 1962. « Mais dis-moi ce qui te tracasse ?

— Rien qui te concerne, répondit-elle d'un ton acide. Des histoires de journalistes, de tableaux et de rançons. Je commence à me sentir vulnérable. »

Une fois que Flavia eut terminé le résumé de sa journée, Argyll opina du chef.

« Tu aurais dû m'en parler, tu sais, avant que je me lance dans mes jérémiades. Que vas-tu faire maintenant ?

— Rien, répondit-elle en haussant les épaules. Ou le journal fait paraître l'article, ou il s'abstient. J'ai fait de mon mieux et j'insisterai sur le fait que j'avais bien prévu que cela arriverait tôt ou tard. On ne peut pas éternellement cacher le cambriolage d'un musée s'il a été commis devant témoins. Cela ne signifie pas, hélas ! que je ne vais pas être considérée comme responsable.

— De quoi ?

— On trouvera bien quelque chose à me reprocher. De ne pas avoir su éviter le vol... D'avoir payé une rançon malgré les instructions expresses du Premier ministre... De ne pas avoir réussi à empêcher ces imbéciles de gardiens de parler... De ne pas avoir arrêté le voleur pendant qu'il était encore vivant... Quelque chose d'approchant. Il est également possible qu'on ne donne aucun motif et qu'on m'évince en douceur. Après tout, mon poste est convoité par pas mal de gens. Cette histoire leur fournirait une excellente occasion. »

Elle se leva et s'étira.

« Et je ne peux rien faire ! À part tenter de retrouver l'argent. Si j'y parviens, je pourrai alors compter sur di Lanna pour glisser un petit mot en ma faveur. Rien n'est moins sûr, d'ailleurs, puisqu'il semble lui aussi vouloir qu'on laisse tomber l'affaire.

— Ça me semble une bonne idée.

— Tu changeras d'avis quand ce Dossoni publiera son article.

— Tu n'as pas l'air de trop t'en faire.

— C'est vrai, bizarrement. J'ignore pourquoi. Peut-être est-ce dû au départ de Bottando. Il a toujours été un exemple pour moi. L'amour du métier, tu sais. Je travaillais davantage pour lui que pour le service. Bien qu'il soit parti, j'ai toujours l'impression qu'il est encore le patron.

— C'est bien le cas, théoriquement.

— Oui, mais il a plié bagages. Sans une ombre de

regret, apparemment. Alors, si, après toutes ces années, il peut agir ainsi, pourquoi suis-je donc si enthousiaste ? Quel intérêt peut-il y avoir finalement à courir après des tableaux ?

— Ton attitude n'est pas très positive.

— Soit. Mais il doit y avoir des occupations plus utiles.

— Par exemple ?

— Je n'en sais rien », répondit-elle, après un instant de réflexion.

Elle mordilla un morceau de fromage, puis se rassit.

« Entre-temps, je vais m'occuper en allant à Sienne demain. Les archives ont livré l'adresse d'une vieille camarade d'armes de Sabbatini. Ce sera sans doute une perte de temps, mais sait-on jamais ? »

13

Le trajet jusqu'à Sienne se déroula sans encombre et se révéla même agréable. Il est très difficile de ressasser ses ennuis quand on est distrait par la conduite des automobilistes italiens, qui, à la moindre inattention, menacent de vous éjecter de la route. Le but du voyage de Flavia était une maison située dans un petit village, à une vingtaine de kilomètres au nord-est, mais elle s'arrêta à Sienne pour déjeuner et jeter un coup d'œil à l'institut de langues où travaillait désormais Elena Fortini, l'ancienne collègue de Sabbatini. Sa fiche indiquait que, moitié américaine, moitié italienne, elle parlait couramment l'anglais. Aptitude qui lui permettait à présent de gagner sa vie. Laquelle devait être particulièrement calme si l'on en jugeait par la tranquillité du lieu.

Quoique dans les années soixante-dix Elena Fortini ait été, elle aussi, une sorte d'artiste, elle avait alors produit le genre d'œuvre d'art qui retenait rarement l'attention professionnelle de Flavia. Elle avait partagé l'idéologie de Sabbatini, et, en lisant entre les lignes de la fiche retrouvée par Corrado, Flavia avait deviné que c'était la jeune femme qui avait dicté à Sabbatini sa ligne de conduite politique. Si Flavia avait le sentiment qu'il avait été un extrémiste de gauche parce que ça faisait chic, elle était, en revanche, persuadée qu'Elena avait été plus engagée et que ses opinions et ses actes avaient été mûrement réfléchis. Sabbatini avait été son disciple et n'avait agi que pour attirer l'attention et se mettre en vedette.

À l'instar d'un grand nombre de militants ayant participé à des mouvements révolutionnaires dans les années soixante-dix, Elena s'était rendu compte, peut-être plus vite que les autres, que la bataille était perdue d'avance. Elle avait donc accepté une offre d'amnistie. En échange, elle avait écopé d'une courte peine de prison, avait promis sa contrition et donné des renseignements sur ses anciens collègues. Une note agrafée à la fiche se plaignait de la maigre quantité de renseignements recueillis, lesquels s'étaient d'ailleurs révélés inutiles. Même pour sauver sa peau, Elena n'avait pas trahi ses amis.

Il avait été remarquablement facile de la retrouver. On reste toujours un ancien prisonnier politique, et Elena Fortini devait donner son adresse tous les six mois, même si celle-ci n'avait pas changé depuis des années. La dernière adresse avait été épinglée à une autre fiche arrachée par Flavia à des collègues de la brigade antiterroriste.

Après le déjeuner, Flavia parcourut le reste du trajet. L'adresse correspondait à une petite maison délabrée, un de ces édifices de toute évidence anciens dont il est difficile de préciser l'époque, car ils peuvent avoir été construits entre le XVe et le XVIIIe siècle. Celui-ci n'était pas très imposant, mais on avait effectué des ajouts ici et là, si bien que le toit couvert de tuiles en terre cuite montait et descendait selon divers angles et dans tous les sens. Ces bâtisses ont pris de la valeur maintenant que les Anglais, les Allemands et les Hollandais cherchent des maisons de vacances. Achetées pour une bouchée de pain il y a dix ou vingt ans, elles valent aujourd'hui une fortune. Tous les stéréotypes qui s'étaient si aisément formés dans l'esprit de Flavia commencèrent à se déliter quand, au moment où elle se dirigeait vers la porte, elle découvrit de la nourriture pour volaille soigneusement entassée sur la terrasse, la corde à linge couverte de vêtements d'enfants, et qu'elle perçut l'atmosphère de pauvreté – un carreau manquant ici, une profonde lézarde dans l'épais mur de pierre là. Néanmoins, le délabrement ne semblait pas dû à un manque d'entretien.

Le lieu bruissait d'activité. Depuis l'autre côté de la maison parvenaient les bruits caractéristiques d'enfants occupés à jouer, des hurlements de rire au milieu d'éclaboussements. Deux poules trottaient en tout sens, leurs petits yeux saillants fixés sur le sol, à la recherche de la dernière miette de nourriture. Indifférent à tout, un chat somnolait à deux pas. À l'intérieur, une femme chantait. Elle était sans doute toute seule, car nul n'aurait osé chanter si mal en présence d'autrui. Alors que tout indiquait que les habitants du lieu étaient dans une situation de grande précarité, Flavia sentit monter en elle une irrépressible bouffée d'envie. Quelle que soit leur situation, où qu'elles se trouvent, certaines personnes parviennent à créer une ambiance de confort et de bien-être. Et c'était exactement ce qu'elle ressentait ici. En Flavia, la surprise le disputait à la jalousie.

Lorsqu'elle frappa, le chant s'arrêta. Après un long silence, une femme à la quarantaine mûre apparut dans l'encadrement de la porte. Elle se sécha les mains sur un torchon tout en avançant vers Flavia.

L'idéologue terroriste avait une mine avenante. Si elle avait jadis été dotée d'un physique remarquable, aujourd'hui, son visage las et marqué par les soucis était celui d'une femme vieillissante. Il se dégageait malgré tout d'elle une impression d'équilibre et de bonheur qui venait du tréfonds de l'âme.

« Elena Fortini ? demanda Flavia. Puis-je m'entretenir avec vous un instant ? »

En dépit de la réaction de méfiance immédiate, il n'y eut ni peur ni hésitation dans la réponse.

« La police secrète vient inspecter ma fabrique de bombes ? Entrez donc, je vous en prie. »

Flavia franchit le seuil et pénétra dans un foyer chaud et accueillant.

« Il s'agit bien de la police, mais il n'y a rien de secret. Toutefois je veux bien visiter la fabrique de bombes. J'adore ces distractions campagnardes. »

Elena l'étudia avec soin, se figea un instant, avant d'éclater de rire.

« Plus tard, si vous y tenez. »

Elle la conduisit dans une immense salle dallée qui servait à la fois de cuisine, d'atelier, de buanderie, de salle à manger et de salon. Flavia remarqua un poste de télévision dans un coin et un piano poussé contre une machine à laver si ancienne qu'il devait s'agir d'une véritable pièce de musée. Il y avait au pied de la pauvre machine une telle quantité de linge sale que Flavia ne put s'empêcher de la plaindre.

« Les gosses, ça se salit, dit Elena. Je vis littéralement dans un tas de linge.

— Combien en avez-vous ?

— Deux. Vu la quantité de linge, vous pensiez sans doute que j'en avais au moins huit. En fait, deux suffisent pour mettre un chantier épouvantable. Je rêve à une maison en ordre comme d'autres songent au paradis : c'est hors de portée, mais il est agréable d'imaginer que ce sera peut-être accessible un jour. »

D'un geste, elle invita Flavia à s'asseoir à la table pendant qu'elle servait du café.

« Les Anglais affirment que le début de la vieillesse, c'est lorsque les policiers commencent à vous paraître jeunes, déclara-t-elle.

— Je prends ça pour un compliment, mais je ne me sens pas du tout jeune en ce moment. »

Elena la regarda avec attention, puis hocha la tête.

« Ça ne m'étonne pas, répondit-elle évasivement. Si je vous priais de partir, ça n'arrangerait rien, n'est-ce pas ?

— Non. Désolée. Mais je ne vais pas vous déranger très longtemps. On continue à vous importuner, n'est-ce pas ?

— Plus que nécessaire. Dans la mesure où je n'ai rien de nouveau à dire.

— Ce sera peut-être différent cette fois. Je viens vous interroger sur des événements plus récents. Qui se sont déroulés ce mois-ci.

— Je n'ai pratiquement pas quitté la maison depuis un mois.

— Des visiteurs ?

— Je n'encourage pas les visites.

— Des coups de téléphone ?

— Je n'ai pas le téléphone.

— Des lettres ?

— Seulement des factures. Écoutez, pourquoi ne me posez-vous pas des questions précises. Peut-être pourrais-je alors vous fournir des réponses plus utiles.

— Très bien. Il s'agit de Maurizio Sabbatini. »

Elena roula les yeux.

« J'aurais dû m'en douter… Qu'est-ce qu'il a encore fait, ce vieux farceur ?

— D'abord, il est mort.

— C'est ce que j'ai entendu dire », dit-elle en faisant une grimace. Elle se frotta le nez quelques instants, se concentrant fortement, à l'évidence pour retenir ses larmes. « C'était un sacré imposteur, vous savez. En tout ce qu'il pensait, disait et faisait. Il avait la sincérité d'un coléoptère et la constance d'un ver de terre. Je ne l'avais pas vu depuis dix ans, je ne voulais plus jamais le voir. Et pourtant sa mort me bouleverse. Pouvez-vous expliquer ça ?

— Une partie de votre passé disparaît avec lui ?

— Explication superficielle et simpliste.

— Soit. Mais comme je ne sais rien de vous deux, je ne peux proposer qu'une explication "superficielle et simpliste".

— Il était drôle. Toujours en train de rire. Même quand il cambriolait une banque il trouvait ça follement amusant. Et il faisait rire tout le monde en plus. Même le directeur de la banque finissait par se tenir les côtes. Il venait aux réunions pour discuter de la dictature du prolétariat et moins d'une heure après son arrivée l'hilarité avait gagné tous les assistants. Il ne prenait rien au sérieux.

— Alors, pourquoi ne vouliez-vous plus le voir ?

— La vie n'est pas une farce. Certaines choses sont trop sérieuses pour être prises à la légère. »

Paroles lourdes de sens, évoquant tout un monde à mots couverts. Flavia resta silencieuse pour permettre à Elena de préciser sa pensée, mais l'ancienne militante se contenta de regarder fixement Flavia avant de dire : « Maintenant il est mort et vous êtes là. Peut-être devriez-vous m'éclairer là-dessus…

— J'espérais que vous me fourniriez des explications.

— C'est possible. Peut-être le ferai-je. Mais vous ne pouvez guère vous attendre que j'épanche mon âme devant le premier policier qui vient à passer le seuil de ma porte. Je ne sais pas qui vous êtes ni ce que vous voulez. Vous devrez mériter chaque renseignement fourni. Donnant, donnant. C'est équitable, non ? »

Pas du tout. Elena était une ancienne criminelle, Flavia appartenait à la police. La première était obligée de répondre à toutes les questions que lui posait la seconde. Théoriquement… Mais Flavia comprenait fort bien que ce n'était pas ainsi qu'il fallait s'y prendre. Elle savait qu'Elena Fortini avait résisté à des interrogatoires menés par des policiers plus expérimentés et plus brutaux qu'elle ne le serait jamais. Elle ne recueillerait les renseignements qu'elle désirait ct que cette femme détenait que s'ils étaient donnés volontairement.

« Que voulez-vous dire par "mériter" ?

— Vous devez me dire pourquoi vous vous intéressez à ce bon à rien. Parlez-moi de mon pauvre vieux clown. Alors, peut-être que je vous parlerai de lui à

171

mon tour. Vous ne pouvez plus lui faire du mal. Non pas que ça m'ennuierait, d'ailleurs, si c'était toujours possible. »

Flavia évoqua le vol du tableau, lui raconta comment quelqu'un l'avait échangé contre la rançon alors que Sabbatini était déjà mort. Aucun détail, juste les grandes lignes.

« On a pratiqué une autopsie ? Il était soûl ?

— Assez éméché. Pas ivre mort, apparemment. Mais assez pour s'assoupir et se noyer sans s'en rendre compte.

— Vous avez envisagé la possibilité qu'on l'ait noyé en lui appuyant sur la tête ? »

Non. L'idée n'avait pas effleuré l'esprit de Flavia. Il avait été si commode d'imaginer le soi-disant artiste ivrogne et irresponsable, incapable de rester éveillé dans son bain. Elle s'empressa de prendre en compte cette nouvelle hypothèse.

« Si c'est vrai, alors ce serait le crime parfait. Personne n'a vu, entendu ou soupçonné quoi que ce soit. Il n'existe pas le moindre début d'indice. »

Elena hocha la tête.

« C'est comme la dernière fois, alors », commenta-t-elle.

Flavia arqua un sourcil.

« Sa sœur, précisa Elena.

— Ah ça ! Je suis au courant. »

Elena la fixa du regard.

« Je me demande comment, fit-elle.

— Parlez-m'en, quand même. Je ne connais que quelques détails de l'affaire.

— Trouvez les autres vous-même. Ils sont tous dans le dossier, non ? Une jeune femme innocente assassinée par d'impitoyables terroristes ?

— Est-ce la raison qui vous a fait arrêter la lutte ? Si ma mémoire est bonne, elle a été tuée en 1981 et vous vous êtes rendue pcu après. »

Haussement d'épaules.

« Cela avait choqué ma sensibilité féminine… C'est ce que vous pensez ? Non, j'ai abandonné parce que je déteste les causes perdues. Il n'y a pas d'autre raison. Je croyais que vous étiez venue pour discuter du présent et non pas du passé.

— Je suis ici pour parler de Sabbatini.

— Maurizio était un petit fumiste. On ne pouvait pas lui faire confiance, ni compter sur lui. Il adorait sa sœur. Quand il a été arrêté, nous l'avons kidnappée pour l'inciter à la boucler. Puis elle a été tuée. Il ne s'en est jamais remis, car il se sentait responsable de sa mort. À juste titre. Du jour au lendemain il a cessé de rire. Ça vous suffit ? »

Flavia se leva et se versa une autre tasse de café sans y avoir été invitée. Étrange qu'elle se sente aussi bien chez Elena, devisant amicalement avec cette femme déconcertante, aujourd'hui si douce, si gentille, mais chargée d'un tel passé. Au fil des ans, dans ses rapports avec les gens, Flavia avait appris à faire confiance à sa première impression. Si elle se sentait bien en leur présence, cela signifiait en général qu'ils étaient dignes de confiance, voire sympathiques. Pourtant, cette fois-ci, ses impressions et les informations qu'elle venait de recueillir étaient tellement en désaccord qu'elle n'y comprenait plus rien.

« Comment avez-vous atterri ici ?

— J'ai pris ma retraite, répondit Elena avec un pâle sourire. J'en avais assez. Il n'y avait que deux possibilités : l'escalade de la violence pour défendre une cause de plus en plus désespérée, ou le retrait. Je me suis retirée. D'autres ont choisi un chemin différent.

— Et Maurizio ?

— Vous le savez aussi bien que moi. Vous avez remarqué, je suppose, que le vol de ce tableau rappelle ses pitreries d'antan ? Que grâce à cette mise en scène il s'est fait clairement reconnaître par certains, sinon par vous, comme l'auteur du vol ? »

Flavia opina du chef.

« Et l'argent ?

— L'argent n'a jamais intéressé Maurizio. »

Flavia secoua la tête.

« J'en perds mon latin. Tout ça n'a ni queue ni tête. J'ai l'habitude de traiter avec des gens mus par des motifs simples, voire de bons motifs, l'appât du gain étant le plus fréquent. »

Elena se contenta de hausser les épaules. Elle se leva, regarda par la fenêtre les enfants qui jouaient au soleil, avant de commencer à ranger la cuisine. Elle avait dit ce qu'elle avait à dire.

« Vous m'avez interrogée. J'ai répondu. Je n'ai plus rien à ajouter. Mais l'hypothèse selon laquelle Maurizio voulait de l'argent, non, ça ne cadre pas. Ni celle suggérant qu'il avait un comparse. Il a toujours travaillé seul. Il ne faisait confiance à personne. Ni ami ni associé. Et vous me dites qu'il s'est soudain trouvé un complice et qu'il a tout d'un coup pris goût à l'argent. Très peu probable. Mais, poursuivit-elle en raccompagnant Flavia à sa voiture, à vous de tirer vos conclusions ! Dites-moi une chose, ajouta-t-elle en regardant Flavia ouvrir la portière et s'apprêter à repartir.

— Oui ?

— Garçon ou fille ? »

Flavia fronça les sourcils, l'air perplexe.

« Quoi donc ?

— Le bébé. C'est un garçon ou une fille ? »

14

Pour Argyll, Flavia était seulement partie en mission de routine et rentrerait tout de suite après, le jour même ou le lendemain. Inutile de traîner à l'attendre quand il y avait tant à faire. Et un grand nombre de questions lui semblaient plutôt difficiles à régler. Il téléphona à son ancien employeur londonien pour savoir si l'on disposait de documents concernant la collection Finzi ; on lui répondit, comme il s'en doutait, qu'ils avaient tous été légués à Tancred Bulovius. Préférant ne pas expliquer pourquoi il ne tenait pas à les consulter pour le moment, il demanda alors la liste des tableaux que Finzi avait légués à la National Gallery, dans le seul but d'avoir une idée de ses goûts. Puis il résuma sa conversation avec Bulovius dans l'espoir que Byrnes aurait des suggestions à faire.

« Bulovius m'a assuré que le tableau dont je vous ai parlé présentait un intérêt considérable, mais je n'ai pas réussi à lui en faire dire plus. Si je n'ai pas le moindre indice...

— Personne d'autre ne partage son opinion ?

— Rares sont ceux qui l'ont vu. Pas durant ce dernier demi-siècle, tout au moins. Bulovius a prétendu que la griffe du peintre était évidente, mais je ne suis pas d'accord. Qu'en pensez-vous ?

— Possible... Il était extrêmement érudit. Malheureusement il n'a pas publié grand-chose ni laissé beaucoup de notes. »

Argyll émit un petit grognement. Byrnes enfonça le clou.

« Peu en connaissent autant que lui. Il avait un œil extraordinaire. Son avis avait un poids considérable. »

Grincement de dents de la part d'Argyll.

« Vous êtes bien bruyant, le morigéna Byrnes.

— C'est l'expression de ma frustration. Je devine qu'il s'agit de l'un des tableaux les plus importants dont je me sois occupé, mais je ne sais pas de qui il est et je n'arrive pas à le découvrir.

— Je vais y jeter un coup d'œil, si vous voulez. On verra si ça me dit quelque chose.

— C'est gentil de votre part mais tant que je ne mets pas la main sur la preuve de Bulovius, ce ne sera jamais qu'une autre impression personnelle. Quelle barbe !

— Comment ?

— Rien. » Argyll le remercia et raccrocha. Il poussa deux ou trois jurons, puis donna plusieurs coups de téléphone. Ensuite, il remplit lui aussi un sac d'effets et, puisque Flavia avait pris la voiture, il se dirigea vers la gare.

Il s'était précipité sans réfléchir et lorsqu'il arriva il était bien trop tard pour entreprendre quoi que ce soit. Il tua le temps en se promenant dans Florence, furieux d'avoir à payer une chambre d'hôtel pour la nuit, alors qu'il aurait pu la passer dans son lit. Si la perspective d'aller à Florence l'avait séduit, il se rendait compte désormais que c'était une fausse bonne idée.

Naguère, il n'y avait pas si longtemps, il considérait que se balader seul dans Florence toute une soirée était l'une des choses les plus agréables au monde. Il avait consacré une grande partie de sa vie, certains de ses meilleurs moments, en tout cas, à se livrer à cette occupation dans plusieurs dizaines de villes européennes. Mais il avait remarqué que les charmes de la solitude commençaient à pâlir quelque peu. Il s'ennuyait plus facilement et plus vite, regrettant de n'avoir personne avec qui discuter. Au restaurant, il se lassait un peu de sa propre compagnie. Il alla donc se coucher de bonne heure et lut quelques pages des *Vies* de Vasari, qu'il avait apportées avec lui. Le lendemain matin, au réveil, il était encore déconcerté par son manque d'attrait pour ses anciens plaisirs. Il se dirigea vers l'église San Pietro qu'avait signalée Bulovius. En pure perte. Il loua une voiture (autre dépense inutile) et se rendit à

Fiesole au milieu des embouteillages matinaux. Tout s'éclaira alors. Bien sûr ! L'église San Francesco était franciscaine. Bien en vue trônait une version de l'Immaculée Conception, dans un décor atypique, très différent de ce qu'il recherchait, mais peint dans le même esprit.

Il sortit son Vasari et là, cela lui sauta aux yeux. On y faisait référence à *una nostra donna con figure* qui, en 1550, était accrochée dans l'église San Pietro. Mais elle n'était plus là et personne n'en avait jamais entendu parler.

Il repartit et s'installa pour réfléchir sur un banc d'où l'on dominait tout Florence. Il ne s'agissait pas d'une preuve irréfutable... Cela confirmait seulement l'hypothèse de Bulovius sur la nature du tableau. Mais maintenant qu'il avait un nom il pouvait poursuivre ses recherches aux Offices et étudier les dessins signalés par Bulovius. Alors il ne serait pas loin du but.

La tête lui tournait encore lorsqu'il remonta en voiture pour se diriger vers le nord. Destination Poggio di Amoretta, un hameau, plutôt qu'un village, perché sur une colline à quinze kilomètres de Florence et à trois de la villa Buonaterra. Le trajet fut plus long que prévu, en partie à cause de la circulation, et en partie parce que Argyll se perdit et finit par cesser de s'en faire à ce sujet. Il est difficile de penser au travail quand on s'est trompé de village et qu'on se retrouve coincé sur une place minuscule, devant la façade inachevée d'une église romane dont la porte ouverte vous invite à entrer – Venez donc me visiter ! –, tandis qu'un vieux serveur optimiste dispose du linge de table fraîchement repassé pour accueillir d'hypothétiques clients.

Cela lui mit immédiatement du baume au cœur. Midi moins le quart, au mois de mai… La chaleur n'était pas encore accablante comme en plein après-midi. À part le bruit que faisait le serveur, un grand calme régnait. On pouvait même entendre le ronronnement rassurant d'un tracteur sur une colline au loin. Les vignes étaient bien alignées, soigneusement taillées et prêtes à donner le meilleur d'elles-mêmes. Argyll n'avait guère le choix. À quoi servait d'être en Italie si on ne jouissait pas de ce genre de choses ? Et pour la seconde fois seulement en plus d'une décennie, comme il respirait le grand air pur, il se dit qu'après tout la vie romaine n'était peut-être pas vraiment le paradis. Que la ville avait ses inconvénients. Que le désagrément du vacarme, des odeurs et de la foule n'était pas totalement compensé par les plaisirs qu'offrait la capitale.

Argyll sortit de la voiture, fit un signe de tête courtois au serveur, et, découvrant que le repas ne serait pas servi avant au moins une demi-heure, alla flâner dans l'église, dont il ressortit vingt minutes plus tard, tout à fait rasséréné. Jolie petite église, délicieux autel, quelques belles sculptures. Comme toujours, il pensa avec nostalgie que, s'il avait vraiment eu de la chance, il aurait été un maçon toscan, vers 1280. Le meilleur des métiers à l'époque la plus civilisée de toutes. Construire une église devait être si agréable.

Un verre de vin frais, des pâtes maison, une bonne petite escalope de veau, suivis de deux cafés eurent raison d'un reste de sentiment d'urgence. Il bavarda avec le serveur – qui n'avait pas grand-chose d'autre à faire – puis avec l'épouse de celui-ci, qui faisait la cuisine. Ensuite, il se contenta de regarder et d'écouter. Une chèvre passa. Spectacle très intéressant.

Sans s'endormir vraiment, il somnola quelque peu et eut énormément de mal à se lever de son siège lorsque deux heures sonnèrent paresseusement au clocher de l'église. Il consulta sa montre : deux heures et quart. Catastrophe ! Il entra dans la salle, trouva le téléphone et appela Flavia pour l'informer de son retard. Aucune réponse. Il laissa un message. Puis il s'étira, regagna tranquillement sa voiture et parcourut le dernier kilomètre le séparant de Poggio di Amoretta.

Le raisonnement qui le conduisit jusque-là n'était pas illogique en théorie. Il avait finalement dégotté quelqu'un à Weller, le village du Norfolk où vivait Mary Verney, qui croyait savoir où se trouvait la châtelaine. Pas en Angleterre. En fait, on lui apprit qu'elle résidait dans sa maison de Toscane. Malheureusement, on n'en savait pas plus. Argyll avait fait le voyage parce que Stonehouse s'était souvenu que, à l'époque du vol commis à Buonaterra, elle habitait le village de Poggio di Amoretta et parce qu'elle aurait récemment annoncé son intention de venir séjourner en Italie.

Non, le raisonnement n'était pas entièrement idiot, se répétait Argyll. C'était le bon sens et sa profonde connaissance du caractère de Mary Verney qui l'avaient inspiré. En outre, elle avait bien dû vivre quelque part avant d'hériter de la grande bâtisse du Norfolk – plus tôt que prévu et parce qu'elle avait assassiné la propriétaire, selon ses propres aveux –, sans parler de la perfection de son italien, signe qu'elle avait vécu longtemps dans le pays.

Voilà un beau raisonnement bien mené. Argyll en était excessivement fier. Pour couronner le tout (bien qu'il ait minimisé l'importance de ce détail afin de mettre en lumière ses merveilleuses facultés de déduction), une signora Maria Verney figurait bien dans l'annuaire téléphonique.

Il arriva donc dans le village, se gara, demanda son chemin et, le sentier étant abrupt et pas vraiment carrossable, effectua à pied le reste du trajet. Parvenu à trois cents mètres de la maison, il aperçut Mary Verney coiffée d'un chapeau de paille, assise sur la petite terrasse. À deux cents mètres, il découvrit qu'elle avait un visiteur. Quelle poisse !

Il ralentit le pas, s'arrêta et réfléchit tranquillement à la meilleure manière d'agir. Quelque chose le retenait. Peut-être la peur d'être importun, même s'il ne voyait pas très bien en quoi il risquait de déranger. Il se dandina d'une jambe sur l'autre, puis pivota sur ses talons et rebroussa chemin.

Il avait déjà connu ce sentiment et avait toujours espéré le revivre. Il l'avait ressenti la première fois avec un tableau qu'il avait acheté, un paysage au premier plan duquel dansaient plusieurs personnages. Vieux, sale et bon marché. Il l'avait fait nettoyer et restaurer à moindres frais. Au retour de l'atelier, il l'avait déposé dans un coin de l'appartement, à l'abri d'un accidentel coup de pied de Flavia, puis il l'avait complètement oublié. Un beau matin, comme il le contemplait à loisir, il avait senti un frisson lui parcourir le dos. Il avait reconnu la pose d'un des personnages dansant joyeusement dans le faisceau de lumière placé par le peintre en travers du tableau.

Aucun doute. Il avait été aussi sûr de l'identité de l'auteur du tableau que s'il l'avait vu le peindre. Il s'agissait d'un Salvator Rosa. Ce n'était pas un magnifique chef-d'œuvre capable d'embraser le monde, et d'ailleurs quand il réussit à l'authentifier sans conteste, le tableau ne lui rapporta pas grand-chose, une fois pris en compte tous les frais. Aux yeux des commissaires-priseurs et des collectionneurs, qui exigent des tas de bouts de papier, il subsistait un petit doute empêchant d'accorder à cette œuvre mineure un nom et un titre définitifs. Peu importait. Argyll savait qu'il avait eu raison et se réjouissait d'avoir su d'instinct où chercher pour finir par trouver un croquis de la danseuse, la main tendue très haut, la tête légèrement de côté, la robe bleue se gonflant tandis qu'elle dansait au son de la lyre.

Il avait espéré éprouver la même sensation devant le petit tableau accroché au mur chez Bottando, mais la première fois qu'il l'avait vu il n'avait ressenti qu'un petit frémissement et il n'avait pas eu l'occasion d'y rejeter un coup d'œil. Ressentir ce vif émoi à la vue d'une femme de soixante ans assise sur sa terrasse, à deux cents mètres de lui, en train de tourner la tête pour accueillir son visiteur était si inattendu qu'il en fut choqué. Peut-être était-ce l'angle de la tête, la façon dont son bras imita un instant l'ondulation des collines au loin… Effet assez typique de Rosa. Ou peut-être était-ce dû au miroitement de la lumière, offrant une vision intemporelle, presque impressionniste du bonheur, qui faillit lui couper le souffle.

À un kilomètre et demi de là, à mi-pente d'un coteau, en bordure d'un sentier, se trouvait une petite chapelle, l'un de ces édifices construits il y a très long-temps pour une raison totalement oubliée. Argyll avança dans sa direction. Le grand air et l'exercice lui éclairciraient les idées. Cela lui ferait au moins gagner du temps. Alors, mains dans les poches, tête baissée, il se dirigea vers la chapelle d'un pas lent.

Plus il avançait, plus son imagination s'emballait. Comme il n'avait guère prêté attention au chemin parcouru, lorsqu'il revint sur ses pas il ne savait pas s'il avait marché pendant vingt minutes ou deux heures. La plupart de ses hypothèses n'étaient fondées sur aucun fait solide. Peu importait, d'ailleurs, et les divers éléments auraient pu aussi bien être tout autres. Son imagination peignait la scène, ajoutait les détails, brodait sur ce qu'il savait ou devinait. Les déclarations de Stonehouse, celles de Bulovius et le rapport de police lui servaient de tremplin. Ainsi que ce qu'il savait de Mary Verney et de Bottando. Le raisonnable et le possible. Il voyait ces événements lointains comme sur un cliché en noir et blanc légèrement grené. L'imagination d'Argyll avait été nourrie par trop de films italiens néoréalistes pour lui présenter autrement la Toscane de 1962.

Le tableau avait disparu de la villa Buonaterra et, après que tous l'eurent cherché un court moment, on avait appelé la police. Selon le scénario imaginé par Argyll, la scène s'était déroulée sous de fâcheux auspices. La petite voiture de police – d'après lui, une Fiat quelconque, vieille, grise et cabossée, le pot d'échappement déversant des volutes de fumée – pétarade lamentablement en direction de la majestueuse entrée et s'arrête après une dernière embardée. Le moteur tressaille et s'éteint en émettant un râle sinistre qui secoue la carcasse des deux occupants. Le plus âgé des deux hommes, vêtu d'habits civils fort élimés, mène la marche. Le second, bien plus jeune et engoncé dans un uniforme très serré qui lui donne l'air encore plus embarrassé qu'il ne l'est, suit avec respect. Ils ne parlent pas, la hiérarchie doit être respectée. Le plus gradé se fige et désigne la sonnette d'un mouvement de tête. Son subordonné va appuyer dessus, son visage impassible ne montrant aucun ressentiment ni l'immense mépris qu'il éprouve envers son supérieur. Il fait déjà une chaleur atroce. Le rapport de police ne le signale pas, mais, au mois de juillet, en Toscane, il ne peut en être autrement.

Un domestique ouvre la porte et, bien que les deux policiers soient attendus, il prend la peine de s'enquérir du but de leur visite, puis les fait entrer dans une petite antichambre réservée aux visiteurs dont la position sociale est mal définie, avant d'aller annoncer leur présence au maître de maison, lequel a d'ailleurs très bien vu arriver la voiture par la fenêtre de son bureau.

Le commissaire Tarento s'agite – en tout cas, c'est ce qu'imagine Argyll –, comme le ferait en de telles circonstances le policier d'une petite ville. Il a davantage l'habitude des voleurs de bicyclettes que des voleurs de tableaux. Le forfait et la victime lui sont très étrangers. Alors il cache son malaise derrière un ton cassant et impatient. Monte en lui le respect inné, irrépressible, que charrie son sang et qui lui a d'ailleurs fait embrasser la carrière de policier. Le mélange d'orgueil, d'envie et de déférence envers ceux qui sont plus riches et plus à l'aise que lui fait partie de sa nature et est peut-être même un trait de sa génération. Les grands personnages étrangers possédant

186

d'immenses richesses l'impressionnent au plus haut point. Il ne peut qu'imaginer – et cela arrive très souvent – leur vie oisive et fastueuse.

Étrangement, son subordonné paraît plus décontracté, maintenant que le commissaire n'est plus le seul objet de son attention. Tarento ne comprend pas pourquoi, car il connaît bien l'origine sociale de Bottando. Celui-ci vient d'un village situé au nord de Naples et est né dans une famille pauvre, respectable malgré un oncle communiste. Bottando était entré dans l'armée, puis dans la police, afin d'échapper à une existence qui n'avait rien offert à ses parents et qui ne lui réservait pas grand-chose non plus. C'était soit l'armée, soit les usines de Turin et de Milan, qui réclamaient à cor et à cri de la main-d'œuvre du Sud. Adolescent, Bottando pensait déjà que la vie ne consistait pas seulement à recevoir un bon salaire et à essuyer les plâtres d'un logement dans un immeuble construit à la va-vite.

Tarento n'aime pas ce jeune homme, sans trop savoir pourquoi. Le comportement de Bottando est irréprochable, il ne ménage pas ses efforts, et il est, de plus, extrêmement doué. Voilà peut-être le problème, car Tarento a atteint le sommet de sa carrière et il le sait. Même dans une institution rongée par la corruption et l'incompétence, il ne peut pas monter plus haut. Contrairement à Bottando, qui a déjà attiré l'attention du procureur de la République. S'il peut supporter l'ambiance délétère, le jeune homme gravira les échelons plus vite et ira plus loin que Tarento. Cette

187

constatation – et le fait que Bottando possède déjà plus d'assurance et de confiance en soi que lui – rend le supérieur brusque et grossier. Il saisit la moindre occasion pour imposer sa supériorité hiérarchique tant qu'il la possède.

Il réussit au moins à réprimer une légère inclination du buste et un sourire obséquieux quand Stonehouse entre dans l'antichambre pour les accueillir, avec toute la gravité et l'élégance de la noblesse, pense Tarento, qui n'est pas au fait des très subtiles distinctions de classes de la société anglaise. Le policier s'installe sur son siège avec un grand geste comme s'il s'asseyait tous les jours dans un fauteuil du *seicento* recouvert d'une belle tapisserie de Bruxelles. Il fait même une remarque sur la beauté du siège, mais s'aperçoit qu'étrangement ses efforts passent moins bien que l'indifférence silencieuse dont fait montre Bottando en prenant place. Stonehouse remercie, mais, l'espace d'un instant, le compliment suscite sur son visage un air de vague perplexité. Cela suffit à faire perdre à Tarento le peu d'assurance qu'il lui reste.

Il table donc sur le caractère officiel de sa mission. En tant que représentant de l'État italien, soutenu par toute la force de la loi, il hurle presque ses questions auxquelles on répond, avec courtoisie et précision, dans un italien impeccable.

Stonehouse explique qu'un petit tableau a été dérobé. Le vol a été découvert le matin même et il a contacté la police sur-le-champ.

« De quoi s'agit-il précisément ? »

Stonehouse prend une liasse de feuillets sur le bureau. Argyll imagine qu'elle fait partie de l'inventaire soigneusement écrit à la main et qui se trouve toujours dans la salle des archives Buonaterra.

« J'ai sorti ceci à votre intention, dit-il. Je possède un inventaire descriptif de toute ma collection. Il s'agit d'une peinture sur bois d'une madone florentine. Du XVe siècle, mais sans grande valeur. Comparé, en tout cas, à certains des autres tableaux de la maison.

— Et le peintre ?

— Inconnu. Bien que mon ami, M. Berenson, prétende l'avoir identifié. Je ne trouve guère ses conclusions très utiles cependant. L'important, c'est qu'il est très petit – facilement transportable par une seule personne – et qu'on l'a sorti de son cadre avec beaucoup de soin. Le voleur a pris son temps et s'est efforcé de ne pas l'abîmer.

— Il me revient de déterminer ce qui est important, réplique Tarento, notant avec plaisir que Stonehouse reconnaît son faux-pas. De quel système de sécurité disposez-vous ?

— D'aucun. »

Tarento affecte la surprise, même s'il n'y a aucune raison. On n'est pas encore à l'époque ou riches et pauvres ressentent le besoin de se protéger contre le monde extérieur.

« En fait, poursuit Stonehouse, toutes les fenêtres étaient grandes ouvertes. La servante ayant jugé qu'il n'allait pas pleuvoir cette nuit – à juste titre, d'ailleurs –, elle a voulu créer des courants d'air dans l'espoir de chasser cette atroce chaleur. »

Il a raison sur ce point, pense Tarento. Ces deux dernières semaines, la chaleur a été plus accablante que jamais. Chaleur lourde, débilitante, déprimante, qui ralentit le cerveau et le corps.

« La servante ouvre les fenêtres pour permettre aux voleurs d'entrer dans les lieux, déclare Tarento d'un air entendu. Il va falloir que j'interroge cette femme. » Tarento s'y connaît en domestiques, sa femme ayant servi, avant de l'épouser, dans une grande famille florentine.

« Sans aucun doute. Mais je dois vous avertir qu'elle a soixante-cinq ans, qu'elle travaille pour ma famille depuis vingt ans et que sa conduite est irréprochable. Je n'imagine pas une seule minute qu'elle soit coupable.

— Il n'empêche qu'on doit l'interroger, rétorque Tarento d'un ton ferme.

— À votre guise. Puis-je vous proposer un verre de vin ? d'eau ? »

La perspective de boire un verre, de faire plus ample connaissance le tente beaucoup. Tarento se voit déjà en train de trinquer avec cet homme, de gagner son respect, voire sa considération, de devenir presque intime avec lui. Mais pas sous le regard de Bottando. Il choisit le vin.

« Et pendant que nous bavardons, mon adjoint

pourrait faire le tour de la propriété. À la recherche d'empreintes de pas, vous savez… C'est le genre de tâche où il excelle. »

Il parle sur le ton de la confidence comme si Bottando n'était pas là, comme s'il s'agissait d'un petit épagneul. Bottando se lève, salue respectueusement et s'exécute, laissant les deux hommes en tête à tête.

Argyll imagine Bottando en train d'effectuer les vérifications. Même si les ordres de Tarento ne lui inspirent que du mépris – la terre est si dure qu'un char aurait pu rouler dessus sans laisser la moindre trace –, il n'est pas encore assez sûr de lui pour les traiter par-dessus la jambe. Il jette donc un bref coup d'œil au gravier, au carré d'herbe bruni, aux haies flétries, puis scrute la maison et essaie de deviner dans quelle pièce se trouvait le tableau.

« Dans celle-là ! » lance une voix joyeuse dans son dos. Il se retourne pour voir qui a parlé. « Dernier étage, la deuxième à partir de la gauche. » La jeune fille qui s'adresse à lui maintient son chapeau de paille d'une main et désigne la fenêtre de l'autre. Puis elle lui fait un joli sourire, à la fois espiègle et séducteur.

« Merci, dit Bottando avec gravité.

— Pourquoi diable restez-vous en plein soleil ? Vous allez fondre.

— J'inspecte le lieu du crime, répond-il, d'un ton

qui signale que lui aussi trouve cette occupation dérisoire.

— Je vois... Vous contemplez la maison à une centaine de mètres, remarquez qu'un tuyau de cheminée est légèrement de travers et concluez que le voleur s'est parachuté sur le toit. Depuis un planeur, sans doute, car à cause de la chaleur personne n'a fermé l'œil de la nuit. S'il s'agissait d'un avion, on l'aurait entendu !

— Remarquable. Vous avez lu dans mes pensées.

— Rien de plus facile, dit-elle en éclatant de rire. D'ici on ne pourrait rien voir d'autre.

— En effet.

— Avez-vous vu le lieu lui-même ? Le pan de mur où était accroché le grand chef-d'œuvre ? Venez, poursuit-elle, lorsqu'il secoue la tête. Je vais vous le montrer. Ensuite, vous pourrez vous installer et déguster tranquillement une boisson fraîche. Ce sera tout aussi utile que d'attraper une insolation en vous baladant dehors.

— Vous séjournez ici ? s'enquiert Bottando tandis qu'ils avancent le long de l'allée de gravier. Vous êtes de la famille ?

— Pas du tout ! Je suis étudiante. L'amie d'un ami. Je suis juste en visite. Je possède une petite maison à une vingtaine de kilomètres d'ici. Et, puisque vous êtes à l'évidence un homme soupçonneux, je précise que c'est là que je me trouvais quand le tableau a disparu.

— Vous parlez très bien l'italien.

— Trop aimable. »

Ils gravissent l'escalier lentement afin d'éviter que l'effort ne leur donne encore plus chaud. Bottando suit la jeune fille, incapable de ne pas remarquer la grâce et l'aisance avec lesquelles elle se meut dans sa légère robe de coton.

« Voilà ! s'exclame-t-elle en ouvrant brusquement une porte. Alors, qui est le coupable ? »

Elle pénètre dans une chambrette aux murs de couleurs vives et seulement meublée d'un vieux lit de bois et d'une grosse armoire. Sur le papier peint victorien, qui détonne en ce lieu, sont accrochés de vieilles gravures, un portrait – exactement comme l'indiquait l'inventaire et, en fait, à peu près dans l'état où Argyll l'avait trouvé lors de sa discrète intrusion dans la pièce durant sa visite au manoir –, et l'on aperçoit un petit rectangle un peu plus clair que le reste du mur. Bottando traverse la pièce et, tout en sachant que cela ne servira absolument à rien, il examine le plancher, qui craque affreusement, comme l'avait remarqué Argyll. Puis il jette un coup d'œil à l'entour. Les volets et la fenêtre sont grands ouverts et le soleil entre à flots.

« M. Stonehouse a demandé à la domestique de ne pas fermer les volets comme d'habitude. Rapport aux empreintes, d'après lui.

— Ah oui ! Tout à fait. »

Leurs regards se rencontrent une fraction de seconde. Cela suffit. Chacun sourit à l'autre au même moment, puis la porte s'ouvre brusquement et un Tarento hors de lui fait irruption dans la pièce.

« Je vous ai demandé d'inspecter les abords de la maison, lance-t-il d'un ton cassant. Pas de baguenauder dans la maison comme un touriste.

— C'est moi qui ai insisté pour qu'il monte ici, affirme la jeune fille. Afin qu'il me rassure sur le fait que nous ne courons aucun danger. Je n'aime pas l'idée que des voleurs et des assassins se promènent dans la maison. Il s'est montré extrêmement aimable. » Nouveau sourire dont Bottando comprend l'ironie, qui échappe totalement à son supérieur.

Tarento est amadoué et son regard signifie « pauvre petite idiote ! »

« Et vous vous appelez ?

— Verney. Mary Verney. »

À partir de ce moment-là, tout est clair, imagine Argyll pour conclure. Inutile de passer en revue tous les détails. La disparition de la petite madone. Sa récupération. Sa réapparition sur le mur du salon de Bottando. Le départ à la retraite du général. La position du bras de Mary Verney au moment où elle servait un verre de vin dans la vivifiante lumière matinale du soleil printanier. La rançon versée pour récupérer le Lorrain. La frustration de Flavia, toujours tenue à l'écart. Les preuves n'étaient pas irréfutables, tant s'en fallait. L'imagination débordante d'Argyll avait construit la plus grande partie du scénario. C'était un vrai rébus.

15

Ne pas arriver à joindre Argyll ne constitua pour Flavia que le premier désagrément d'une nouvelle journée atroce. À peu près au moment où il partait pour Florence, elle arrivait à Rome, après avoir réglé quelques broutilles avec la police de Sienne. Elle alla droit à son bureau où elle trouva un mot la convoquant au ministère pour assister à une réunion. De toute urgence, précisait le mot, et le fait que la réunion était censée avoir commencé cinq minutes plus tôt n'aida pas à la rasséréner. Elle avait passé une nuit blanche à méditer les révélations que lui avait faites Elena Fortini. Son état était si évident qu'elle se sentait stupide de ne pas y avoir pensé elle-même.

Sa vie avait changé à jamais. En un tournemain. Elle allait avoir du mal à s'y faire. Elle ne voyait absolument pas comment elle pourrait concilier son emploi du temps professionnel surchargé avec une disponibilité que, selon ses observations, les bambins semblaient considérer comme leur dû. Elle nota cependant qu'elle se demandait comment caser ses activités professionnelles dans son nouvel emploi du temps et non le contraire. Elle était encore tellement sous le choc qu'elle ne savait même pas si elle était heureuse ou non.

Flavia avait les idées plutôt embrouillées lorsqu'elle arriva à la réunion, laquelle allait sans doute être consacrée, une fois de plus, à la formation du personnel, aux divers budgets ou à des arguties concernant les résultats obtenus. Elle avait relevé une caractéristique commune aux différentes bureaucraties : plus le sujet était insignifiant, plus la convocation était urgente et solennelle. Neuf fois sur dix, en tout cas. Elle n'était même pas assez attentive pour remarquer que les deux fonctionnaires présents – qu'elle n'avait jamais rencontrés auparavant – étaient fort occupés à remuer des papiers, l'air très mal à l'aise.

« Je crains que nous ne devions maintenant passer à des affaires plus graves, déclara le plus ancien des deux après les propos badins d'usage. Autrement dit, l'avenir du service après le départ du général Bottando. Nous pensons – le ministre pense – qu'une ligne directrice claire est nécessaire afin de poursuivre dans la voie de la transparence et du succès qui, ces dernières années, a nettement caractérisé le service chargé de la protection du patrimoine artistique.

— Absolument d'accord, affirma Flavia, inconsciente de la grande trappe béant à ses pieds. Je considère le moral du personnel comme un facteur capital de l'accroissement de la productivité que le ministère semble désirer si ardemment. » Elle était très fière de la formulation de sa réponse, qui montrait sa maîtrise du langage du « management », à l'évidence si terriblement à la mode dans les administrations. C'était de la foutaise, mais à Rome il fallait bien parler deux mots de latin.

L'autre fonctionnaire émit un petit grognement et parut encore plus mal à l'aise.

« En effet. Mais ce n'est pas la raison pour laquelle nous vous avons fait venir aujourd'hui. Je ne vais pas y aller par quatre chemins. À mon grand regret, je dois vous informer qu'il a été décidé au plus haut niveau de ne pas vous offrir le poste de directrice de la brigade chargée de la lutte contre le vol d'objets d'art. »

Ne sachant comment réagir Flavia demeura impassible.

« Puis-je connaître la raison de cette décision ?

— Je crains que non. Vous n'êtes pas sans savoir que ces affaires sont traitées avec la plus extrême discrétion. » La petite touche de commisération dans la voix du fonctionnaire indiqua à Flavia qu'au moins il n'avait aucun plaisir à lui annoncer la nouvelle. « Le travail que vous avez accompli cette année a été remarqué et très apprécié. Ne croyez pas, je vous prie, que votre personne et votre compétence soient le moins du monde en cause. Néanmoins, il a été considéré que le service devait être dirigé par quelqu'un possédant une plus grande ancienneté et, peut-être, un plus grand désir de suivre les procédures normales.

— Que voulez-vous dire par "suivre les procédures normales" ? »

Pour toute réponse, elle reçut un pâle sourire gêné.

« Vous ne faites pas allusion à ma condition de femme, n'est-ce pas ? »

Le second fonctionnaire prit l'expression de quelqu'un qu'on menace de traduire devant la Cour européenne des droits de l'homme.

« Bien sûr que non ! se hâta-t-il de répondre. Il n'est absolument pas question de ça. »

Flavia se tut. Les deux hommes s'agitèrent encore un peu sur leurs sièges et échangèrent un regard. Ils avaient prévu cette accusation. À l'évidence, leur tactique avait été élaborée à l'avance.

« Nous sommes conscients qu'il est toujours difficile de reprendre un poste subalterne après avoir dirigé un service. Et nous comprenons parfaitement que vous considériez dorénavant votre position comme intenable. »

C'était pire que ce qu'elle avait imaginé, même dans ses plus affreux cauchemars paranoïaques. Elle avait désormais les idées très claires.

« Vous voulez que je démissionne ?

— Vous pouvez juger que ce serait dans votre intérêt, ainsi que dans celui du service. J'ajouterai que pour éviter tout hiatus durant la période de transition nous souhaiterions que la question soit réglée sur-le-champ.

— Vous voulez que je parte tout de suite ? » Elle n'en croyait pas ses oreilles.

Il y eut un long silence et de nouveaux mouvements de papiers sur le bureau.

« Nous pouvons vous faire deux offres. La première est une mutation sur un poste de cadre supérieur...

— Où ça ?

— Ah ! À Bari.

— À Bari ! s'écria Flavia, suffoquée.

— Bien sûr, si vous jugez cette offre inacceptable, vous avez la possibilité de profiter d'une généreuse indemnité de départ...

— C'est grotesque ! Personne n'a jamais, à ma connaissance, été traité de façon aussi cavalière. Voir quelqu'un promu à sa place n'est pas inhabituel. Bien que, pour être parfaitement franche, je ne vois pas qui pourrait faire le travail aussi bien que moi. Mais être virée comme une malpropre, presque comme si on m'avait prise la main dans le sac, ou quelque chose du genre, est un véritable scandale.

— Je savais que le moment ne serait agréable et facile pour personne, répondit tristement le premier fonctionnaire. Je peux seulement vous assurer de notre profonde sympathie. N'empêche, nos instructions sont précises.

— Dois-je comprendre que j'ai parfaitement le droit d'accepter cette nouvelle donne et de reprendre les fonctions que j'assumais sous les ordres du général Bottando ?

— En effet. Théoriquement.

— Et en pratique ? »

Pour toute réponse elle reçut un simple regard. Un regard très significatif.

« On est rarement aussi à l'aise sous un nouveau régime que sous celui auquel on a été habitué, poursuivit le fonctionnaire. Il va être plus difficile pour le nouveau chef du service de vous considérer comme son adjointe ainsi que le faisait le général Bottando. En fait, il est possible qu'il vienne avec sa propre équipe et que vous soyez reléguée à votre ancienne mission officielle d'enquêteuse. À vous de peser le pour et le contre et de décider si vous pourrez vous contenter de ce poste. »

Soit. Flavia s'était habituée ces dernières années à exercer officieusement beaucoup de pouvoir et à jouir d'une très grande indépendance. Il lui serait très pénible de perdre ces privilèges.

« Vous êtes bien conscients des indemnités que j'obtiendrais et de la publicité que recevrait cette affaire si je la portais devant les tribunaux ? Mettre à la porte un haut fonctionnaire – ce que je suis, ne vous en déplaise – uniquement parce qu'il s'agit d'une femme qui attend un enfant… »

Cette précision les prit au dépourvu. Ils la dévisagèrent comme si elle avait annoncé qu'elle était la fille du pape. Flavia eut presque l'impression d'entendre s'écrouler leur stratégie.

« Ah ! »

Elle sourit.

« C'est illégal, vous savez. Pire, même, ça fait plutôt mauvais effet. Ça fait même extrêmement mauvais effet.

— Eh bien !...

— Quel ennui ! n'est-ce pas ? fit-elle d'un ton de commisération. Ces fichues bonnes femmes ! Hein ?

— Bien sûr, nous vous présentons nos plus sincères félicitations !

— Merci beaucoup. Je suis certaine que vous vous rendez compte que, vu les circonstances, il va vous falloir revoir votre position. En d'autres termes, vous vouliez m'évincer, sans bruit, en douceur. Au lieu de ça vous aurez un scandale public sur les bras. Vous auriez sans doute intérêt à réfléchir à nouveau à votre proposition, malgré sa générosité. »

Elle sourit. Même dans son état de choc et de fatigue leur embarras lui procurait un immense plaisir. Non qu'elle ait cru un seul instant avoir gagné la partie. Il s'agissait d'une simple escarmouche, rien de plus, mais les grandes victoires sont dues à l'accumulation de petits triomphes. Il faut bien commencer quelque part. Elle avait gagné un peu de temps pour préparer sa contre-attaque, estima-t-elle en quittant le bâtiment pour rejoindre sa voiture.

Toutefois, la perspective de la lutte à venir ne l'inspirait guère. Elle avait voulu ce poste, avait travaillé dur pour l'obtenir. Elle y excellait et le méritait. Elle lui avait consacré douze années de sa vie. Pourtant, d'un seul coup, elle s'en détachait. Au lieu que son travail fasse partie intégrante de sa vie, c'était désormais juste un boulot comme un autre. Elle se rendit compte qu'elle en avait marre du train-train quotidien, des collègues, d'avoir à se lever chaque matin pour lire des comptes rendus concernant des affaires de vols qu'elle ne résoudrait jamais. Elle en avait assez de chercher à contenter tout le monde et de se battre constamment pour obtenir une petite fraction des crédits dont elle avait besoin. Elle en avait par-dessus la tête de manœuvrer pour contourner des types comme ces deux fonctionnaires. En fait, elle avait lutté par principe, elle s'en apercevait soudain. Elle refusait d'être traitée de la sorte. Mais le cœur n'y était pas. Les deux hommes en face d'elle n'étaient pas les seuls à devoir reconsidérer leur position.

La formule « suivre les procédures normales » restait cependant fichée dans son esprit. Quel qu'en soit le sens. En fait, la seule fois où elle n'avait pas suivi les règles ces derniers mois, c'était quand on lui avait enjoint d'oublier le Lorrain. Mais pourquoi en faire toute une histoire ? Elle essayait seulement de mettre un point final à l'affaire, de boucler le dossier. Au lieu de la congédier on aurait dû la féliciter.

Bon, il fallait commencer par le commencement, c'est-à-dire convoquer tous ceux que cela pourrait intéresser afin de leur faire un récit complet des événements. Sans fard. Si on voulait la bagarre on l'aurait. Et la meilleure façon de s'y mettre était de s'assurer qu'un si grand nombre de gens seraient au courant de l'affaire qu'on ne pourrait plus simplement se débarrasser d'elle pour garder le secret. « Secret éventé, secret édenté. » Autre devise de Bottando.

Elle allait d'abord voir trois personnes : Paolo, qui lorgnait son poste et avait des chances de l'obtenir, désormais, Corrado, le stagiaire, et Giulia, la première enquêteuse. Personne d'autre pour le moment.

« Le fait que je me sois occupée de cette affaire, conclut-elle, semble avoir été la raison de ma mise au rancart. Je ne suis pas censée m'y intéresser plus longtemps. Pourquoi ? Je n'en ai aucune idée.

— Mais il ne s'agit que d'un tableau ! » s'écria Paolo, qui semblait toujours considérer que rechercher des œuvres d'art volées, même si c'était amusant, n'était pas vraiment digne de lui. Il rêvait toujours de s'occuper de meurtres.

« En effet, reconnut-elle en haussant les épaules. Mais celui-ci est lié à des personnages puissants qui exercent une très grande influence.

— Eh bien ! maintenant, répondit Paolo en s'étirant paresseusement, on va avoir besoin de tous les dossiers qu'on pourra dégotter ici. Sur ce Sabbatini, sur son illustre et dangereusement puissant beau-frère. Ex-beau-frère. Il faudra retrouver les complices de Sabbatini d'il y a une décennie ou deux. Dénicher aussi leurs fiches. Cela prouve à quel point il est utile de rendre des services. Je connais l'homme qu'il nous faut. Je lui passerai un coup de fil tout à l'heure et forcerai la main à une ou deux autres personnes. Tâchons d'abord de voir de quoi il retourne, d'accord ? Ne fais pas encore tes valises, OK ? »

Flavia le regarda avec affection. Il aurait pourtant tout intérêt à ne pas bouger, à ne pas lever le petit doigt pour l'aider, et elle apprécia d'autant plus son geste. Il répondit à son regard par un bref signe suivi d'un léger haussement d'épaules. La mimique signifiait que, bien sûr, il voulait son poste mais pas de cette façon-là.

« Pourrais-tu obtenir aussi des relevés télépho-niques ? Concernant également Dossoni, si possible. J'aimerais bien savoir qui lui donne des renseigne-ments. Ce serait peut-être une bonne idée de lui en fournir un peu plus un de ces jours. »

La perspective fit sourire tout le monde de plaisir. Qu'y a-t-il, en effet, de plus gratifiant que de refiler des renseignements confidentiels et de les voir apparaître le lendemain dans les journaux ?

« Encore une chose, reprit Flavia. Il doit y avoir quelque part un rapport sur le meurtre de la femme de di Lanna. Même s'il fallait cacher l'affaire à la presse, il y a bien dû y avoir une sorte d'enquête officielle. Ce sera peut-être intéressant d'y jeter un coup d'œil. »

Ses collègues sortirent l'un après l'autre. Flavia resta assise quelques instants, jetant un regard circulaire. Elle avait hérité du bureau clair et ensoleillé de Bottando, un an auparavant. Combien de temps serait-il encore à elle ?

Flavia avait rendez-vous avec Ettore Dossoni dans un petit bar miteux situé très loin, après le stade olympique, et lorsqu'ils abordèrent les sujets sérieux ils allèrent faire une promenade sur le stade. Quand elle lui avait téléphoné il avait suggéré cet endroit à l'écart. Il détestait la proximité d'autres personnes lorsqu'il parlait de choses importantes. Au fil des ans, il avait appris à agir prudemment et, avait-il ajouté, à respecter les performances de l'électronique. Or le dispositif le plus perfectionné aurait du mal à opérer sur un stade battu des vents et ils seraient certains de se trouver très loin de tout le monde. Flavia trouva cela excessivement prétentieux mais elle était disposée à lui faire plaisir.

Donc, tandis que Flavia tentait de négocier avec lui, ils passèrent et repassèrent devant les sinistres statues de marbre représentant l'homme idéal selon Mussolini. L'ennui était que Flavia n'avait pas grand-chose à troquer.

Dossoni était un gros homme qui, étrangement, n'avait pas encore compris qu'il n'était plus jeune, souple et sportif. Il avançait du pas bondissant d'un adolescent, ce qui faisait trembler ses bajoues et perler la sueur sur son cou à moitié étranglé par un col qui avait cessé d'être à sa taille cinq ans plus tôt.

« Alors ? fit-il après qu'ils eurent marché un bon bout de temps, allez-vous me menacer de terribles représailles si je ne révèle pas mes sources ?

— Pas du tout.

— Que voulez-vous donc ?

— Vous connaissiez Maurizio Sabbatini, n'est-ce pas ?

— Puisque ce renseignement doit se trouver quelque part dans un dossier, ce serait idiot de ma part de le nier.

— Aviez-vous une aussi mauvaise opinion de lui que tout le monde ? »

Dossoni réfléchit, puis secoua la tête.

« Non. Au contraire, il me semble bizarrement que j'avais une excellente opinion de lui.

— Pourquoi donc ?

— Parce que ce n'était pas un idiot. Contrairement à tous les autres. Réfléchissez... Nous étions deux cents, peut-être deux mille étudiants, à discuter âprement de ce que nous ferions une fois que nous aurions mis à bas le capitalisme mondial. Maurizio était le gars qui se tordait de rire au fond de la salle en signalant que ce ne serait peut-être pas aussi facile que ça et que – si nous avions de la chance – nous pourrions au mieux ridiculiser vaguement le capitalisme. Nous nous rengorgions en discutant de la révolution, lui faisait ses petites farces. Aucun d'entre nous n'a rien accompli en la matière, mais la seule différence entre lui et nous, c'est qu'il n'avait pas ce genre de projet. Il se riait de tout le monde.

— Puis un beau jour il a cessé de rire.

— Ah oui ! Vous êtes au courant, n'est-ce pas ? Oui, naturellement.

— Il disparaît de la scène pour mener une vie de bohème quasi bourgeoise durant près de vingt ans, et refait soudain surface en accomplissant un coup d'éclat. Vous étiez censé lui faire de la publicité, n'est-ce pas ? »

Après avoir mûrement réfléchi, Dossoni hocha la tête.

« Oui, il me semble que c'était son idée. Il m'a dit qu'il allait provoquer un énorme scandale, exactement comme dans le passé. Plus important, en fait. Il allait mettre au jour l'hypocrisie de l'État, etc. J'avais beaucoup d'affection pour lui, mais son langage n'avait guère changé depuis deux décennies. Il parlait toujours comme un tract. Peut-être même davantage qu'avant.

— Mais rien n'a été publié à ce sujet. Pourquoi pas ?

— J'attendais la preuve qu'il était réellement passé à l'action et qu'il ne racontait pas de bobards. Il m'a annoncé qu'il avait piqué un tableau. Je vous ai alors téléphoné et vous avez déclaré que vous n'étiez absolument pas au courant. Vous mentez très bien, vous savez.

— Merci. Je m'entraîne pas mal.

— Puis il m'a rappelé et m'a dit que si je lui fournissais un auditoire au Janicule le vendredi suivant j'entendrais la plus passionnante histoire de ma vie.

— Aviez-vous la moindre idée de ce que cela signifiait ?

— Non. Et je ne le sais toujours pas. Il voulait rassembler des tas de gens près de cette énorme statue de la femme de Garibaldi. Vous voyez laquelle ? La cavalière contemplant la ville… Il n'a pas précisé la nature du spectacle. Je lui ai répondu que je ne lèverais pas le petit doigt pour lui s'il ne me disait pas ce qu'il avait en tête. Impossible, d'après lui, c'était trop dangereux. Mais il affirmait posséder tous les éléments capables de déclencher une explosion qui ferait trembler le pays sur ses fondations. Je devais lui faire confiance. » Il se tut et secoua la tête. « Lui faire confiance. Ha ! Je lui ai demandé s'il plaisantait et j'ai ajouté que je ne lui ferais pas confiance même si mon boulot n'était pas en jeu. Il m'a raccroché au nez. Sauf que je pense qu'il téléphonait d'un portable. Comment raccrocher au nez de quelqu'un si on appelle d'un téléphone portable ? L'éteindre en appuyant violemment sur le bouton n'est pas vraiment aussi spectaculaire.

— Je n'ai jamais réfléchi à la question. Et ensuite ?

— Ensuite, rien. Peu après, j'apprends qu'on l'a trouvé dans son baquet de plâtre. J'ai cru à un canular qui aurait mal tourné et qu'il s'était soûlé de dépit. J'avoue que j'ai été grandement soulagé d'avoir eu le bon sens de ne pas m'en mêler. »

Le récit de Dossoni n'apportait pas grand-chose. Pas la peine de s'y attarder. Volontairement ou non, il n'avait pratiquement rien dit d'intéressant à Flavia. Et maintenant il essayait de lui tirer les vers du nez.

Pourquoi ne pas tout lui raconter, après tout ? Elle ne cherchait plus à protéger les secrets des autres.

« Eh bien, d'accord ! Pour résumer, un tableau est volé, et cinq jours plus tard je paie une rançon et le récupère...

— Comment ?

— Échange de la main à la main. Avec un homme qu'on pensait être Sabbatini – il portait une cagoule ridicule.

— L'homme n'était pas Sabbatini...

— Apparemment, non.

— Curieux. Extrêmement curieux.

— Connaissez-vous quelqu'un du nom d'Elena Fortini ? »

Dossoni sembla presque frissonner de terreur. Flavia fixa sur lui un regard interrogateur.

« Et vous, vous la connaissez ? demanda-t-il à son tour.

— Oui. Je l'ai rencontrée il y a deux jours.

— Qu'en pensez-vous ?

— Je l'ai trouvée très sympathique. Elle m'a paru... sensible, gentille. »

Il partit d'un grand rire.

« Si tous les policiers sont aussi perspicaces que vous, pas étonnant qu'on récupère si peu de tableaux volés.

— Pardon ?

— J'ai entendu appliquer pas mal d'épithètes à Elena, mais "sensible" ou "gentille", jamais ! "Cruelle", "brutale", oui. Sûrement pas "sensible", en tout cas.

— Ce n'est pas l'impression qu'elle m'a faite.

— Je n'ai jamais rencontré quelqu'un d'aussi violent. Un seul exemple suffira à vous convaincre. Quand l'un de ses camarades a été arrêté un vendredi saint, elle a suggéré qu'il fallait répondre en faisant exploser une bombe à Saint-Pierre pendant la grand-messe du dimanche de Pâques. Quand on lui a fait remarquer que cela risquait d'entraîner la mort de centaines de personnes, elle a répliqué que ça tomberait à merveille. Ils mourraient en martyrs chrétiens… Plus ils seraient nombreux, mieux ça vaudrait. Elle a toujours adoré les symboles. L'"acte symbolique". Vous vous rappelez la formule ? Elle prônait l'usage des bombes à clous. Vous savez, celles qui lacèrent les jambes…

— Aucun de ces détails ne figure dans son dossier.

— Elle était très douée pour tirer les ficelles en coulisses. Et ses comparses avaient trop peur pour révéler la moindre chose sur elle, même lorsqu'ils étaient arrêtés. Elle était bien plus maligne que les autres. Ce pauvre vieux Maurizio était son pantin. Elle concevait toutes ses petites actions. Il était tout à fait incapable de faire quoi que ce soit par lui-même. Mais sous la direction d'Elena chaque action recélait un si grand nombre de messages cryptés que c'en était surréaliste. C'était une artiste de la violence, et personne ne lui arrivait à la cheville... Avez-vous vu une soi-disant œuvre artistique de Maurizio ces dernières années ?

— Quelques-unes. Dans son atelier.

— Qu'en pensez-vous ? Ça n'est pas terrible, hein ?

— En effet.

— Confus, maladroit, incohérent. Il était incapable de faire mieux, le pauvre homme.

— Avec le vol de ce tableau il se remettait en selle. Un acte direct et sans bavure.

— D'accord. Mais qu'est-ce que ça veut dire ? Quelle interprétation lui donner ? Ç'a toujours été son problème. Au moment critique, il devenait incohérent et absurde. La profondeur intellectuelle était apportée par Elena Fortini. Elle était plus cultivée et diablement plus intelligente. »

Contrairement à Dossoni, Flavia ne trouvait ni agréable ni propice à la réflexion l'atmosphère du stade olympique. Elle partit faire une longue promenade.

En général, Argyll l'accompagnait durant ces balades. Comme deux bons compagnons ils avaient passé des années à arpenter les rues et les collines de Rome. Si ce genre de marche était infiniment revigorant, il ne favorisait pas la concentration. L'enthousiasme débordant d'Argyll pour des bouts d'ancienne maçonnerie romaine dépassant d'un mur, pour des statues en ruine ou les dessins formés par les pavés empêchait la réflexion. Il n'arrêtait pas de filer examiner une chose ou une autre en gloussant de plaisir. Une fois sa curiosité satisfaite, il revenait et reprenait la conversation là où elle avait été brusquement interrompue. « Regarde ! N'est-ce pas ravissant ? » demandait-il constamment en montrant à Flavia quelque détail devant lequel elle était peut-être passée une dizaine de fois sans le remarquer.

Mais ce jour-là elle n'avait plus aucun goût pour l'architecture, la sculpture, ou les bizarreries de l'urbanisme. Mains plongées dans les poches de sa veste, yeux baissés, visage renfrogné, elle parcourait les rues à vive allure. Elle traversa la ville, passa le fleuve et gravit le Janicule jusqu'à la grandiose statue équestre de la femme de Garibaldi. Jusqu'à l'endroit où, près de vingt ans plus tôt, avait été découvert le corps de Maria di Lanna et où, selon ce qu'il avait déclaré au journaliste, Sabbatini désirait mettre en scène son coup qui devait ébranler... Quoi, exactement ? Elle resta assise là une heure entière à réfléchir au symbolisme de l'acte de Sabbatini, selon la phraséologie adoptée et mise en pratique avec enthousiasme par ses pareils. Étrange à quel point la formule paraissait désormais surannée, comme une mode artistique oubliée.

Elle tenta d'abord de déceler un enchaînement logique dans la suite des événements. N'y parvenant pas, elle décida de faire le contraire, de construire un schéma logique et de chercher à voir quels événements pourraient s'y intégrer.

Certains éléments du rébus étaient faciles à repérer. Les dates, par exemple. Sabbatini avait volé le tableau un lundi, puis n'avait plus rien fait. Elle savait maintenant qu'il avait projeté quelque chose pour le vendredi 25 mai. Le 25 mai 1981 sa sœur avait été tuée. Son cadavre avait été abandonné tout près de l'endroit où Flavia était assise en ce moment, et c'est là que Sabbatini avait souhaité la présence des caméras et des spectateurs convoqués par un Dossoni réticent.

D'accord. Mais pourquoi ce tableau-là ? Y avait-il une raison ou bien cela révélait-il justement le manque d'intelligence de Sabbatini, comme l'avait suggéré Dossoni ? On ne voyait guère comment un paysage du Lorrain pouvait recéler un sens caché. Céphale et Procris… L'histoire possédait même un dénouement heureux. Peut-être voulait-il simplement un tableau de renom, volé d'une façon qui attirerait l'attention sur la suite des opérations. Peut-être ne fallait-il pas chercher midi à quatorze heures.

Quel intérêt alors ? Geste spectaculaire pour montrer à une bande d'anciens terroristes qu'il n'avait pas oublié ? Comment lier cela à ce qu'il avait déclaré à Dossoni : qu'il allait faire trembler le pays sur ses fondations. Et puis il y avait la demande de rançon. Comment la faire cadrer avec le reste ? Existait-il deux messages ? Ou peut-être le but poursuivi par Sabbatini avait-il été abandonné à la mort de celui-ci, et alors son complice – Flavia n'écartait pas la possibilité que Dossoni ait possédé désormais trois millions d'euros de plus que la semaine précédente – avait décidé de retirer ses billes et de récupérer l'argent.

Flavia s'assit sur le banc à côté de Mme Garibaldi, prit une cigarette, l'alluma, puis la retira de sa bouche et l'écrasa sous son pied. Bon sang ! se dit-elle, je n'en ai même plus le droit... Se rendant soudain compte qu'elle était au comble du bonheur, elle éclata en pleurs.

Les rares touristes qui se trouvaient là la regardèrent avec compassion.

« J'ai essayé de mettre la main sur le rapport que tu m'as demandé concernant le kidnapping di Lanna », lui dit Paolo un peu plus tard, quand les quatre collègues se rencontrèrent dans un restaurant pour dîner et faire le point. Il avait commencé par lui remettre un dossier de relevés téléphoniques, tout en s'excusant de ne pas avoir eu le temps de les examiner. Rien d'étonnant : Personne n'aimait ce genre de travail. « Sans succès, hélas ! Curieuse histoire, malgré tout, d'après ce que j'ai pu comprendre. Avec un dénouement récent.

— Ah bon ?

— Comme tu l'avais dit, on a étouffé l'affaire. Ou, plus exactement, c'est devenu une de ces histoires que tout le monde connaît mais dont personne ne parle en public. Quoi qu'il en soit, un magistrat ambitieux et trublion a décidé de faire une enquête et s'est mis à bûcher le dossier. Malheureusement, ce n'était pas pour le bon motif. Il semble qu'il ait été plutôt de gauche et ait cherché davantage à mettre la pagaille qu'à établir les faits. On lui a enjoint de cesser ses investigations et on l'a soumis à son tour à une enquête. On a alors découvert qu'il était archicorrompu. Finalement, pour éviter d'être obligé de déballer le linge sale de l'appareil judiciaire, on lui a fait une proposition : il démissionnait et on lui fichait la paix. Point final.

— Merci, fit Flavia en souriant. Et quel est le dénouement récent ?

— Le magistrat est mort il y a quelques mois.

— Subitement ?

— Non. Il était malade depuis un bon moment, semble-t-il. Ses reins avaient lâché pas mal de temps auparavant. Il avait subi une greffe un an plus tôt mais elle n'avait pas pris. Rien d'inattendu. Ni de louche, si c'est ce que tu penses. »

Elle se renfrogna.

« J'y perds mon latin, dit-elle finalement. Supposons

que Dossoni ait raison et qu'on ait à nouveau affaire à Elena Fortini et à un "acte symbolique". Supposons qu'il y ait un rapport entre le Lorrain et la mort de Maria di Lanna. De quel symbole s'agit-il ? Qu'essayait de prouver Sabbatini ? Et pourquoi maintenant ? »

Elle jeta un regard autour de la table. Les visages restaient de marbre.

« Allons ! Des suggestions ? »

Aucune réponse.

« Rien ? »

Toujours le silence.

Flavia soupira.

« Eh bien ! merci quand même. Vous m'aidez beaucoup. Ravie de voir que vous êtes tous en pleine forme. »

Ils terminèrent leur repas en parlant de problèmes de bureau plus faciles à résoudre. Paolo la raccompagna chez elle, ce qui était gentil de sa part, même s'il voulait surtout lui parler en privé.

« Nous avons eu une visite cet après-midi, déclarat-il. Pendant ton absence. Un petit type austère des R G, d'après lui. Il est entré sans crier gare, a filé directement dans ton bureau et a passé une heure à compulser tes documents et tes dossiers. Je l'ai gardé à l'œil autant que possible et il n'a pas semblé trouver ce qu'il cherchait. »

Flavia ne savait que répondre.

« Tu sembles avoir indisposé des gens importants,

poursuivit-il avec gravité. S'ils ont besoin d'envoyer les R G, il est raisonnable de supposer qu'ils n'en ont pas encore terminé avec toi.

— Que veux-tu que j'y fasse ?

— Pas grand-chose, sans doute. Mais si tu décides de continuer à t'occuper de cette affaire, tu devrais au moins prendre certaines précautions.

— C'est-à-dire ?

— Ne pas rentrer chez toi, par exemple, répondit-il en la ramenant doucement dans l'ombre au moment où ils débouchaient sur la petite place devant l'immeuble de Flavia. D'ailleurs, une voiture banalisée stationne devant ta porte.

— Comment le sais-tu ?

— Couleur, marque, plaque minéralogique et petite antenne pointant à l'arrière. J'ai étudié ces choses, tu sais. À un moment, j'ai eu envie de demander ma mutation dans le Service.

— Mais tu ne l'as pas fait ?

— Non. J'ai passé une entrevue. Je n'ai jamais rencontré une pareille bande de tarés. Ils ne survivraient pas une semaine dans la police. Quoi qu'il en soit, ils sont là pour t'espionner.

— Mais je dois rentrer chez moi pour voir Jonathan.

— Téléphone-lui ! »

Il sortit son mobile, composa le numéro et lui passa l'appareil. Tout en écoutant celui-ci gazouiller à qui mieux mieux, Flavia entendait faiblement le téléphone

217

sur la table de sa chambre sonner. Juste à droite du petit message qu'Argyll lui avait laissé pour lui annoncer qu'il se rendait en Toscane et serait absent un jour ou deux. Le téléphone n'arrêtait pas de sonner, mais aucune lumière ne fut allumée, aucune voix amicale ne se fit entendre à l'autre bout du fil. Devait-elle s'en irriter ou s'en réjouir ?

« Il n'a pas de portable, je suppose ? demanda Paolo.

— S'il en avait un, soupira Flavia, tu peux être sûr qu'il serait déchargé. »

Elle se gratta la tête et réfléchit un instant.

« Bon, tu as raison. Je vais passer la nuit à l'hôtel. »

Paolo lui offrit de l'héberger, proposition qu'elle déclina. Pour avoir à maintes reprises rencontré ses enfants, elle savait trop bien qu'elle ne fermerait pas l'œil de la nuit dans un petit appartement résonnant de hurlements de mioches. Il ne lui restait apparemment que quelques mois de paix. Elle ne voulait pas en gâcher une seule nuit.

Une demi-heure plus tard, au lieu de s'angoisser à propos de la Sécurité ou de Maurizio Sabbatini, Flavia s'endormit dans une petite chambre donnant sur la piazza Farnese, préoccupée par l'exiguïté des lieux d'habitation romains.

Si l'on voulait surveiller ses allées et venues, s'était-elle dit, on ne penserait sûrement pas à la chercher dans un couvent. Voilà pourquoi elle était là. L'ordre de Sainte-Brigitte-de-Suède possède sur la piazza Farnese un couvent très agréable dont une partie avait été transformée en maison d'hôtes depuis que les vocations se raréfiaient. Le rapport qualité/prix était excellent, la situation quasiment idéale et les sœurs étaient charmantes. En outre, elles connaissaient déjà très bien Flavia, qui deux ou trois fois y avait logé des témoins devant passer inaperçus. Une fois leurs problèmes résolus, plusieurs étaient revenus en vacances. L'une des visiteuses avait même fait le grand saut, était devenue membre de l'ordre et, aux dernières nouvelles, se trouvait en mission au Burkina Faso.

Tout en dégustant un petit déjeuner simple mais composé de produits frais, Flavia compulsa les dossiers et les coupures de journaux fournis par Paolo la veille. Elle tentait d'oublier son envie d'une cigarette en prenant des notes et en réfléchissant.

Elle regardait dans le vague depuis un long moment lorsqu'elle comprit soudain pourquoi elle trouvait ce dossier si déroutant. Elle s'était concentrée sur le symbolisme de l'acte avant de se rendre compte que l'affaire se composait de deux parties incompatibles.

Sabbatini vole le tableau, puis, afin d'attirer l'attention sur le meurtre de sa sœur le vendredi 25 mai, projette d'accomplir un geste spectaculaire au Janicule. Tout cela est clair et net.

La seconde partie, cependant, concerne la rançon. Voilà un meilleur symbole, en fait. Sabbatini aurait pu vouloir souligner la façon dont les tableaux sont rachetés mais pas les êtres humains. Or Sabbatini n'avait pas réclamé de rançon.

Concentrons-nous sur le Janicule, pensa-t-elle, tout en beurrant un autre petit pain. Le vendredi, les caméras de télévision arrivent ; un petit auditoire s'est rassemblé là ; Sabbatini entre en scène. Que se passe-t-il alors ? Il fait sans doute quelque chose de scandaleux. Et alors ? On s'exclame : « Choquant ! » ou « Très drôle ! » selon ce qu'il fait. Il est arrêté et emmené. À quoi ça sert ?

Donc, il doit y avoir autre chose. Elena Fortini, peut-être. Flavia plissa le front, déconcertée par l'énorme différence entre sa propre perception de cette femme et ce qu'en avait dit le gros journaliste. Avait-elle pu se tromper à ce point ? Elle avait, il est vrai, connu des escrocs fort charmants. Mais Dossoni avait décrit Elena comme étant gratuitement cruelle et violente. Cela cadrait-il avec l'atmosphère familiale qu'elle avait si intensément ressentie ? Les gens cruels font-ils eux-mêmes leur pain ? Les méchants repassent-ils les vêtements de leurs enfants ?

Et puis il y avait Dossoni, qui s'était mêlé de cette affaire sans que personne ne l'y invite. Ancien gauchiste, comme tant d'autres il avait rejeté son passé et s'était fait journaliste. Changement de cap effectué en douceur. Admettons, rien de suspect à cela. Et il était même sensé de garder le contact avec de vieilles connaissances, au cas où elles redeviendraient intéressantes. Mais il n'y avait aucune fiche sur lui. Pourquoi donc ? L'État italien gardait des dossiers sur tous les agitateurs de cette époque, et on les obtenait très facilement si l'on savait à qui s'adresser. Paolo avait recueilli des renseignements sur Sabbatini, sur Fortini, même sur di Lanna, sans que personne ne hausse le sourcil. Il n'y avait cependant aucun renseignement sur Dossoni. Bizarre…

Normalement, la démarche suivante aurait été toute simple. Flavia aurait décroché le téléphone et posé un certain nombre de questions. Mais elle hésitait désormais à montrer son intérêt pour cette affaire. Il lui fallait par conséquent se rabattre sur d'autres sources de renseignements, et Flavia dut mûrement réfléchir avant d'en trouver une qui ait des chances d'être utile. Elle termina son café. Avait-elle encore droit au café ? À vérifier. Et ses pieds n'étaient-ils pas un peu enflés ? Elle annonça aux sœurs qu'elle allait rester une seconde nuit si elles avaient de la place, puis sortit dans l'éclatante lumière matinale et prit le chemin du Vatican.

Flavia dut patienter un bon bout de temps. Même si elle avait choisi de se faire connaître en montrant sa carte de police, le Vatican rechigne en général à accueillir des représentants de l'État italien. Il accepte finalement, bien sûr, mais en tant qu'État souverain il est à cheval sur ses privilèges. Flavia dut donc passer par la porte principale comme un visiteur ordinaire, puis attendre durant près de quarante minutes dans une antichambre miteuse et délabrée avant qu'Aldo Morante entre en coup de vent et lui donne un baiser fort peu clérical.

Elle n'était jamais vraiment parvenue à garder son sérieux quand elle pensait au père Aldo Morante. Même après une décennie ou plus de sacerdoce, il avait l'air d'un comédien censé jouer le rôle d'un prêtre. Trop costaud, trop exubérant, trop bruyant et trop visiblement gêné par le vœu de chasteté pour être tout à fait convaincant. Il était prêtre, néanmoins, depuis une quinzaine d'années. Sautant les habituelles étapes intermédiaires du désenchantement, du scepticisme et de la conversion, il était passé directement du communisme au catholicisme. Pourquoi perdre du temps ? lui avait-il déclaré une fois. Tôt ou tard, on se retrouve tous à nouveau à genoux. Autant devancer la concurrence et s'y coller tout de suite.

Il avait été jadis un brandon du gauchisme, assistant à toutes les réunions, lisant tous les tracts, et déclamant tous ses discours d'une voix de stentor, de préférence avec un porte-voix. Quoiqu'il fût de dix ans son aîné, Flavia le connaissait très bien parce que leurs mères étaient amies. Il lui avait toujours montré une bienveillante affection, qui avait même survécu à l'entrée de Flavia dans la police. Il lui pardonnait son manque total d'intérêt pour la politique, la famille et l'amitié étant toujours considérées, à juste titre, comme plus importantes que les idéologies passagères. Au fil des ans, Flavia avait donc assisté à la transformation de l'enfant de chœur en révolutionnaire, avant de voir Aldo fréquenter assidûment les églises. Elle avait suivi de loin ses débuts de curé de paroisse, puis sa lassitude. Il avait réussi à se faire embaucher par le Vatican pour devenir un ambitieux sous-secrétaire doté d'un peu de pouvoir au sein du service qui correspondait au ministère des Affaires étrangères.

Connaissant sa légère tendance à l'esbroufe, Flavia savait pertinemment qu'il l'escorta jusqu'à son bureau en la tenant par la taille uniquement pour attirer le regard de ceux qu'ils croisaient dans les couloirs.

Malgré son goût pour la mise en scène, il n'avait cependant jamais perdu son temps en bavardages.

« Alors, qu'est-ce que tu veux de moi ? lui demanda-t-il, une fois refermée la porte du petit bureau.

— De l'aide. De toute urgence. » Rien de tel que les liens remontant à l'enfance pour se dispenser des formalités.

« Eh bien, allons-y ! »

Elle déballa donc son sac. Du vol du Lorrain jusqu'aux policiers postés devant sa porte.

« Bon, fit-il quand elle eut terminé son récit, si je te suis bien, tu soupçonnes Ettore Dossoni d'être un affreux faux-jeton, uniquement parce que cette femme a découvert avant toi que tu étais enceinte. »

Flavia ouvrit la bouche pour lancer une cinglante réponse, avant de se raviser.

« C'est en partie vrai, j'imagine, admit-elle après une brève hésitation. Et aussi parce qu'il a affirmé avoir parlé avec Sabbatini au téléphone alors qu'aucun relevé des appels téléphoniques de Sabbatini n'indique la trace de cette conversation. J'ai vérifié ce matin. Non que ce soit une preuve, bien sûr.

— Au fait, félicitations ! Tu seras une très bonne maman. J'espère que ce sera l'aîné d'une demi-douzaine d'enfants au moins. Je les baptiserai tous moi-même. J'ai besoin de m'entraîner un peu. Bon, Dossoni… Je me souviens de lui. Une drôle d'odeur flottait autour de lui, si tu vois ce que je veux dire.

— C'est toujours le cas.

— Je ne parle pas d'odeur corporelle. Ça, c'était la mode. Tout le monde sentait mauvais. Toi, tu étais juste trop naïve pour comprendre que les déodorants faisaient partie d'un complot capitaliste. Je veux simplement dire qu'il y avait quelque chose de peu ragoûtant chez lui. Tout le monde se méfiait de lui.

— C'est-à-dire ?

— Tu veux me faire dire du mal de mon prochain ? Impossible : je suis prêtre, je ne dois avoir que de nobles pensées. Je vais donc aller chercher son dossier.

— Quel dossier ?

— Nous sommes au Vatican, mon enfant. Nous sommes au courant de tout. Tu te rappelles sans doute que l'Église était de mèche avec le gouvernement d'alors, et notre service de renseignements concernant l'étranger était hors pair. Nous troquions nos renseignements sur les pays étrangers contre ceux détenus par le gouvernement italien sur ce qui se passait chez nous. Chez eux, devrais-je dire. On complétait ce qu'on nous donnait grâce à nos propres sources.

— Tu peux te procurer ce dossier ?

— Je suis un personnage haut placé, tu sais. Je devrais être monsignor l'année prochaine.

— Félicitations.

— Mmm. Tu m'imagines avec le chapeau ! Le violet me sied à merveille. Bien sûr, je ne peux pas te montrer le dossier lui-même, il est hyperconfidentiel. Voilà ce que je vais faire : je vais le lire et ensuite je répondrai à tes questions. C'est stupide, mais c'est ainsi. Le règlement, c'est le règlement. Tu pourrais aller regarder des tableaux en attendant. Ça risque de prendre un certain temps.

— Je les ai déjà vus, rétorqua Flavia, agacée. Je les connais par cœur.

— Pas ceux-là, répondit Aldo en écartant l'idée d'un geste. Je ne parle pas du musée. Je veux dire les bons tableaux. Ceux qui ne sont jamais montrés au public. »

Il la conduisit alors le long d'une enfilade de couloirs, lui faisant traverser des pièces de plus en plus anciennes d'aspect, avant de s'arrêter devant une porte.

« Entre là ! Allez, vas-y ! Je reviendrai te chercher quand j'aurai terminé. »

Il s'esquiva d'un pas leste. Flavia songea que ce serait curieux de voir Aldo en cardinal. Et pourquoi s'arrêter en si bon chemin ? Le blanc lui seyait-il ? Dès qu'elle ouvrit la porte elle oublia ces broutilles. Elle passa l'heure suivante à contempler, bouche bée, une série de peintures qui réduisaient celles du musée du Vatican à une collection de second ordre.

Les heures filent à toute vitesse quand on est fasciné. Pendant tout le temps qu'elle passa là, sa seule pensée consciente fut qu'elle regrettait l'absence d'Argyll, même si, au comble de l'extase, il n'aurait pu s'exprimer de façon cohérente durant de nombreux jours.

Flavia aurait souhaité sa présence quand elle s'arrêta devant un tableau en particulier. Une « Dormition », le dernier sommeil de la Vierge. Flavia n'était pas aussi calée qu'Argyll, loin s'en fallait, mais elle connaissait le tableau. Ou plutôt, elle reconnut le visage, celui de la madone accrochée au-dessus de la cheminée de Bottando. Panneau à peu près de même taille, mêmes teintes de rouge dans les vêtements. N'étant pas spécialiste, elle ne pouvait rien affirmer, mais sous l'égide d'Argyll elle avait passé autant de temps à étudier des tableaux qu'à en rechercher. Et celui-ci ressemblait énormément à l'autre. Il avait dû faire partie d'un triptyque. Seule différence : celui-ci possédait toujours un vrai cadre et même les petits gonds métalliques qui devaient jadis le lier au panneau central de plus grande taille, lequel avait sans doute dû représenter une autre scène de la vie de la Vierge. Alors, qu'était-ce ? Elle chercha en vain une note, une petite plaque explicative… Zut ! Elle commençait à comprendre la frustration d'Argyll.

« Ça te plaît ? » demanda Aldo en rentrant vivement dans la salle. Était-ce une heure ou deux plus tard…? Flavia n'aurait su le dire. « J'en étais à peu près sûr. »

Elle désigna le petit panneau.

« Qu'est-ce que c'est ?

— Aucune idée, fit-il en haussant les épaules. Ce n'est pas mon domaine. Je m'occupe de politique étrangère, pas de tableaux.

— De qui est-ce le domaine ? »

Le nouveau haussement d'épaules indiquait qu'il s'en fichait éperdument.

« D'où viennent ces tableaux ?

— Oh ! d'un peu partout, répondit-il… Et la plupart d'entre eux ne devraient pas se trouver là, en fait. C'est pourquoi on les cache.

— Ce qui veut dire ? »

Aldo eut soudain un petit air gêné.

« Je commence à regretter de te les avoir montrés. Je n'aurais pas dû, en réalité. Alors, fini, les questions ! Au boulot, maintenant ! s'exclama-t-il allégrement, afin de mettre un point final à la discussion. Allons-y ! Sur les fiches tu peux poser toutes les questions que tu veux et je répondrai avec l'omniscience de quelqu'un qui, contrairement à toi, les a lues. »

Tout en détachant à contrecœur son regard du petit

227

panneau, Flavia s'efforça de se rappeler le but de sa visite.

« Dossoni ? fit-elle, cédant avec réticence.

— Je me souviens très bien de lui maintenant. C'était un agent des stups.

— Sans blague ?

— Ouais. C'était un agent infiltré. Peut-être pire. Il connaissait trop de gens louches. Et ça doit toujours être le cas. »

Flavia secoua la tête, en pleine réflexion, tandis qu'Aldo faisait les cent pas tout en regardant un tableau ou deux d'un air las et ennuyé. En art, il avait toujours été plutôt béotien, se rappela Flavia.

« Et tout ça doit se trouver dans le dossier que n'a pu se procurer mon collègue ? Pas étonnant que ce soit inaccessible. Et le kidnapping di Lanna, lui-même ? Y a-t-il aussi un dossier là-dessus ?

— Énorme. Tu dois en connaître la plus grande partie. Il ne semble pas qu'il y ait eu du nouveau, sauf que, lorsqu'il a mis la main sur l'argent, di Lanna a arrosé les chrétiens-démocrates et l'a utilisé pour arracher Bologne aux communistes. Tout en graissant la patte de nombre d'hommes politiques. Notre adoré Premier ministre s'est étonnamment enrichi à cette époque, mais la reconnaissance est un sentiment admirable et il semble avoir vraiment fait le maximum en ce domaine.

— Qu'en est-il de ce magistrat et de son rapport sur le meurtre ?

— On n'a pas grand-chose à son sujet, à part quelques coupures de journaux.

— Autre chose ?

— Non. C'est tout. Qu'est-ce qui ne va pas ? Tu parais déçue.

— J'avais espéré des détails plus consistants. »

Le futur monsignor eut l'air agacé.

« J'ai fait de mon mieux. Qu'attendais-tu ? Un miracle ? Le Vatican n'est pas l'endroit idéal pour ce genre de chose, tu sais… »

Et où est Jonathan ? se demandait Flavia tandis que son autobus bourré de touristes enthousiastes se traînait vers le centre de la ville. Comment diable pouvait-il disparaître ainsi quand on avait besoin de lui ? Elle comptait sur lui dans ce genre de circonstances. Il l'écoutait, faisait des commentaires perspicaces ou oiseux, mais il l'aidait toujours à réfléchir, à comprendre la situation, à mettre en forme ses pensées, quelles qu'elles soient. Sans sa présence, elle avait l'impression de ne pas avoir les idées assez claires, car personne n'arrivait à la cheville de Jonathan quand il s'agissait de stimuler les facultés mentales de Flavia. Sauf Bottando, peut-être. Et encore, il venait très loin derrière.

Quoi qu'il en soit, personne ne décrocha le téléphone de leur appartement. Elle chercha même à joindre Bottando, qui lui aussi s'était volatilisé. À l'un des moments cruciaux de sa vie, elle avait donc été abandonnée par les deux êtres sur lesquels elle comptait vraiment. Cela aurait suffi à rendre hargneuse la personne la plus équilibrée. Flavia passa ses nerfs sur un adolescent boutonneux bien sagement assis dans son coin.

« On ne t'a pas appris à céder ta place à une femme enceinte ? » hurla-t-elle du ton d'une mère excédée.

L'adolescent la fixa d'un air inquiet.

« Allez ! reprit-elle. Debout ! » C'est avec une certaine satisfaction qu'elle le vit se lever à contrecœur, le rouge au front, tout en bougonnant.

« Merci, jeune homme ! » s'exclama-t-elle avec allégresse, en s'asseyant à sa place. L'Italie jouissait encore de ce privilège : celui de la reconnaissance de l'autorité maternelle.

Bon… Dossoni, songea-t-elle, en s'installant sur le siège avant d'ôter son soulier pour masser ses orteils. Gauchiste, *plus* indicateur, *plus* journaliste. Détails que Maurizio Sabbatini ne connaissait sans doute pas, autrement, il ne l'aurait pas mis dans le coup…

Aldo, lui, avait précisé que tout le monde était au courant, et, malgré ses manières désinvoltes, il choisissait ses mots avec soin. Les conséquences de cette constatation se firent lentement jour en elle pendant qu'elle s'occupait de son gros orteil. Sabbatini serait-il assez bête pour utiliser les services de quelqu'un qui risquait d'être un indicateur de police, voire pis ? Certainement pas. Donc, ce ne pouvait être Sabbatini qui avait renseigné le journaliste à propos du vol. Ce n'était pas elle non plus. Elle doutait que ce fût le conservateur du musée. Or le renseignement ne pouvait émaner que d'une seule autre source.

Le cours de ses pensées s'interrompit brusquement. Comme l'autobus parvenait à son arrêt, elle s'aperçut qu'elle n'arrivait pas à renfiler son soulier. Le spectacle de Flavia se dirigeant vers la sortie à cloche-pied constitua une petite revanche pour l'adolescent boutonneux.

16

Malgré les outrages du temps, Mary Verney avait vraiment de beaux restes. Son visage était de ceux qui s'améliorent lorsque l'âge révèle plus nettement la structure osseuse. Comme souvent, elle était bizarrement vêtue et, pour se protéger du soleil, s'était drapé la tête dans ce qui ressemblait beaucoup à un torchon. Toutefois, elle ne se permettait ce genre d'excentricités qu'en privé. En public, elle pouvait se montrer extrêmement élégante.

Elle avait aussi le charme et les bonnes manières que donnent des années de pratique, quoique, semblait-il, l'imprévu ait pu causer des ratés même dans cette machine bien huilée. N'attendant pas de visite, lorsque Argyll cessa de repousser l'échéance et se présenta chez elle une heure plus tard, elle ne l'accueillit pas aussi chaleureusement qu'elle l'eût fait s'il l'avait prévenue un peu à l'avance.

Elle ne s'en tira pas trop mal cependant et offrit vivement ses deux joues pour qu'il y pose un petit baiser, gazouillant à qui mieux mieux, soi-disant ravie qu'on lui réserve ce genre de charmantes surprises, priant le visiteur de venir s'asseoir... Argyll sourit, enchanté de ne plus avoir à prendre l'initiative. Il escalada à sa suite les quatre marches usées conduisant à la terrasse et se laissa guider jusqu'à la table où on le présenta à l'invité. Non que les présentations eussent été le moins du monde nécessaires.

« Bonjour, Jonathan, dit Taddeo Bottando, en se levant pour le saluer. Je suis extrêmement étonné de vous voir ici. En quoi pouvons-nous vous aider ?

— Passant par là, j'ai pensé vous rendre une petite visite, répondit-il avant de sourire niaisement. Non, en réalité, je suis venu vous interroger sur un tableau, poursuivit-il, décidant qu'en l'occurrence il valait mieux faire fi des scrupules et des politesses. Vous êtes les seules personnes capables de m'aider. »

Bon début qu'il gâcha ensuite par des manœuvres dilatoires.

« Je vous ai recherchée, voyez-vous, expliqua-t-il à Mary, et j'étais dans la région. Juste au bout du chemin, en fait. J'ai déjeuné dans le petit restaurant sur la place. Très agréable. Et j'ai visité l'église. Vous l'avez visitée ? Le retable m'a énormément plu.

— Oui, à de nombreuses reprises, répondit Mary Verney avec patience. Êtes-vous venu seul ?

— Oh oui !

— Où est votre femme ?

— Flavia ?

— Vous en avez d'autres ?

— Oh non ! Rien que celle-ci. Ça suffit, d'ailleurs. Elle est à Rome. Elle essaie de remettre les choses en ordre après l'affaire du Lorrain. Elle n'est pas très contente, je dois dire. Un peu découragée, en fait. Désappointée, vous savez.

— Pourquoi donc ? »

Il réfléchit quelques instants.

« Je n'en sais trop rien, voyez-vous. Depuis peu, elle n'a pas vraiment la forme. Distraite. Bougonne. Elle a découvert ce que le général Bottando sait depuis des années, j'imagine… Que ses supérieurs sont presque aussi pernicieux que les voleurs de tableaux. En moins francs, simplement.

— Je l'en avais informée, en effet, dit Bottando avec un petit sourire.

— Mais grâce à vous elle n'avait jamais eu directement affaire à eux. Elle s'aperçoit seulement maintenant de la chance qu'elle avait. Votre départ lui a ôté ses dernières illusions. Ça et l'affaire du Lorrain, bien sûr. Elle n'en a jamais eu aussi marre. »

Bottando eut l'air attristé pour elle.

« Je voudrais vous parler d'un tableau… », reprit Argyll, tout ragaillardi, maintenant que ces préliminaires étaient terminés.

Mary Verney lui servit un verre de vin et lui fit un sourire d'encouragement. Il en but une gorgée. Ce n'est pas mon premier verre de la journée, songea-t-il. Et il fait si chaud.

« Et aussi d'un vol », ajouta-t-il afin de les mettre davantage à l'aise en leur parlant d'un domaine plus familier. Cette déclaration n'eut aucun effet, cependant. Assis côte à côte, ils demeuraient cois. Si Argyll avait été moins troublé, il les aurait trouvés touchants et se serait réjoui de les voir si heureux d'être ensemble.

Ils formaient, en effet, un couple parfait, si l'on ne considérait que l'image qu'ils montraient, oubliant les petits détails qui auraient même dû les empêcher de s'adresser la parole. Le fait, par exemple, que Mary Verney avait passé sa vie à voler des tableaux, alors que Taddeo Bottando avait consacré la sienne à tenter de les récupérer. Ils étaient tous deux intelligents et possédaient, autant que pût en juger Argyll, un grand nombre d'intérêts communs, même si leurs approches étaient quelque peu différentes. Tous deux souffraient terriblement de solitude (comme l'avait deviné depuis longtemps Flavia, qui avait tendance à se préoccuper de ce genre de chose). Et de plus en plus, au fil des ans.

Ces considérations avaient fait un peu dévier le cours des pensées d'Argyll, tandis que ses deux interlocuteurs attendaient patiemment qu'il revienne sur terre.

« Bon, d'accord ! poursuivit-il en s'efforçant de reprendre les choses en main. Ce tableau, et le vol…

— Eh bien, allez-y, Jonathan ! s'écria Mary Verney d'un ton légèrement agacé. Je sais que vous aimez jouer les Nimbus, mais cette fois-ci vous en faites un peu trop. Dites ce que vous avez à dire. Puis faites ce que vous avez à faire. »

Argyll la fixa du regard, se demandant s'il devait prendre la mouche, avant de décider qu'elle avait probablement raison.

« Très bien ! Buonaterra. 1962. »

S'ils se maîtrisèrent assez bien tous les deux, leur étonnement perça néanmoins suffisamment pour permettre à Argyll d'en déduire que tous les liens qu'il avait établis étaient corrects. Il poursuivit donc son récit.

« Un vol parfait ! Ou presque. C'est-à-dire un vol enchâssé dans un autre. Mais le motif et le dénouement me laissent perplexe. D'où la raison de ma venue ici. Voici l'enchaînement des événements… Quelqu'un vole un tableau pour des raisons qui n'ont rien de mercantile et le cache. Puis Mary Verney le dérobe au voleur. Je suis sûr du premier fait et devine le second. Couverture parfaite. Le voleur ne peut se plaindre et il est très peu probable que la police vous soupçonne. Après tout, vous n'étiez pas présente quand le premier vol a été commis. Vous étiez chez vous, ici même.

» Ce qui me déconcerte, c'est que le tableau a été ensuite rendu à son propriétaire. Comme la personne qui l'avait volé était devenue entretemps une professionnelle avérée et n'avait absolument rien à craindre, cette restitution ne me paraît pas très logique. Si, supputa Argyll, une rançon – une grosse somme – avait été payée, je comprendrais l'intérêt de le rendre. Il aurait mieux valu empocher des espèces sonnantes et trébuchantes que d'avoir à revendre le tableau, étape toujours délicate, d'après ce que je crois savoir. Mais il n'y a eu aucune demande de rançon. La restitution du tableau devient alors incompréhensible. »

Argyll trouva fort terne sa prestation. Il s'était imaginé en train de faire un résumé plus percutant de l'affaire, au lieu de ce récit décousu. Peu importait, car cela marcha. Ce qu'il dit produisit l'effet escompté, ce qu'il ne dit pas fut encore plus déterminant.

Bottando semblait vouloir céder la vedette à Mary Verney. Il ne broncha pas, la laissant s'expliquer. Peut-être sa longue carrière de policier l'avait-elle rendu plus apte à poser les questions qu'à y répondre. Ou peut-être était-ce parce qu'il se trouvait chez Mary.

« Au fait, pourquoi vous intéressez-vous à ce tableau ? demanda cette dernière.

— Je voulais faire un cadeau au général à l'occasion de son départ à la retraite, répondit-il, l'air malheureux. Il a toujours affirmé que le tableau n'a aucune valeur, moi, je pense le contraire. Comme Flavia a dit qu'il craignait que le fait de devancer l'âge de la retraite allait écorner sa pension, je souhaitais découvrir qui en était l'auteur et le faire authentifier au cas où il aurait envie de le vendre…

— Très gentil de votre part.

— Mais ensuite, bien sûr, une chose en a entraîné une autre. Et ç'a suscité pas mal de questions qui me turlupinent. J'ai établi que le tableau possède très probablement une immense valeur, que c'est une œuvre importante, tout au moins. Bulovius me l'a affirmé, juste avant de mourir. Mais je ne sais toujours pas ce que c'est. Et je ne peux pas le prouver. Et je ne sais pas exactement quel rôle vous jouez dans cette affaire, ni même s'il est certain que vous y êtes impliquée.

— Vous en êtes persuadé, n'est-ce pas ? fit-elle avec un petit sourire. Eh bien ! je suppose qu'il vaut mieux que vous appreniez le reste de l'histoire. Prenez donc encore un peu de vin.

— Non, merci. »

Elle haussa les épaules, se mit à réfléchir, puis commença son récit.

« Je plains énormément les jeunes d'aujourd'hui, sincèrement. Leur vie est si étriquée comparée à celle que nous avons connue. Et tout se ressemble de plus en plus. Où que vous alliez, vous voyez les mêmes horribles *fast-foods*, qui viennent du Kansas, paraît-il, et qui n'auraient jamais dû être autorisés à en sortir. Quand j'étais jeune, les pays étrangers étaient encore étrangers, la vie était très bon marché et on trouvait aisément du travail, si par malheur on était obligé de travailler.

» Et la confiance régnait partout. Aujourd'hui, même à l'église vous avez de la chance si aucune caméra n'enregistre la moindre de vos génuflexions, au cas où… Je crois vraiment que j'ai eu le grand bonheur d'être jeune au moment où la civilisation a atteint son apogée. Après moi, le déluge ! comme on dit, mais quand je partirai, je ne regretterai pas les plaisirs dont la mort me privera. Certains, quand même, peut-être, ajouta-t-elle en glissant un regard en coin à Bottando.

» Quoi qu'il en soit, de la fin des années cinquante jusqu'à la fin des années soixante la vie était un délice. Sans doute, l'âge, aidé par la mémoire sélective, la fait-elle paraître plus agréable qu'elle ne l'était. À mon avis, ç'a été une courte période durant laquelle la richesse n'avait pas encore apporté la vulgarité, où la liberté ne s'était pas encore dégradée en nombrilisme, et durant laquelle le désir de nouveauté était empreint d'espoir au lieu d'être une quête obsessionnelle du changement. Libre comme l'air, j'étais bien décidée à jouir de la vie, à en profiter au maximum.

» C'est ce que j'ai fait. Comme vous le savez trop bien, j'ai embrassé une carrière pour laquelle j'étais admirablement douée et qui m'a assuré des revenus plus que confortables. J'étais par ailleurs parfaitement respectable. Je souhaitais par-dessus tout, je crois, avoir le genre de vie que tout le monde semblait mener. Un mari qui me protège, deux enfants, une jolie maison, de préférence avec les murs couverts de roses grimpantes. J'étais même disposée à prendre le café le matin avec les voisines… Mon enfance un peu bousculée avait sans doute contribué à me donner ce genre d'aspirations, que j'ai satisfaites dès que l'occasion s'est présentée – ou presque. J'ai rencontré Jack Verney et, tout en sachant pertinemment qu'il ne faisait en rien l'affaire, je l'ai épousé. C'était un brave homme. Et aussi la personne la plus ennuyeuse qui ait jamais foulé le sol terrestre. Je ne le calomnie pas. Il le reconnaissait lui-même, se vantant d'être capable d'endormir toute une table de convives en racontant au dîner une de ses interminables histoires de golf.

» Il voyageait beaucoup, heureusement, me fichant ainsi une paix royale. C'est durant l'un de ses voyages que j'ai saisi l'occasion de venir en Italie et d'acheter cette maison. Elle ne m'a coûté que cent cinquante livres, une bouchée de pain, même à l'époque. Je rêvais alors de venir y passer des vacances avec mon mari, et mes enfants quand j'en aurais. Le reste du temps, je m'employais à faire grossir mon petit magot suisse.

» À cette époque, je n'étais pas totalement opérationnelle, si vous voyez ce que je veux dire. J'avais volé un tableau dans ma jeunesse, dont je n'avais tiré aucun profit personnel, puis deux autres pour faire bouillir la marmite, mais j'avais tourné la page en me mariant. C'est alors qu'Ettore Finzi a parlé à un marchand d'une commande, et le marchand s'est mis en contact avec moi. Accepterais-je, en échange d'une généreuse somme, de voler une Immaculée Conception dans le manoir de Stonehouse ? Il avait, paraît-il, été jadis propriétaire de deux tableaux dont on l'avait dépossédé. Si je récupérais le premier, il me donnerait ensuite une autre grosse somme pour m'emparer du second.

— Où est le second ?

— Je n'en sais rien, répondit Mary en haussant les épaules. On n'est jamais passé au second. J'allais me trouver en Italie de toute façon, et, ayant bien réfléchi à la question, cela m'a paru un jeu d'enfant. À l'époque, les maisons étaient si faciles à cambrioler que c'en était presque gênant. J'ai donc accepté, et je me suis débrouillée pour me faire inviter à Buonaterra, prête à passer à l'action.

» Je dois préciser que je n'avais aucune idée de la nature du tableau. Et que je ne la connais toujours pas. Finzi était vieux, malade et terriblement méfiant. On m'a simplement décrit ce que je devais prendre. Je savais, bien sûr, que sa rivalité avec Stonehouse faisait rage depuis des temps immémoriaux, mais je n'avais pas besoin d'en savoir plus.

» Je suis donc arrivée au manoir, me suis installée, me suis rendue utile, tout en préparant mon coup. Puis cet imbécile de Bulovius a débarqué et a commencé à tout gâcher. Non seulement passe-t-il le plus clair de son temps à me pourchasser autour des rosiers, si bien que je n'avais quasiment pas un moment à moi pour me moucher, alors, ne parlons pas de voler un tableau…, mais voilà qu'il décide de se faire bien voir auprès de Finzi. Il s'était odieusement fourré dans les petits papiers du vieil homme, songeant sans doute déjà à l'héritage. Il a dû se dire qu'apporter à Finzi le tableau constituerait la preuve de sa fidélité et lui assurerait enfin sa place sur la liste des bénéficiaires. Je doute cependant que ce soit l'explication qu'il vous a fournie.

» Bref, j'avais tout préparé, et imaginé la façon dont je ferais sortir le tableau de la maison. Un coursier devait m'attendre au bout de l'allée pour m'en débarrasser afin que je n'aie pas à le garder entre les mains plus de quelques minutes. Un autre irait le récupérer à la consigne de la gare et lui ferait quitter le pays. Tout était fin près. Stonehouse m'avait invitée à dîner et cinq minutes m'auraient suffi pour quitter la table, gagner la chambre, passer dans le jardin, remettre le tableau et rentrer pour le dessert. Je suis donc allée dormir chez moi et suis revenue le lendemain pour découvrir que le tableau avait déjà disparu. La police était partout et Bulovius avait le teint verdâtre et la mauvaise mine du coupable bourrelé de remords. Son comportement était si ridicule qu'on avait du mal à ne pas lui conseiller de rendre le tableau pour se soulager. Les policiers ne m'inquiétaient guère. Apparemment, ils ne risquaient pas de me donner trop de fil à retordre. Le chef… Comment s'appelait-il déjà ?

— Tarento, dit Bottando, qui prenait la parole pour la première fois.

— Tarento, c'est ça. Quelle dégaine ! Le policier le plus stupide que j'aie jamais rencontré. Mais charmant

242

et sympathique, à sa façon, poursuivit-elle, démolissant au passage un pan de la reconstruction imaginaire d'Argyll. Et terriblement gentil envers Taddeo, ajouta-t-elle, en abattant un second.

» Voilà pourquoi je ne pensais pas que les difficultés viendraient de ce côté-là. Erreur ! Car, tandis que son supérieur menait son enquête sans pugnacité ni passion, Taddeo possédait ces deux qualités en abondance. Et bientôt, je l'ai vu surveiller Bulovius avec le vif intérêt que seuls des soupçons naissants peuvent engendrer. J'ai donc pris la peine de l'aborder afin de le jauger. Mauvais calcul ! Car je suis tout simplement tombée follement amoureuse de lui.

» Or je ne suis pas fleur bleue. Tout le contraire, en fait. Je m'étais toujours crue immunisée contre ce genre de sentiments. C'est la raison pour laquelle j'avais épousé mon mari, pensant qu'un peu d'affection suffisait amplement. Avoir le coup de foudre pour la personne la plus mal appropriée m'a laissée pantoise. Je me suis sentie on ne peut plus ridicule. Ce d'autant plus que Bottando ne semblait pas partager mes sentiments, même si, du point de vue professionnel, il s'intéressait un peu trop à ma personne. Il dardait sur moi un œil de lynx, et même si j'avais été capable de me comporter de façon cohérente, il m'aurait été très difficile d'agir. Il me vint à l'esprit que j'avais été fichée, qu'on m'avait déjà choisie comme la coupable présumée et que j'allais passer plusieurs années derrière les barreaux à cause d'un tableau que je n'avais justement pas volé. Ce que je n'envisageais pas le moins du monde, c'est que Bottando ressentait le même trouble que moi. Si j'avais tout à fait conscience de mes atouts, je ne me considérais pas non plus comme quelqu'un dont on peut tomber amoureux.

» Le moment le plus pénible a été quand je me suis rendue à Florence pour rencontrer le passeur et l'avertir que l'opération était reportée, si tant est que je parvienne à remettre la main sur le tableau. C'était une sottise. Ç'a été la seule et unique fois où j'ai traité directement avec ce genre d'individu. Heureusement que l'homme que j'avais choisi n'était pas très connu. Autrement, me voir sortir de son immeuble aurait suffi à rendre soupçonneux le policier le plus borné.

» Or Bottando n'était pas borné. Voilà pourquoi quand je l'ai vu qui me regardait depuis le trottoir d'en face j'ai failli être prise de panique. Au lieu d'en venir tout de suite au fait, il s'est juste avancé vers moi pour bavarder un peu, affirmant ne pas être de service, et m'a proposé de faire une petite balade. Ç'a été l'interrogatoire le plus étrange que j'aie jamais subi, sans doute parce que ce n'en était pas un. On a marché. Pendant très longtemps. On a visité des églises, des musées, des cours intérieures, des ruelles et des impasses. Je sais que vous faites la même chose avec Flavia. Il n'y a rien de plus agréable au monde que de partager avec quelqu'un le plaisir d'une petite découverte, un nouveau coin, un nouveau tableau. De ma vie je n'avais jamais autant apprécié la compagnie de quelqu'un. Je ne vais pas m'étendre là-dessus, si vous permettez. J'ajouterai seulement que nous sommes revenus ici, dans ma petite maison, et que nous avons passé un charmant week-end ensemble.

» Mais il faisait partie de la police... C'était là le hic. J'ai eu l'impression qu'il me mettait en garde. On connaît vos activités, semblait-il dire. Prenez garde !

» J'ai suivi ses conseils tacites. Je refusais de payer pour les sottises de quelqu'un d'autre. C'était une situation périlleuse, vous vous en doutez. D'un côté, je voulais ce tableau, mais, d'un autre, je courais de grands risques, et j'ai toujours détesté prendre des risques.

» J'ai donc pris mon mal en patience et me suis peu à peu rassurée. La police semblait se désintéresser de l'affaire. Les choses se sont calmées. À la façon dont Bulovius s'agitait chaque fois que quelqu'un s'asseyait sur le divan, j'avais déjà deviné où était caché le tableau. En pleine nuit, après avoir passé une heure dans le jardin à regarder tout le monde se coucher, je suis rentrée subrepticement dans la maison, j'ai glissé le tableau dans un petit sac et suis ressortie.

» Pour tomber dans les bras de Taddeo. Depuis plusieurs jours, il s'était posté là presque chaque soir. À l'affût. Comme c'était une belle nuit, illuminée par un magnifique clair de lune, j'ai aperçu sa mine vaguement amusée. J'avais le souffle coupé.

» "Félicitations ! a-t-il lancé. Vous l'avez retrouvé…"

» J'ai acquiescé, déclarant que je pouvais m'expliquer.

» "Pas la peine. Je sais ce qui s'est passé. Vous cherchiez une boucle d'oreille, vous avez regardé sous le divan, et l'avez découvert. Vous l'avez donc récupéré puis décidé de le rapporter vous-même au poste de police."

» L'explication me paraissant parfaite, j'ai hoché la tête.

» "Ce sera peut-être difficile de convaincre M. Stonehouse, a-t-il poursuivi. Il risque de vous demander de quel droit vous sortiez le tableau du manoir. Il peut se mettre en colère et vous soupçonner d'être en fait la voleuse."

» J'ai répondu que ce serait fort injuste de la part de M. Stonehouse de m'accuser d'un tel forfait.

» "Peut-être vaudrait-il mieux que vous renonciez aux remerciements et que nous ne révélions pas comment il a été récupéré. Qu'on prétende l'avoir juste retrouvé par hasard ?"

» J'ai accepté l'inévitable. Nous avons alors mis le tableau dans un sac pour le protéger, puis l'avons abandonné dans un fossé où, comme prévu, Bottando l'a ramassé le lendemain, avec moi pour témoin, avant de le rendre sous les applaudissements de tous. Ça m'a fait horriblement mal au cœur, et je suis repartie l'après-midi même pour l'Angleterre, évitant pendant quelque temps de revenir en Italie. Lorsque j'ai recommencé à travailler j'ai attendu une décennie complète avant d'accepter une mission en Italie.

» Pourtant, quand j'ai appris que la collection Stonehouse allait être vendue aux enchères, prise de nostalgie, j'ai consulté le catalogue. Voyant que le tableau y figurait je l'ai acheté et l'ai envoyé à Taddeo en souvenir du bon vieux temps, ainsi que la facture, afin qu'il ne soit pas inquiété. Lorsque nous nous sommes retrouvés j'ai été ravie de constater qu'il l'avait toujours. C'était très important pour moi.

» Quoi qu'il en soit, pendant plus de trente-cinq ans j'ai oublié Taddeo Bottando pour vivre ma vie. Tout s'est fort bien passé jusqu'à ce que Flavia commence à enquêter sur moi et que nous nous retrouvions. Je me suis alors aperçue que certaines choses ne s'effacent pas de notre mémoire. Et comme il m'a déclaré avoir conservé les mêmes sentiments pour moi, nous avons décidé que, vu notre âge, nous ne pouvions plus attendre. Puisque j'étais déjà à la retraite il a décidé de prendre la sienne dès que possible. Voilà pourquoi nous sommes ici. Et j'espère de tout mon cœur que nous allons y rester. »

Bottando n'interrompit pas ce long exposé. Dégustant son vin, il souriait de temps en temps, son regard benoît passant de l'un à l'autre. Le récit de Mary Verney enfin terminé, Argyll les fixa tous les deux d'un air morne. Ce n'étaient pas ses omissions qui l'ennuyaient, mais le fait qu'à l'évidence elle disait la vérité sur ce qui était, à certains égards, le cœur de l'affaire. Il reconnut parfaitement le sentiment exprimé par le regard de Bottando. C'était la façon dont lui-même regardait Flavia. Il les connaissait assez bien pour deviner que Bottando et Mary avait eu tous les deux une vie fondamentalement malheureuse, car, d'un naturel affectueux l'un et l'autre, ils n'avaient jamais eu personne à qui exprimer leur tendresse.

Ayant une seule fois goûté ce bonheur en marchant dans les rues de Florence, c'est avec l'énergie du désespoir qu'ils retenaient aujourd'hui à deux mains cette ultime chance. Allait-il la leur gâcher ? Était-ce à lui de leur faire tout perdre ?

« Savez-vous que Flavia vous a toujours énormément admirée ? demanda-t-il à Mary Verney en regardant vaguement vers le soleil qui commençait à décliner derrière les pins se dressant à mi-pente de la colline voisine. Du point de vue professionnel, s'entend.

— J'en suis très flattée.

— Hmm. Elle m'a affirmé une fois que, de tous les voleurs qu'elle ait jamais rencontrés, vous possédiez une qualité qui vous différenciait des autres.

— C'est-à-dire ?

— La discipline. Une autodiscipline rigoureuse. La plupart d'entre eux sont arrêtés parce qu'ils deviennent paresseux – c'est son jugement, pas le mien, vous comprenez ? Quand une méthode réussit, ils finissent par la suivre toujours. Vous étiez la seule à exécuter des variations infinies, sans parler du fait qu'aucune des œuvres, comme le général l'avait jadis remarqué, n'avait été photographiée ou, jusqu'à ces tout derniers temps, récupérée.

— Nous possédons tous notre griffe personnelle.

— Apparemment », conclut Argyll avec une certaine tristesse.

17

Flavia eut un accès de paranoïa en prenant conscience qu'elle avait dit presque tout ce qu'elle savait à quelqu'un qui était peut-être toujours en rapport avec les R G. À telle enseigne que, lorsqu'elle regagna sa voiture – remerciant le ciel de toujours garder la clé dans sa poche au lieu de la laisser dans l'appartement –, elle inspecta soigneusement l'extérieur et l'intérieur, souleva le capot, puis regarda sous le châssis et vers le réservoir d'essence. De pires horreurs étaient déjà arrivées.

Tout paraissait normal. Elle démarra sur les chapeaux de roues, suivit un chemin détourné, enfilant ruelle après ruelle, s'arrêtant fréquemment, exécutant des demi-tours interdits, empruntant des rues à contresens, dans le seul but de s'assurer qu'on ne s'intéressait pas de trop près à ses mouvements. Elle ne changea pas de conduite en débouchant sur l'autoroute, même si elle dut s'arrêter plusieurs fois à cause du soudain manque de coopération de sa vessie et parce que, pour la première fois de sa vie, elle se sentait nauséeuse en voiture.

Comme rien d'anormal n'apparaissait dans le rétroviseur et que personne ne semblait indûment se préoccuper d'elle, Flavia se rasséréna peu à peu. Il était trois heures quand elle fut de retour à Sienne, après un long trajet, allongé par ses fréquents arrêts. Elle se gara à La Lizza, quartier qui n'apparaît pas souvent sur les cartes postales, se demanda quelques instants si elle agissait à bon escient, puis entra dans l'école où travaillait Elena Fortini.

Elena était en train de donner un cours qui ne se terminerait que dans vingt minutes. Flavia s'assit sur un banc puis se leva et marcha de long en large, jeta un œil sur le panneau d'affichage couvert d'annonces de voyages, d'offres de logements et de ventes de voitures d'occasion, et finit par regarder par la vitre en se demandant pourquoi la pendule paraissait tourner au ralenti. Cette école ne ressemblait pas aux autres. Aucune sonnerie ne signalait la fin des cours et il n'y avait alors ni explosion de bruits ni flot d'élèves se déversant hors des salles de classe. Il s'agissait d'une institution sérieuse, surtout fréquentée par des étudiants mécontents de l'enseignement universitaire, par des hommes d'affaires désireux de progresser, ou par des gens cherchant du travail dans les hôtels de la ville où on leur demanderait d'être capables de renseigner les clients dans leur langue.

Comme son esprit voguait à mille lieues de là, Flavia s'aperçut à peine de l'ambiance morose et du peu d'animation de l'endroit. Elle ne revint sur terre que lorsque Elena Fortini lui donna une petite tape sur l'épaule.

« On m'a dit que j'avais une visite, commença-t-elle. Merci de ne pas avoir précisé votre identité.

— Peut-on aller dans un endroit tranquille ?

— D'accord. Il fait beau. Marchons un peu, si vous vous sentez en forme. »

C'était le cas. Mais, au bout de dix minutes, Flavia se sentit déjà extraordinairement lasse. Elles se rendirent alors dans un hôtel où elle était descendue une fois. Les deux femmes s'installèrent à l'ombre, dans le petit cloître, et commandèrent du café ainsi qu'une bouteille d'eau minérale. L'endroit était presque trop beau pour y évoquer des sujets graves. Elles restèrent donc silencieuses pendant un bon moment. Flavia était de plus en plus certaine que son intuition valait mieux que n'importe quelle preuve.

Il n'y avait cependant qu'une façon de le vérifier.

« J'ai fait des recherches sur vous, et sur Sabbatini. J'ai entendu des opinions opposées. Par exemple, on dit de vous que vous avez été violente et cruelle. On m'a aussi déclaré que Sabbatini ne concevait jamais lui-même ses mises en scène et que vous en étiez toujours l'inspiratrice et l'organisatrice, tirant les ficelles en coulisse. Je vous ai aussi prise en flagrant délit de mensonge… Vous m'avez assuré ne pas avoir vu Sabbatini depuis une dizaine d'années. C'est faux.

— Pouvez-vous le prouver ? demanda Elena en souriant.

— De manière assez convaincante, oui. Il a téléphoné à votre école au mois de février. Ses relevés téléphoniques l'indiquent.

— Comment pouvez-vous le savoir ? rétorqua Elena avec mépris.

— Vous voulez dire, comment puis-je le savoir, puisqu'il a appelé d'une cabine publique ? Eh bien ! parce qu'il a bêtement payé la communication avec sa carte de crédit.

— Ça ne prouve en rien que je lui ai parlé. Peut-être étais-je en train de donner un cours…

— On peut sans aucun doute le vérifier.

— … ou bien en train de boire un café dehors.

— Le coup de téléphone a duré treize minutes. Il ne faut pas tout ce temps pour signaler que vous n'êtes pas là.

— Alors j'avais oublié. Désolée, je ne m'en souvenais plus.

— Ettore Dossoni… » Flavia nota la soudaine réticence d'Elena Fortini.

« Oui ?

— C'est lui qui affirme que vous êtes extrêmement dangereuse et d'une cruauté inouïe.

— S'il dit vrai, vous prenez donc des risques en m'accusant.

— Aujourd'hui, il est journaliste et il m'a appelée juste après le vol pour me poser des questions. Il affirme que Sabbatini a essayé de le persuader de faire de la publicité pour toute l'affaire. Lui aussi ment.

— Très perspicace de votre part, fit-elle en souriant. Non, je suis sincère. Ce n'est pas tout à fait de l'ironie. Continuez, je vous prie.

— En tout cas, je suis à peu près certaine que quelqu'un lié au gouvernement lui a refilé le tuyau. Il vérifiait que je suivais les instructions et que je me montrais discrète. Il y a vingt ans, il travaillait pour la Sécurité, et ce doit toujours être plus ou moins le cas. Deux heures après notre rencontre, une voiture s'est placée devant mon immeuble, et ça me tracasse.

— Et vous avez raison, fit-elle, soudain grave.

— Pourquoi donc ?

— Continuez votre récit. Je vous expliquerai peut-être plus tard. Ça dépendra de ce que vous direz.

— D'après ce que je sais pour le moment, voici comment les événements se sont déroulés : Sabbatini vole le tableau lundi et projette d'accomplir quelque action d'éclat le vendredi suivant, pour célébrer l'anniversaire de la mort de sa sœur. Le mercredi arrive une demande de rançon. Deux jours plus tard, sur la voie Appienne, je remets – ou plutôt mon collègue remet – l'argent et récupère le tableau. Fin de l'histoire. Mais… »

Elena Fortini posa sur elle un regard interrogateur.

« … mais qui a rendu le tableau et pris l'argent ?

reprit Flavia. Il y a deux possibilités : ou Dossoni, ou vous. »

Elle scruta le visage d'Elena pour voir comment était reçue cette hypothèse. Pas très bien. Elena but une gorgée d'eau et secoua la tête.

« Vous vous trompez. En tout cas, en ce qui me concerne. Je ne peux pas répondre de Dossoni, bien sûr. Lors de la soirée en question, je faisais un long cours de révisions qui a duré jusqu'après dix heures. Les étudiants devaient passer un examen important le lundi et avaient besoin de beaucoup d'aide. Vingt personnes pourront témoigner que j'étais là. Et si vous pensez que je peux aller en moins de deux heures d'une salle de classe à Sienne jusqu'à la voie Appienne à Rome, vous surestimez mon vieux tacot.

— Je suis ouverte à toute suggestion.

— Et que feriez-vous si je vous disais quelque chose d'intéressant ?

— Je n'en sais rien. Ma première intention était de boucler l'affaire et de faire en sorte que personne ne perde la face. En bonne fonctionnaire… On n'en est plus tout à fait là. Je croyais m'occuper d'un vol de tableau. Désormais le tableau ne semble jouer qu'un rôle secondaire dans cette histoire, bien que je n'en connaisse pas tous les tenants et les aboutissants. Mais Sabbatini est mort, sa sœur a été assassinée, une grosse somme d'argent a disparu. Et personne ne veut que j'enquête là-dessus. J'aimerais savoir pourquoi et qu'ensuite on me fiche la paix.

— Si c'est le cas, alors je ne vous dirai rien. Je ne vais pas sortir à découvert uniquement pour que vous vous sentiez mieux. Je ne cherche pas à dramatiser, mais c'est trop dangereux. »

Flavia la regarda d'un air grave.

« Écoutez : je pourrais vous arrêter pour complicité. Je ne le ferai pas. Je ne vous menacerai même pas de le faire. Vous pouvez vous taire, boire votre café et repartir. Il n'y aura aucune conséquence pour vous, aucun rapport, absolument rien. Si vous me dites ce que vous savez et si je peux faire quelque chose, je le ferai. Mais, en toute franchise, j'en doute. »

Elena se balança d'avant en arrière et réfléchit.

« Moi aussi. » Elle se tut et prit une profonde inspiration. « L'auteur du kidnapping de Maria di Lanna, c'était moi. Ce fait se trouve-t-il dans vos dossiers ?

— Non.

— Bien. Quand Maurizio a été arrêté, je me suis fait du souci. Le courage n'étant pas son point fort, je savais qu'il avouerait n'importe quoi pour se tirer d'affaire. Il fallait trouver un moyen pour bien lui faire comprendre qu'il avait intérêt à se taire. Le kidnapping de Maria, voilà un message clair. »

Flavia s'abstint de lui répondre que loger une balle dans la tête de Maria, voilà aussi, sans doute, un message clair.

« On l'a donc kidnappée et séquestrée. Étrangement, c'était une femme sympathique. Affreusement gâtée, bien sûr, mais pas geignarde. Je l'aimais bien.

Elle était bouleversée et effrayée, mais elle s'est calmée quand on lui a expliqué que ça ne durerait qu'une semaine. C'était la vérité, d'ailleurs. On avait l'intention de la retenir seulement assez longtemps pour que Maurizio l'apprenne et saisisse le message.

» La veille de sa libération, la police a débarqué. Ou des militaires... Peu importe. J'étais sortie. Maria avait demandé des cornflakes, alors je suis allée en acheter. Je lui ai aussi acheté un petit gâteau. Et une bougie. On allait faire une petite soirée d'adieux. Le croirez-vous ? fit-elle en secouant la tête, j'avais même acheté des chapeaux de carnaval.

» Il n'y a pas eu de soirée. Les voitures sont arrivées au moment où je sortais de la boutique. J'ai assisté à la scène de loin. J'ai vu les soldats pénétrer dans les lieux, entendu les tirs contre mes camarades. Une série de rafales... Ils n'ont même pas eu le temps de répliquer. La surprise a été trop grande. En quelques secondes, les cinq personnes se trouvant à l'intérieur ont toutes été tuées. » Elle se tut un instant. « Vous n'avez pas l'air très émue.

— Je devrais l'être ?

— Non... Mais je veux insister sur le fait qu'ils n'ont pas du tout essayé de procéder à des arrestations. Ils tiraient pour tuer, sans sommation. On s'y attendait, en un sens, mais on a quand même été stupéfaits. C'était il y a longtemps, ça n'a plus d'importance. Ce qui compte, c'est qu'après la fin de la fusillade j'ai vu Maria. Indemne. Ils l'ont fait sortir de la maison à toute vitesse et ils l'ont poussée dans une voiture en stationnement.

— Elle était vivante ? Elle a été délivrée ? En êtes-vous certaine ?

— Vivante et indemne. Croyez-moi, je ne pourrai jamais l'oublier. Pendant qu'on l'entraînait vers la voiture elle a regardé de l'autre côté de la rue et m'a vue en train d'agripper les cornflakes. J'ai pensé : bon sang, elle va me désigner ! Je me suis préparée à m'enfuir, mais savez-vous ce qu'elle a fait ? Elle m'a lancé un clin d'œil ! Oui, un clin d'œil... Puis elle a tourné la tête, s'est laissé pousser dans la voiture, qui a démarré sur-le-champ. »

Au souvenir du pâle sourire de Maria, elle se tut avant de secouer la tête et de tambouriner avec ses doigts sur le dessus de marbre de la table. Des doigts courts et épais, remarqua Flavia. Comme si Elena exerçait un métier manuel.

« Le lendemain matin, cela faisait la une de tous les journaux. HÉRITIÈRE TUÉE DANS UN ACCIDENT DE VOITURE. On disait qu'elle avait été assassinée par des terroristes. Je n'ai jamais su comment on nous avait découverts, mais, en un sens, j'ai eu de la chance que tous les autres aient été tués. Rien ne m'impliquait dans ce kidnapping. Je me suis terrée pendant deux ans avant d'être arrêtée et de faire la paix, à ma manière, avec le pouvoir. Tout était terminé. Personne ne pouvait plus rien y faire.

» Je croyais m'en être tirée. J'avais le privilège d'être

258

vivante et de ne plus du tout être liée à cela. Quand le juge Balesto m'a appris qu'il menait une enquête sur cette affaire et qu'il voulait m'interroger, j'ai été terrifiée. J'ai pensé : Seigneur ! ma bonne étoile m'a laissée tomber. Si je ne m'étais pas trouvée en prison j'aurais décampé.

» Bien sûr, c'était Maurizio qui lui avait donné mon nom. Il se doutait que j'avais été impliquée, mais n'avait aucune preuve. Personne ne pouvait grand-chose contre moi. Le juge ne s'en est pas caché. Je ne l'intéressais pas le moins du monde. Il m'a d'ailleurs offert l'immunité concernant tout fait pouvant être révélé à l'avenir en échange d'aveux complets. J'ai accepté le marché.

— Vous lui avez fait confiance ? Puis-je vous demander pourquoi ? Ça ne cadre guère avec tout ce que je sais de vous, en tout cas avec ce que vous étiez alors.

— Vous avez raison. En théorie, je n'étais pas certaine qu'il tiendrait parole. C'est à cause de quelque chose d'encore plus honteux et infantile. » Elle se tut et sourit d'un air serein. « Je me sentais coupable. J'avais bien aimé Maria. Je voulais faire un geste pour elle. Même si je n'étais pas disposée à prendre de gros risques et même si je pensais que ça ne servirait à rien… À l'époque, j'attendais mon premier enfant. Ç'a sans doute été la principale raison. Peut-être comprendrez-vous cela vous-même. »

Flavia fit la moue.

« En un sens, la rencontre avec Balesto a un peu changé ma vie. C'était un homme bien. Il avait l'âme courageuse. Si vous voyez ce que je veux dire…

— Il me semble.

— Contrairement à moi, il croyait en la justice et était décidé à agir en accord avec ses principes, même si cela paraissait idiot. Il risquait gros. C'est pourquoi on lui a réglé son compte. Il lui fallait du courage pour venir me voir. Plusieurs juges avaient déjà été assassinés et il savait, je pense, qu'en agissant ainsi il ne se ferait pas d'amis dans les hautes sphères. Il n'avait pas du tout l'allure d'un héros. Il était petit et gros, mais il se respectait et poursuivait son but avec lucidité. C'était un honnête homme. Je n'en avais jamais rencontré auparavant. Et vous, vous en connaissez ?

— Un seul. Peut-être, fit Flavia en hochant la tête. J'étais sa collaboratrice. Mais, comme vous dites, ça ne court pas les rues.

— Je lui ai tout raconté. Il m'a alors appris qu'il était déjà au courant de presque tout.

— Comment ?

— Il ne me l'a pas dit. Juste que c'était dans son dossier, qui était presque bouclé. Environ une semaine plus tard, il a été arrêté, destitué, et on a confisqué ses documents.

— Il vous est donc impossible de prouver vos dires.

— En effet. Après la mort de Balesto, Maurizio a reçu un paquet de lui dans lequel se trouvait une lettre, le tout posté par l'avocat du magistrat. La lettre indiquait qu'il n'avait rien osé faire depuis son arrestation de peur qu'il arrive malheur à sa famille. Il avait reçu des menaces explicites qu'il prenait au sérieux. Tous ses documents avaient été saisis lors de son arrestation, mais il avait pris la précaution de cacher une photocopie du dossier et la preuve dont il aurait besoin.

— De quelle preuve s'agit-il ?

— Je n'en sais rien. À la fin de sa lettre, il expliquait qu'il n'osait pas s'en servir lui-même, mais que, sachant qu'il était sur le point de mourir, il n'avait plus rien à perdre. Si Maurizio voulait le dossier, il pouvait le garder.

— Que contenait-il ?

— Je ne l'ai pas consulté. Je n'ai vu que la lettre. Maurizio est venu me la montrer.

— Pourquoi donc ?

— Pour me préparer. Il m'a annoncé qu'il allait enfin assouvir sa vengeance et qu'il voulait me faire passer un certain nombre de nuits blanches.

— Tout ça rien que pour vous punir ? demanda Flavia, incrédule.

— Pour punir tout le monde. Je n'étais qu'un élément infime. Quoi qu'il en soit, il a ensuite disparu. J'ai essayé de le contacter, mais il n'a jamais répondu au téléphone ni rappelé. Il s'est terré, puis j'ai appris sa mort. Je ne sais même pas s'il a réussi à se procurer la preuve.

— Elle n'était pas avec le dossier de l'avocat ?

— Non. Balesto avait indiqué qu'elle se trouvait entre les mains d'un certain Bottando, la seule personne au monde selon lui à qui il pouvait la remettre en toute confiance. Que se passe-t-il ? Vous le connaissez ? »

Flavia hocha la tête. Rien ne pouvait plus la surprendre, désormais.

« C'est mon patron. Ou plutôt il l'était. Continuez. Que voulez-vous dire par "un élément infime" ? »

Elena fit une moue de mépris.

« Vous ne comprenez pas ? Vous ne voyez pas de quoi il s'agit ?

— Apparemment pas.

— Vous ne comprenez pas que c'est Antonio Sabauda, le Premier ministre actuel, qui avait fait assassiner Maria ? Que Maurizio allait faire tomber le gouvernement ? »

Le souffle coupé, Flavia la fixa du regard. Elle n'avait pas du tout deviné que c'était là que voulait en venir Elena.

« Mais vous n'en savez rien, protesta-t-elle. Vous n'avez pas vu le dossier. » Flavia était disposée à croire pas mal de choses au sujet des hommes politiques, mais quand même pas...

« Allons, allons ! s'écria Elena d'un ton furieux. La réussite de Sabauda tient à sa lutte sans pitié contre les terroristes et à sa gestion du kidnapping di Lanna. Après avoir déploré la faiblesse des lois et reproché au Parlement ne pas lui accorder des pouvoirs plus étendus, il a obtenu tout ce qu'il voulait. En remerciement de ses efforts, il a reçu le soutien de la famille di Lanna, ce qui lui a permis de surmonter toutes les crises des deux décennies suivantes. À l'époque, il était également responsable des services de sécurité. La mort de Maria et le calme et la poigne avec lesquels Sabauda a traité l'affaire ont aidé sa carrière. Il attendait un événement semblable et comme ça tardait trop… il l'a provoqué. Elle a été embarquée par les services de sécurité, nom d'un chien, et le lendemain on l'a retrouvée morte ! Qui l'a tuée, à votre avis ?

— C'est ce que croyait Maurizio ?

— Oh oui ! Et moi aussi. Quand je suis sortie de prison après la destitution de Balesto, j'ai reçu la visite de la Sécurité. On m'a dit qu'on avait lu son rapport et qu'on connaissait parfaitement mon rôle dans l'affaire di Lanna. Que je devais m'estimer heureuse d'être en vie, mais que ça pourrait changer si je ne tenais pas ma langue.

— Alors pourquoi ne vous a-t-on pas éliminée si tout le monde est aussi impitoyable et sanguinaire que vous l'affirmez ?

— Parce que mon témoignage peut se révéler un jour utile, répliqua-t-elle en haussant les épaules. Sabauda était au mieux avec les services de sécurité, mais qu'adviendrait-il si les temps changeaient ? Et s'ils voulaient le faire tomber ? Je serais alors d'une aide précieuse.

— Vous n'avez jamais pensé à quitter le pays ?

— Bien sûr. Mais à quoi cela aurait servi ? On m'aurait retrouvée… Cette fois-ci, c'est sûr, je m'en vais. Ce dossier est quelque part et, de toute évidence, la Sécurité le sait. Il est temps de plier bagage. »

Flavia secoua la tête.

« Et ce tableau volé par Maurizio ? De quoi s'agissait-il, en fait ?

— Si ce Bottando est votre patron, il me semble que c'est assez évident. Maurizio voulait trouver une monnaie d'échange à la fameuse preuve. Quelque chose pour forcer Bottando à la lui remettre. Il aurait sans doute menacé de brûler le tableau. À lui seul le dossier n'était pas suffisant, même s'il était accablant. »

Flavia secoua de nouveau la tête.

« Non, fit-elle. Ça n'a pas de sens. S'il allait troquer le tableau contre la preuve, à quoi devait servir le grand coup prévu pour le vendredi ?

— Je ne peux vous être d'aucune utilité là-dessus, répondit Elena. Je n'ai pas réussi à le joindre, je le répète. Je ne fais que deviner. Vous devez vous débrouiller toute seule à partir de maintenant. Et moi aussi. Ne cherchez pas à me retrouver. Vous n'y parviendriez pas. »

18

Si Argyll détestait trop les téléphones portables pour en acquérir un lui-même, il n'hésitait cependant pas à appeler les gens sur le leur. Avant de laisser les deux tourtereaux dans leur retraite champêtre et de retourner au village, il se servit de l'appareil de Mary Verney pour joindre Flavia. Entourée, elle aussi, de buveurs, elle était plongée dans une rêverie, autant que sa nouvelle sobriété le lui permettait.

N'étant pas au courant de sa crise de paranoïa, il s'irrita de sa réticence à révéler le lieu où elle se trouvait. Quand elle lui donna rendez-vous dans « l'endroit des truffes », il comprit soudain qu'elle faisait allusion à un petit restaurant à mi-chemin entre Florence et Sienne où, deux ans plus tôt, ils avaient passé quelques heures de pur bonheur. Il ne saisit pas très bien pourquoi elle ne l'avait pas dit directement, ni pourquoi elle n'avait pas choisi un lieu plus proche, mais, habitué à ses petites manies, il s'y rendit le plus vite possible. Elle avait d'importantes nouvelles à lui communiquer, annonça-t-elle. Lui aussi. Chacun doutait que les nouvelles de l'autre puissent être aussi importantes que les siennes propres.

Finalement, une fois qu'ils se furent retrouvés et que, cédant à leurs instances, on leur eut accordé une table, après une heure de discussion, même si le restaurant ne servait plus, Argyll comprit que Flavia avait une longueur d'avance. Qu'elle était enceinte, surveillée par la Sécurité du territoire et sur la piste d'indices prouvant que le Premier ministre italien était un assassin. Voilà, en effet, concéda-t-il, des nouvelles plus surprenantes que la retraite toscane de Mary Verney et Bottando, d'autant plus qu'il omit de mentionner certaines de ses extrapolations fantaisistes.

« Quand Bottando était à Florence, dans les années soixante, un juge l'a remarqué, le trouvant très doué. Il a écrit pour lui des lettres de recommandation. Elles se trouvaient dans le rapport de police de Buonaterra dont je t'ai parlé. Ça l'a sans doute aidé dans sa carrière. Bottando lui doit beaucoup. Et si on allait l'interroger à ce sujet ?

— Pourquoi pas… » Elle regarda par la fenêtre et sourit. « Si ces gens voulaient bien me fiche la paix, j'oublierais allégrement toute cette histoire. Au diable, les Premiers ministres, les meurtres anciens, les tableaux du Lorrain, volés ou non ! Sais-tu ce que j'ai envie de faire en ce moment ?

— Non.

266

— Repeindre l'appartement. J'y ai pensé toute la journée.

— Quoi ?

— C'est bizarre, n'est-ce pas ?

— Tu ne vois pas pour l'instant des questions plus prioritaires ? Par exemple, comment réintégrer l'appartement en toute sécurité ?

— Peut-être… Mais voilà des années que je travaille sans prendre de vraies vacances et je n'ai qu'une envie : m'occuper de mes plantes. Ou faire les courses. Et au lieu de ça, je suis en train d'essayer de déjouer un complot qui vise à me destituer.

— Alors pourquoi se casser la tête ? Pourquoi ne pas rendre ton tablier ?

— Tu parles sérieusement ?

— Évidemment.

— Qu'est-ce que je ferais ? Élever mon enfant, d'accord. Mais je ne voudrais pas consacrer ma vie à ça. De plus, même généreuses, les indemnités de licenciement ne durent pas éternellement. Et que se passera-t-il ensuite ? »

Argyll sembla réfléchir. La perspective de voir Flavia utiliser sa grande intelligence et son énergie à déterminer quelles étaient les couches les plus absorbantes le rebutait un peu.

« On pourrait monter une affaire ensemble. De recherche de tableaux, tu sais. Spécialisée dans la recherche de ces objets dont tu n'as jamais entendu parler parce que les propriétaires évitent la police. On pourrait engager Bottando comme consultant.

— Ainsi que Mary Verney ? demanda-t-elle, un rien ironique.

— Tu dois admettre qu'elle constituerait un atout. On se ferait payer une fortune pour assurer à nos clients un service discret et efficace.

— Dans la mesure où l'on trouverait des clients et qu'on pourrait fournir le service.

— Ce serait si difficile que ça ?

— Oui. Il ne suffit pas, vois-tu, de courir partout en posant des questions, puis de faire surgir les tableaux d'un chapeau. Sans accès aux fiches, aux dossiers d'enquête, sans l'aide des collègues, on n'aboutirait à rien.

— En l'occurrence, cette panoplie n'a eu aucun résultat.

— Le cas présent est exceptionnel. Et ne crois pas que moi ou Bottando pourrions longtemps recourir à nos relations pour obtenir des renseignements officiels. Une fois qu'on a quitté le service, c'est fini. Nous ne recueillerions que des miettes.

— Ce n'était qu'une suggestion. J'ai brièvement pensé à déménager, tu vois.

— Que veux-tu dire ? Pourquoi est-ce qu'on déménagerait ?

— Les bébés... Les couches... As-tu la moindre idée de l'espace que requièrent ces créatures ? Notre appartement est à peine assez grand pour nous deux...

Alors, inutile d'essayer d'y entasser des quantités de jouets en plastique et autres babioles bariolées.

— On n'a pas les moyens d'en louer un plus grand.

— Si on reste à Rome, en effet.

— Tu n'as pas envie de quitter Rome. Si ? Tu y penses sérieusement ? » Elle n'aurait pas été plus étonnée s'il avait proposé de s'engager dans l'armée.

Il la regarda avec tristesse.

« Je ne sais pas, fit-il d'un ton lugubre. Je suis simplement énervé, j'imagine.

— On y va ? » Voilà assez longtemps qu'il avait l'air songeur.

« Où veux-tu aller ?

— Parler à Bottando de tout ça.

— Hein ? Ah oui ! D'accord.

— Tu n'as toujours pas réagi aux nouvelles me concernant.

— En effet. Je suis toujours en état de choc.

— Tu es content ? Ou pas ?

— Je suis content », répondit-il d'abord avec réserve. Puis, oubliant toute pudeur, il s'écria : « Ravi. Absolument aux anges ! Je suis fou de joie…

— D'accord, d'accord ! » l'interrompit-elle avec force. Ces épanchements inhabituels la mettaient mal à l'aise. « Reprends-toi ! Je voulais juste m'en assurer. Bon, allons-y ! »

Ils reprirent la route. Le voyage se déroula sans encombre. Flavia somnolait et Argyll soupesait les conséquences de ce que Flavia appelait « les nouvelles la concernant ». Il allait sans doute tôt ou tard prendre la mesure de la situation, mais il n'était pas encore tout à fait remis de sa surprise.

Des gens sensés seraient sans doute allés se coucher dès leur retour, attendant le lendemain matin pour se mettre à l'ouvrage. Or, seule Flavia se sentait fatiguée, et elle était décidée à veiller le plus longtemps possible. Mary Verney alluma donc les lampes de la terrasse, sortit des bouteilles d'eau pour Flavia et la *grappa* pour les autres. Ils s'assirent dans l'air nocturne et bavardèrent tranquillement.

Flavia commença par annoncer « la nouvelle la concernant » puis elle raconta ses tribulations et ses mésaventures.

Tout se passa alors de façon fort simple. Bottando salua la fin du récit par un sourire.

« Bien joué ! s'écria-t-il. J'aurais dû me douter que vous devineriez tout. J'ai été vraiment idiot de ne pas vous mettre tout de suite dans la confidence.

— Pourquoi, en effet ? Je trouve ça un peu blessant.

— Je ne vous ai rien dit pour la même raison que la plupart des gens soumis à un chantage. Sabbatini avait menacé de brûler le tableau si l'affaire ne restait pas secrète. J'ai lu son dossier et en ai conclu qu'il était assez cinglé pour mettre sa menace à exécution. J'ai donc décidé de ne courir aucun risque tant que je n'aurais pas récupéré le tableau.

— Et alors ? Que s'est-il passé ?

— Une dizaine de minutes après que vous m'avez mis au courant de votre entrevue avec le Premier ministre j'ai reçu un coup de fil de Sabbatini. En échange du tableau il réclamait le bout de papier que le juge Balesto m'avait confié. Ni marché, ni négociations, ni concessions. Un simple troc. Autrement... Je n'en revenais pas. En près de vingt ans, je n'avais pas une seule fois songé à ce document. Après tout, l'enquête de Balesto était plus ou moins officieuse. Il ne m'avait jamais précisé qu'il travaillait sur le dossier di Lanna. Je savais simplement qu'il m'avait prié de garder un pli pour lui. C'était un vieil ami qui m'avait aidé au début de ma carrière, et nous étions restés en contact. J'allais le voir chaque fois que j'étais à Florence et il me rendait visite quand il venait à Rome. On se voyait environ une fois par an, parfois même moins.

» Quand il m'a remis l'enveloppe, il ne m'a pas révélé ce qu'elle contenait et je ne lui ai pas posé de question. Je l'ai rangée dans une chemise et je l'ai oubliée. C'est la pure vérité, même si ça peut sembler bizarre. J'avais juste envie de rendre un service à mon ami sans barguigner, ni me montrer indiscret. Ç'aurait pu être n'importe quoi. Pourquoi pas une copie de son testament ?

» Je ne l'ai plus jamais revu, malgré diverses

tentatives de ma part. Quand on l'a destitué, je lui ai envoyé une lettre de soutien, l'assurant que je ne croyais pas un mot des reproches qu'on lui adressait : aucune réponse. Je me suis même rendu chez lui une fois, mais on m'a éconduit. Il est devenu avocat et a passé le reste de sa vie à défendre les petits délinquants et les fous du volant. Il n'a plus vu personne, a laissé tomber tous ses amis, y compris moi. Cela m'a beaucoup peiné mais j'ai fini par me faire une raison. S'il ne souhaitait pas me voir, c'était son droit.

— La lettre qu'il a envoyée à Sabbatini laissait entendre que sa famille faisait l'objet de menaces.

— Vraiment ? Peut-être n'a-t-il pas voulu prendre le risque d'être vu en ma compagnie. Donc, j'ai complètement oublié cette enveloppe et je ne m'en serais jamais souvenu si cet idiot de Sabbatini ne s'était pas mis à proférer ses menaces. Vu les circonstances, je ne pouvais que céder à son chantage. J'ai alors décacheté l'enveloppe, bien sûr, mais le contenu ne signifiait rien pour moi. Il s'agissait d'un relevé de compte bancaire.

— À quel nom ?

— Aucune idée. Un compte anonyme dans une banque belge. Le relevé indiquait des versements effectués sur un compte à Milan. Des chiffres, aucun nom. Pas mal d'argent, surtout pour 1981. Cinq paiements de vingt-cinq mille dollars, entre juin et septembre. Je le répète, ça n'avait aucun sens pour moi et je ne savais pas pourquoi Sabbatini le réclamait.

Mais si c'était le prix à payer pour récupérer le Lorrain, eh bien, d'accord ! J'en ai fait une photocopie avant de me rendre sur le lieu du rendez-vous, un chemin de campagne, à une trentaine de kilomètres au sud de Rome. Je devais me garer sur le bas-côté et attendre son arrivée devant la voiture.

» Il a voulu, bien sûr, jouer au plus malin. Il est arrivé dans une fourgonnette blanche, s'est arrêté, a ouvert la porte pour me laisser voir le tableau. Je lui ai montré le relevé bancaire et son air de triomphe indiquait que c'était exactement ce qu'il souhaitait. Quand je lui ai demandé de quoi il retournait, il a pointé une arme sur moi et m'a annoncé que je l'apprendrais le vendredi suivant. Puis il est reparti avec l'enveloppe et le tableau. En plus des clés de ma voiture. »

Flavia hocha la tête.

« Bravo ! Même si c'était un peu gênant pour vous... Mais...

— J'étais agacé, comme vous pouvez l'imaginer, poursuivit Bottando avec gravité. Entre autres, parce que je risquais d'avoir à vous avouer ma stupidité. C'est pourquoi j'ai d'abord voulu voir si je pouvais rattraper ma bourde. Je ne m'attendais pas à le trouver dans son appartement ou dans son atelier, bien sûr, mais l'application d'une procédure rigoureuse et l'absence d'autres pistes m'obligeaient à commencer par là. Quand je suis arrivé devant son immeuble, j'ai vu de la lumière chez lui. J'ai donc attendu dehors pendant près de quatre heures. Finalement, ce n'est pas Sabbatini qui est sorti de l'immeuble, mais un petit homme bedonnant qui portait un paquet sous le bras. Il est entré dans une Alfa Romeo noire qui a tout de suite démarré. Sombres manœuvres de l'État, me suis-je dit. J'ai donc pensé que les choses avaient sans doute été reprises en main. Un peu rassuré, je me suis rendu à son atelier.

» Il ne s'y trouvait pas non plus. Je savais qu'il était censé figurer dans une exposition, c'est pourquoi, en dernier ressort, je suis allé à la galerie où il se produisait. La porte de derrière était ouverte et je l'ai découvert dans le baquet de plâtre encore liquide. Raide mort. Or, si on y pense, il était peu probable que quelqu'un venant de réussir un pareil coup s'amuse à ce genre d'idiotie soi-disant artistique. J'en ai déduit qu'il y avait un lien entre la présence de l'homme dans l'appartement et celle de l'artiste dans le baquet. Que Sabbatini avait été plongé dans le liquide et qu'on lui avait maintenu la tête dedans jusqu'à ce que mort s'ensuive.

» J'en ai discuté avec Mary – je vous en aurais bien parlé à ce moment-là, chère Flavia, mais je pensais qu'il valait mieux que vous en sachiez le moins possible – et on a décidé qu'il était préférable de ne pas s'en mêler du tout. Je ne plaisantais pas quand j'affirmais que je ne voulais rien faire qui risque de mettre ma retraite en péril, et ça, je savais que c'était une sale affaire. Puis est survenue toute l'histoire de la demande de rançon.

Je n'y ai rien compris – je ne comprends toujours pas d'ailleurs –, mais voilà au moins quelque chose de clair et net. Tout ce qui m'importait, c'était que vous ne soyez pas là durant l'échange. L'opération étant potentiellement dangereuse, je vous ai forcée à rester dans la voiture. Si quelqu'un devait être tué à cause de ma stupidité, il valait mieux que ce soit moi. La suite s'est déroulée comme vous pouvez l'imaginer, à part le fait que la personne qui a pris l'argent ne ressemblait guère à Sabbatini. Mais ne me demandez pas à quoi elle ressemblait, car je ne l'ai pas très bien vue. »

Flavia rumina tous ces nouveaux éléments. Elle avait surtout envie de fumer une cigarette et de boire un whisky.

« Vous avez connu de plus belles réussites », fit-elle sèchement après un certain temps. Bottando prit un air penaud.

« Elena Fortini pense que Maria di Lanna a été assassinée sur l'ordre de Sabauda, poursuivit Flavia, et que Maurizio voulait la peau du député.

— Et qu'il avait l'intention de rendre l'affaire publique en brûlant le tableau ? hasarda Bottando. C'est possible. À mon avis, il avait raison de penser que pour empêcher que le scandale soit étouffé il lui fallait accomplir un acte tout à fait spectaculaire. Ç'aurait été inutile de se contenter de s'adresser aux journaux, lesquels se seraient bien gardés d'en parler.

— Cela n'explique toujours pas pourquoi il a choisi ce tableau en particulier, bougonna Flavia.

— Quelle importance ?

— Ce n'est qu'un détail, certes, mais il s'est donné beaucoup de peine, et s'il voulait seulement attirer l'attention il y avait des façons plus simples de s'y prendre.

— Je croyais que tu pensais à une sorte de rébus à déchiffrer, dit Argyll.

— Sûrement pas. Je ne vois pas le moindre rapport. L'histoire racontée par le tableau a un dénouement heureux.

— Non, c'est faux.

— Si, c'est vrai. Macchioli me l'a racontée.

— Il t'a donné la version Renaissance, version épurée dans laquelle tout est bien qui finit bien. J'ai vérifié. Dans la version originale, la malheureuse Procris se fait transpercer par la flèche magique de Céphale, un point c'est tout. Il n'y pas de déesse pour la ressusciter.

— Et alors ?

— Et alors, rien. Je voulais juste montrer que j'étais un excellent chercheur. Tu as toujours affirmé que Sabbatini n'était pas très malin. »

Bottando se serait irrité du tour que prenait la conversation si la douce chaleur nocturne et la lumière tamisée de la terrasse ne les avaient pas tous étonnamment apaisés. Quatre personnes se connaissant très bien, passant une agréable soirée ensemble, bavardant à voix basse, comme on le fait lorsque le jour décline, qu'il ne reste plus que des rais de lumière bleu-rose et que les seuls bruits sont les chants des cigales dans les bois.

« Quant au rôle de Sabauda, mystère. Il est de notoriété publique que les services de sécurité sont tout aussi violents que les terroristes. De là à déclarer qu'ils ont agi sur ordre, il y a un grand pas à franchir… Et je ne vois pas le rôle que joue ce relevé bancaire. Peut-être le rapport l'expliquait-il… Mais comme on ne l'a pas et qu'on ne possède qu'une photocopie du relevé… »

Bottando se tut, intrigué par un bruit qui semblait s'intensifier. De forts cahots et des crissements métalliques suggéraient qu'une voiture roulait maladroitement sur le sentier pierreux et raboteux menant à la maison. Il regarda Mary qui haussa les épaules. Ils n'attendaient personne.

Quelques instants plus tard apparut une vieille Fiat rouge poussive et pétaradante qui s'arrêta devant la maison. Le conducteur coupa le moteur fatigué, ce qui rendit le silence d'autant plus remarquable, puis sortit du véhicule et claqua la portière d'un geste énervé.

« Tiens, c'est Dossoni ! » s'exclama Flavia en scrutant la silhouette vaguement éclairée par les lumières de la terrasse. Grâce à la douceur de l'air nocturne, se dit-elle plus tard, elle ne ressentit qu'un léger agacement à cause de ce visiteur inattendu, qui gâchait l'ambiance. Cet importun. Ce fâcheux se mêlant à leur conversation.

« Qui est-ce donc ?

— Le journaliste-mouchard », précisa-t-elle, tandis que Dossoni, suant et soufflant, faisait, dans la pâle lumière, le tour de son véhicule pour examiner l'aile qu'il avait défoncée en cognant contre une grosse pierre. Ses mouvements indiquaient qu'il était très en colère. « J'ignore laquelle de ses deux activités est la pire. »

Il flanqua un coup de pied dans la carrosserie, puis se dirigea vers la maison d'un pas décidé.

« Vous devriez faire remettre en état votre allée, leur lança-t-il d'un ton furieux, à une trentaine de mètres de la terrasse.

— C'est un sentier de campagne et non l'allée d'une villa, expliqua Mary Verney avec calme. Où vous croyez-vous ? À Milan ?

— Bon. En tout cas, elle marche toujours, bougonna Dossoni.

— Bonsoir, dit Flavia. Que faites-vous ici ? Comment nous avez-vous trouvés ?

— Oh, ç'a été assez facile. On a mis votre mobile sur écoute. On a intercepté le coup de téléphone que vous a passé votre mari. Grâce à un minuscule appareil. De nos jours, on peut les acheter dans le commerce. Étonnants petits gadgets…

— Je vois… Mais que voulez-vous ?

— Eh bien, deux choses. D'abord, sauriez-vous par hasard où se trouve Elena Fortini ?

— Je croyais que vous ne vouliez plus la voir,

répliqua Flavia, tout en notant que le front constamment moite de Dossoni luisait dans la lumière et lui donnait vaguement l'air d'un extraterrestre.

— J'ai changé d'avis.

— Je l'ignore : elle avait l'intention de disparaître. Apparemment, c'est ce qu'elle a fait.

— Quelle barbe !

— Puis-je vous demander pourquoi vous voulez la voir ? »

L'air un peu gêné, il sortit un revolver de sa poche. Il fixa sur l'arme un regard perplexe, comme s'il s'étonnait de la voir là.

« J'avais plus ou moins l'intention de la tuer, chuchota-t-il, comme si lui non plus ne voulait pas troubler le silence. Tout comme je crains de devoir vous tuer tous les quatre. Je le regrette. »

Il braqua son arme sur Flavia.

« Un instant, s'il vous plaît, dit Mary d'une voix frémissante. (Argyll reconnut le ton qu'elle prenait avant de commettre une bévue.) Pourquoi donc voulez-vous nous tuer ? C'est très grossier, vous savez. »

Dossoni hésita à répondre, puis décida à l'évidence qu'au point où on en était...

« Je tiens à ce que certaines choses ne soient jamais révélées au public. Ce qui signifie qu'il me faut mettre la main sur certains documents qui doivent rester confidentiels et m'assurer que ceux qui en connaissent

279

l'existence se taisent. Vous êtes satisfaite ? ajouta-t-il avec un sourire contraint.

— Oh, mon Dieu ! répliqua Mary en se tordant les doigts, je crains de ne pas vous comprendre le moins du monde. Mais je peux vous assurer, jeune homme, que nous tuer ne sera pas nécessaire. N'est-ce pas, Jonathan ?

— Il me semble que non, en effet, répondit Argyll, après avoir mûrement réfléchi.

— Eh bien ! moi, il me semble que si ! » fit Dossoni, à voix basse. Peut-être était-ce l'obscurité ou son arme qui le rendaient désormais si serein. « Je ne veux pas qu'un document m'accusant d'avoir assassiné cette femme tombe entre de mauvaises mains.

— Nous n'avons rien de tel, déclara Flavia.

— Je le sais, dit Dossoni, presque d'un ton d'excuse. J'ai tout pris chez Sabbatini. Mais vous êtes au courant, vous voyez. Donc… »

Flavia le fixa intensément.

« Vous l'avez tuée ? Cette malheureuse femme ?

— Oui.

— Pourquoi donc ?

— Parce qu'on m'en avait donné l'ordre. Et j'obéis aux ordres. Exactement comme pour Sabbatini. Aujourd'hui, je pense qu'il est temps que je travaille pour mon propre compte.

— Qui vous en avait donné l'ordre ? »

Il secoua la tête.

« Désolé…

« — Je suppose qu'on ne peut pas vous persuader de vous en aller ? demanda Mary.

— Hum, j'en doute.

— Écoutez ! » fit-elle, d'un ton soudain suraigu. Elle saisit une sacoche marron. Dossoni pivota et pointa son arme sur elle. « Ne faites pas ça, je vous en prie ! Vous le regretterez plus tard, je le sais. Il y a de l'argent là-dedans, vous voyez. Le général est allé à la banque ce matin. Vous pouvez tout prendre. Sa pension de retraite pour les deux mois à venir... »

Apparemment las de toutes ces idioties, Dossoni examina méticuleusement son revolver, puis passa derrière le siège d'Argyll. Il appuya l'arme contre la tête du jeune homme.

Dire qu'Argyll avait peur constituerait un euphémisme. Il ferma les yeux, cherchant à maîtriser sa panique. Bizarrement, un seul regard à Mary Verney le rassura. Les yeux surveillaient, jaugeaient, évaluaient. Elle frétillait et gazouillait – Attention ! l'arme est peut-être chargée ! –, tout en ayant l'air de savoir exactement ce qu'elle faisait. Contrairement à Argyll, hélas ! Et c'est pourquoi il n'était pas vraiment détendu.

« Calmez-vous ! fit Dossoni.

— Faites bien attention, jeune homme ! reprit Mary, babillant comme ont tendance à le faire les vieilles femmes. Un accident est si vite arrivé, vous savez ! Je me rappelle quand mon cousin Charles nettoyait son Purdey. En 1953. Non, je raconte des histoires. Ça devait se passer en 1954...

— Fermez-la, espèce de vieille folle ! » s'écria Dossoni. Il écarta le revolver de la tête d'Argyll et le pointa sur elle pour souligner son geste. Mary poussa un petit cri d'effroi et lâcha la sacoche. Accroupie sur le sol, elle s'agitait tant et plus pour tout ramasser, craignant, disait-elle en pépiant à qui mieux mieux, d'égarer les papiers du général. « C'est un homme très important, vous savez... »

À l'évidence, Dossoni en avait assez. Il fit deux pas dans sa direction, mais, sans attendre, Mary Verney leva les yeux, visa soigneusement et lui tira trois balles dans la poitrine avec l'arme qu'elle avait prise dans la sacoche de Bottando.

Le bruit fut épouvantable. Ainsi que l'effet. L'impact des balles fit décoller Dossoni du sol. Il tomba à la renverse sur Argyll, qui glapit de terreur et se tortilla pour se dégager du corps. L'odeur était atroce, le spectacle encore plus. Quand Argyll réussit enfin à s'extirper, il courut se cacher derrière la table, avant d'oser jeter un œil sur la scène. Les cigales continuaient à chanter, la lumière des lampes autour de la terrasse se réfléchissait toujours tranquillement sur les verres de vin rouge et faisait luire les larges flaques de sang s'étendant sur le sol d'une façon qui lui rappelait un certain tableau vénitien. Le martyre de sainte Catherine sur la roue... Ils aimaient les couleurs brillantes, éclatantes, les Vénitiens. Giorgione ? Hum, pas sûr. Il avait un trou de mémoire, ce qui n'avait guère d'importance en l'occurrence.

Ni Flavia ni Bottando n'avaient bougé. Ils restaient assis à regarder la scène en silence. Il n'y avait pas grand-chose à dire, il est vrai. Des exclamations comme « Bonté divine ! » ou « Oh ! là, là ! » n'étaient pas à la hauteur de l'événement, et les cris et les hurlements auraient paru un rien inutiles.

À part le corps affalé sur le siège d'Argyll, le sang répandu sur le sol, l'odeur, ainsi que la vision de Mary Verney assise sereinement, l'arme à la main, tout était parfaitement normal.

« Qu'avez-vous fait ? parvint finalement à dire Argyll quand il vit Mary se diriger vers le corps du journaliste, lui tâter le pouls et fouiller dans ses poches. Où avez-vous pris ce revolver ?

— Celui-ci ? fit-elle. Ah ! il appartient à Taddeo. Il a oublié de le rendre quand il a pris sa retraite. C'est fort négligent de sa part de le garder chargé. Même si, cette fois-ci, il me semble qu'on peut lui pardonner. Un peu de *grappa*, peut-être… »

Elle était remarquablement, terriblement, calme. Elle versa à boire d'une main ferme. Argyll tremblait tant qu'il pouvait à peine tenir son verre. Voilà pourquoi, songea-t-il, c'était une si bonne voleuse, alors que lui-même aurait fait un bien piètre cambrioleur. Il la trouvait plus effrayante que Dossoni.

« Il allait nous tuer, voyez-vous, dit-elle d'un ton rassurant. Ne croyez pas qu'il disait ça pour rire. Ou

283

qu'on aurait pu lui faire changer d'avis. La question est simplement de savoir si vous auriez préféré mourir à sa place.

— Étiez-vous obligée de le tuer, malgré tout ?

— Que vouliez-vous que je fasse ? Que je lui fasse sauter son arme des mains d'un coup de revolver ? Je vois si mal que j'ai déjà eu de la chance de l'atteindre. Je n'ai guère l'habitude de ce genre de chose, vous savez.

— Alors, qu'est-ce qu'on fait maintenant ? » Peut-être était-ce à cause du choc qu'Argyll posait une question si oiseuse.

Elle réfléchit un instant.

« Nous avons deux solutions : Ou bien on se débarrasse du corps…

— Ou bien quoi ? »

Ça allait de mal en pis.

« Ou on appelle la police.

— Et si des complices l'attendent au bout du chemin ?

— Alors on n'est pas sortis de l'auberge. Je supposais qu'il était venu seul. Ce doit être le cas, d'ailleurs. Ç'a toute l'apparence d'un travail en solitaire. Décidé au pied levé et mal préparé. Ce n'est pas ainsi qu'un professionnel s'y prend pour assassiner les gens. »

Argyll secoua la tête. Tout ça était un peu trop bizarre pour lui. Une dame d'au moins soixante ans, cheveux gris noués en chignon, tenant un revolver, parlant comme si tuer était une occupation aussi anodine que la confection d'un cake.

« Je pense qu'il ne serait pas sage d'appeler la police, déclara calmement Bottando, enfin remis du choc. Il vaudrait mieux prendre une ou deux mesures.

— Lesquelles ? » s'enquit Argyll avec colère. Était-il donc la seule personne ici à se montrer inquiet et bouleversé après ce qui s'était passé ? Était-il vraiment le seul à considérer que la présence d'un corps ensanglanté gisant sur la terrasse était quelque peu anormale ?

« Nous devons nous assurer que ça ne recommencera pas, fit-il. Flavia ? »

Elle hocha la tête, puis se leva, l'air songeur.

« Oui. On y va ? fit-elle.

— Où donc ?

— À Rome. Pour mettre les choses au clair. On va aller parler à di Lanna. Il est le seul à posséder assez de pouvoir pour faire quelque chose. On devra obtenir sa protection, en fait. J'espère seulement qu'il nous l'accordera. Si on lui donne le meurtrier de sa femme, il nous en sera reconnaissant. Dommage qu'on ne puisse pas lui fournir une preuve de sa culpabilité.

— Un instant ! s'écria Argyll. Et ça ? demanda-t-il en désignant le cadavre. On ne peut pas simplement le laisser là ! »

Bottando prit une mine grave.

« En effet. Il vous faudra l'enlever d'ici.

— Moi ? Pourquoi donc est-ce à moi de le faire ?

— Vous ne pouvez pas demander ça à Mary. Elle n'est pas assez robuste. Et ne soyez pas si contrarié. Sans Mary, vous seriez mort. »

« Et maintenant, Jonathan, déclara Mary Verney tandis qu'ils regardaient les phares de la voiture disparaître, emportant le général et Flavia, peut-être auriez-vous l'amabilité de débarrasser ma terrasse de ce cadavre ? »

Argyll, qui trouvait sa désinvolture un peu écœurante, la foudroya du regard.

« Non ! » s'exclama-t-il. Il commençait à en avoir assez d'être la seule personne normale sur terre.

« Oh ! mais il le faut ! Vous avez entendu le général. Impossible de m'en charger toute seule. Et si la police venait ? ou l'épicier ? Que diraient-ils ?

— Ça m'est complètement égal. Je n'ai pas l'intention de l'enlever tant que vous n'aurez pas été franche avec moi. Je sais que la franchise n'est pas votre fort. Vous aurez du mal, mais il faudra faire un effort. Autrement, vous aurez le signor Dossoni sur votre terrasse pendant une semaine.

— Des menaces ! Et même des insultes ! Je m'efforce toujours de me montrer franche. En général. Que voulez-vous savoir exactement ?

— L'argent. Où est-il ?

— Quel argent ?

— Les trois millions d'euros.

286

— Oh ! Cet argent-là ! » Elle le regarda, hésita, puis poussa un gros soupir. « En Suisse, reprit-elle. Je l'ai transporté là-bas, lundi dernier. Il est dans une banque.

— À votre nom ?

— Eh bien, oui ! Puisque vous posez la question… À mon nom. »

Comme elle se taisait, Argyll la poussa dans ses retranchements.

« Et comment avez-vous mis la main dessus ?

— Puisque vous êtes à ce point indiscret, je vous dirai que ç'a été fort simple. Taddeo m'avait informée de ce qu'il allait faire et je me suis inquiétée. C'est pourquoi je l'ai suivi dans ma petite voiture et ai assisté à toute la rencontre. À l'arrivée de Sabbatini dans sa fourgonnette ainsi qu'à son départ sans avoir remis le tableau. J'ai vu Taddeo, furieux, sauter comme un cabri sur le bas-côté. J'ai suivi Sabbatini à une distance prudente jusqu'à ce qu'il s'arrête à une station-service. Avez-vous remarqué que lorsque la tension retombe, on ne ressent plus qu'une irrésistible envie d'aller aux toilettes ? »

Argyll répondit qu'il avait la chance que sa vie soit dans l'ensemble exempte de tension, mais que maintenant qu'il y pensait… Il disparut à l'intérieur de la maison un bref instant puis revint.

« Vous disiez ? fit-il, puisqu'il fallait constamment la pousser à poursuivre son récit.

— Eh bien ! c'est ce qui est arrivé à Sabbatini. Il a

couru aux toilettes et pendant ce temps j'ai volé la fourgonnette. »

Elle sourit. Argyll fronça les sourcils.

« Sans la moindre difficulté ?

— Pratiquement. Il avait emporté les clés, mais c'était une vieille voiture et ça n'a guère posé de problème. Eh bien, voilà ! C'est tout simple, non ?

— Et ensuite vous avez fait croire au général…

— Grands dieux, non ! »

Argyll la fixa un moment pendant qu'il digérait ces révélations.

« Non ? Vous voulez dire qu'il est entièrement au courant ? Qu'il a décidé de prendre l'argent ? Après toutes ces années de bons et loyaux services, il a sombré dans la délinquance ? »

Elle eut l'air perplexe.

« Ne dites pas de bêtises ! C'est extrêmement gênant pour tous les deux. Qui voudrait trois millions d'euros ? Savez-vous à quel point il est difficile de gérer une telle quantité d'argent sale ? »

Argyll répondit par la négative.

« C'est loin d'être facile, reprit Mary. J'en ai suffisamment comme ça, merci bien ! Et Taddeo a des goûts extrêmement modestes, sauf au restaurant. Non. On a gardé l'argent parce qu'on ne savait pas quoi en faire. Sabbatini avait été tué, les services secrets avaient fouillé son appartement. Taddeo devinait que le meurtre était lié à l'affaire di Lanna et refusait d'y être mêlé. Peut-on le lui reprocher, vu ce qui s'est passé ici ? S'il avait rapporté le tableau, il lui aurait alors fallu expliquer la façon dont il l'avait récupéré. Mieux valait convaincre tout le monde que le mobile était uniquement l'argent, en inventant l'existence d'un complice de Sabbatini et en tenant toute cette affaire à distance. En tout cas, cela semblait être la meilleure solution.

— Vous auriez pu mettre Flavia au courant.

— Elle aurait été obligée d'agir. Il a tout fait pour la tenir à l'écart et l'empêcher d'envenimer les choses. Si elle avait laissé tomber l'affaire, comme l'en avaient priée le général, le Premier ministre, di Lanna, et sans doute vous-même, tout se serait bien passé. Alors que maintenant nous sommes dans un beau pétrin.

— Vous n'allez quand même pas la rendre responsable de tout ce qui s'est passé !

— Je n'accuse personne. Je sais seulement que, si Taddeo avait simplement rendu le tableau, on se serait demandé comment il l'avait récupéré.

— Vous auriez pu le trouver dans un fossé.

— Ne dites pas de bêtises ! Impossible de refaire le coup. Ça a déjà failli rater la première fois. Bon. Pourriez-vous, s'il vous plaît, me nettoyer tout ça maintenant ?

— Un instant ! Je ne veux pas dire la semaine dernière. Je veux dire aujourd'hui. Vous auriez pu lui dire aujourd'hui que vous aviez l'argent. Pourquoi ne l'avez-vous pas fait ? Vous allez le garder, n'est-ce pas ? » demanda-t-il d'un ton accusateur en la regardant droit dans les yeux. Mary eut au moins l'élégance d'avoir l'air un peu gênée.

« Après quarante ans d'honnête labeur et d'une probité légendaire, Bottando vous retrouve et, quelques semaines plus tard, il tire sa révérence avec trois millions d'euros fourrés dans la poche de son pantalon... Vous êtes vraiment effrayante ! ajouta-t-il en secouant la tête.

— On pourra s'occuper de tout ça plus tard. » Elle désigna de nouveau Dossoni.

« Occupons-nous-en tout de suite.

— Pourquoi donc ?

— Parce que, comme vous le dites vous-même, vous avez plus d'argent qu'il ne vous en faut et parce que, grâce à deux voyous du troisième âge, Flavia se retrouve au chômage. Et que si vous n'aviez pas d'intentions malhonnêtes concernant le magot, vous n'auriez aucune gêne à en parler à Flavia. Mais vous vous en êtes bien gardés. Bottando lui a raconté un mensonge éhonté en lui affirmant avoir remis l'argent. Mensonge extrêmement révélateur. »

Elle prit la mine d'une personne qui va expliquer une chose très simple à quelqu'un de pas très futé.

« Jonathan, qu'étions-nous censés faire avec l'argent ? Ç'eût été un tel gâchis de le rendre. Après tout, c'était la rançon et le tableau a été rendu. C'est moi qui l'ai récupérée. Et je ne travaille pas pour rien, vous le savez.

— Et Bottando était d'accord ?

— Après que je l'ai un peu travaillé au corps. Il est étonnant de constater à quel point le fait de se voir évincé de son poste peut produire de drôles d'effets, même sur la personne la plus droite.

— Eh bien ! en tout cas, ce n'est pas moi qui vais raconter tout ça à Flavia.

— Je l'espère bien ! Elle serait très mécontente. Elle risque même de ne pas comprendre.

— Mais le silence est une denrée onéreuse, comme on dit. Alors, on pourra peut-être s'aider mutuellement. »

Elle scruta le visage d'Argyll.

« Sapristi ! Au diable les airs de chercheur réservé et inoffensif !

— J'ai de mauvaises fréquentations. Elles finissent par déteindre sur moi. De plus, nous, les futurs papas, nous avons la responsabilité de rapporter à la maison le fruit de la chasse et de la cueillette, vous savez.

— Eh bien, d'accord ! soupira-t-elle. Marché conclu. On pourra régler les détails plus tard, n'est-ce pas ? À moins que vous ne me fassiez pas du tout confiance.

— Loin de moi, cette idée ! Bon, ce cadavre… »

Ils se dirigèrent sans entrain vers le corps de Dossoni gisant sur le sol. Ensuite, Mary rentra dans la maison pour chercher une grosse bâche dans laquelle ils enveloppèrent le corps d'un air dégoûté, avant de le traîner lentement vers la voiture.

« Je suppose qu'on devrait le mettre dans le coffre, dit-il posément, étonné de constater qu'on pouvait s'habituer à tout. N'est-ce pas ce que vos pareils font d'habitude ?

— Mes "pareils" ? Je ne suis pas coutumière du fait, vous savez.

— Vous cachez bien votre jeu, alors. »

Argyll ouvrit le coffre et l'examina à l'aide d'une torche électrique. Il y découvrit un amas d'outils, des morceaux de papier, des emballages de sandwichs, ainsi que des journaux. Il poussa tout d'un seul côté pour faire de la place. C'est alors qu'il aperçut la grosse enveloppe de papier bis.

Il la fixa du regard, l'air songeur, puis s'en empara et jeta un coup d'œil à l'intérieur. Tout devint clair. Les mains tremblantes, il la secoua pour en faire tomber le contenu. Il ouvrit la chemise et lut : « *Rapport sur le meurtre de la signora Maria di Lanna en mai de…* »

« Mon Dieu ! s'exclama-t-il. Il le gardait dans sa voiture. Il ne l'avait pas remis. Il allait le garder pour lui. »

Ayant complètement oublié le cadavre affalé sur le flanc de la voiture, comme si le journaliste faisait un petit somme, Mary Verney et Argyll s'assirent pour lire le rapport à la lumière des phares de la Fiat. Plus Argyll lisait, plus son sang se glaçait. La panique s'empara de nouveau de lui, mais bien plus violemment cette fois-ci.

« Dieu du ciel, elle va tomber dans un piège mortel ! » murmura-t-il, après qu'ils eurent parcouru les conclusions du rapport.

Il se précipita dans la maison, décrocha le téléphone et composa le numéro du mobile de Flavia. Quelques secondes plus tard, un gazouillis se fit entendre dans le sac à main que Flavia avait oublié sur la terrasse, près de la table. Il fixa le sac d'un air consterné.

« Sautez en voiture ! Filez à Rome ! Retrouvez-les tous les deux ! Avec un peu de chance vous arriverez à temps… », s'écria Mary.

Argyll l'interrogea du regard.

« Mais…

— Je vais m'occuper de celui-ci. Ne vous en faites pas. Il y a un charmant petit bois à une cinquantaine de kilomètres d'ici. Puis je nettoierai la terrasse au jet. Dépêchez-vous, Jonathan ! Il n'y a pas une minute à perdre ! »

19

Plus ils se rapprochaient de Rome, plus Flavia devenait nerveuse. Si nerveuse que même sa nausée se
calma peu à peu. Elle commençait à ressentir les effets
du choc de la mort violente de Dossoni. Elle se sentait
tout engourdie, avait froid, frissonnait. Elle n'arrêtait
pas de se retourner pour vérifier qu'ils n'étaient pas
suivis, scrutant le visage du moindre agent de police
pour y détecter un petit tressaillement révélant qu'il la
reconnaissait ou que la voiture de Bottando lui disait
quelque chose. Pis, elle communiqua son angoisse à
Bottando, qui effectua un détour pour ne pas passer
devant l'entrée de l'immeuble de Flavia, ralentissant
juste assez pour apercevoir la Fiat noire garée un peu
plus loin et deux hommes stratégiquement postés
devant et derrière le bâtiment. Bottando poussa un
grognement. Tout autre commentaire eût été superflu.

Ils prirent alors la direction de l'appartement de Bottando. Une voiture semblable les attendait. Ainsi que deux regards attentifs.

« Zut ! s'exclama Flavia. Ils ont dû fouiller l'appartement.

— Heureusement que je n'ai pas fait du rangement avant de partir ! » fit Bottando d'un ton parfaitement calme.

Il avait arrêté la voiture sous le regard des vigiles, avant de redémarrer, de tourner brusquement vers la droite et de s'éloigner aussi discrètement que possible.

« Je crois qu'ils vous ont vu.

— Je le sais. Mais je suis certain de mieux connaître ce quartier qu'eux. Il ne faut jamais surestimer l'intelligence de ces gens. »

Rien ne prouvait qu'il avait raison, mais rien non plus qu'il se faisait des illusions. Aucune voiture ne semblait les suivre. Bottando gagna un quartier résidentiel derrière le Vatican, où ils attendirent en silence que le jour se lève. Bottando paraissait préoccupé. À un moment, il se tourna vers Flavia pour lui dire quelque chose, mais elle s'était assoupie et son souffle était régulier et paisible. Il fixa sur elle un regard à la fois affectueux et désolé. Il la laissa dormir. Lui n'avait pas du tout sommeil.

Il la réveilla quand les premiers bistrots commencèrent à ouvrir et ils allèrent prendre un café et manger un morceau. Flavia se débarbouilla pour se réveiller, puis Bottando les conduisit au Colisée. Il gara la voiture dans une rue adjacente. Ils se rendirent à pied jusqu'à la station de métro – entrant par une bouche et ressortant par l'autre –, avant de monter dans le premier bus. Ils descendirent au Capitole où ils jouèrent aux touristes, pénétrant dans le Forum juste au moment de l'ouverture. Ils avancèrent parmi les ruines, trouvant enfin un amoncellement de pierres isolé où ils purent s'asseoir et parler. Tout autour d'eux, les premiers visiteurs se promenaient, photographiaient, consultaient leurs guides, le front plissé, cherchant à comprendre ce qu'ils voyaient, le regard faisant l'aller-retour entre le plan et la réalité.

« On n'a pas beaucoup d'atouts, n'est-ce pas ? dit Flavia. On n'a ni le rapport ni la preuve. Dossoni détenait sans doute les deux. On n'a qu'une photocopie, ce qui n'a aucune valeur. On ne peut pas faire grand-chose. »

Bottando hocha la tête.

« C'est vrai. Et contre nous, nous avons au moins certains éléments des services secrets et un Premier ministre aux abois. On est impuissants. À mon avis, on n'a aucune chance de redresser les torts ou de s'assurer que justice soit faite. On ne peut que tenter de se protéger. Di Lanna est la seule personne qui puisse nous aider. » Il poussa un profond soupir. « Vous pouvez toujours lui offrir de lui rendre son argent, fit-il, l'air sombre. Ça le décidera peut-être. »

Elle se tourna vers lui.

« Mais on ne l'a pas…

— Eh bien !…

— De toute façon, quelle importance ? Même si on l'avait, je ne vois vraiment pas pourquoi je devrais le rendre à qui que ce soit.

— Pardon ?

— Non. Trop c'est trop ! Si on arrive à mettre la main sur l'argent, on le garde. Il est possible qu'on en ait davantage besoin que di Lanna. On risque d'être pourchassés sans merci. Surtout maintenant que Dossoni est mort. Je ne dis pas cela avec plaisir, mais si ça ne marche pas et si di Lanna refuse de nous aider il est probable qu'on soit obligés de se cacher – pendant un certain temps, en tout cas. Je ne veux pas rester à découvert pour le simple plaisir de constater jusqu'où le Premier ministre est prêt à aller pour demeurer en place.

— On croirait entendre Mary.

— Les femmes pragmatiques veillent sur les doux rêveurs. N'en parlez pas à Jonathan. Il serait sidéré. » Elle secoua la tête, incrédule. « Il y a une semaine je dirigeais la brigade chargée de la protection du patrimoine artistique, vous savez. Aujourd'hui, je suis assise sur une pierre en train de discuter de l'éventualité d'une cavale avec une valise bourrée d'argent sale. Que s'est-il passé entretemps ?

— Il faut se méfier des Premiers ministres. Vous ne pouvez pas dire que je ne vous avais pas prévenue ! »

Ils restèrent là au moins une demi-heure encore, envisageant d'autres options, comme s'adresser à un juge ou parler aux journaux. Avec quels documents à l'appui ? demanda Bottando, sans trouver de réponse. Parvenus enfin à une décision, ils se levèrent et se regardèrent.

« Bonne chance ! fit Bottando d'une voix calme. Vous en aurez besoin. Vous êtes sûre que vous ne voulez pas que je vous accompagne ? »

Elle secoua la tête.

« Non. Je le connais. On s'est très bien entendus la dernière fois. Mieux vaut que j'y aille seule. » Elle fit un pâle sourire. « Vous savez, en ce moment, je ne pense qu'à une chose : repeindre la cuisine.

— Et moi, jouir d'une longue retraite tranquille. Je regrette de vous avoir fourrée dans ce guêpier.

— Je regrette de m'y être fourrée moi-même. Vous m'aviez toujours affirmé que les Premiers ministres peuvent gâcher une vie entière. Je ne pensais pas que je devais prendre cette déclaration à la lettre. »

Elle lui posa un bref baiser sur la joue et s'éloigna.

À partir de là, Flavia dut surtout maîtriser sa nervosité, persuadée qu'elle était que quelqu'un allait bondir de derrière un réverbère et lui tirer dessus.

Mais le trajet s'effectua sans encombre. Pour dissimuler son visage elle acheta un chapeau à un kiosque qui vendait des babioles pour touristes, puis se dirigea vers la Chambre des députés. Personne ne lui prêta attention. Elle se joignit à un groupe de touristes et entra tranquillement dans le bâtiment sans avoir à montrer de pièce d'identité. Choquante défaillance dans les services de sécurité… Elle longea les couloirs miteux en direction du bureau de di Lanna sans que personne ne lui pose de questions ni ne la regarde de travers. Juste au moment où elle allait atteindre la relative tranquillité du bureau du député, elle hésita, puis continua sa marche jusqu'à un petit banc, où elle s'assit.

Elle prit plusieurs profondes inspirations, haletant presque, s'efforçant de vaincre sa réticence. Argyll avait dit quelque chose… Quoi donc, déjà ? Quelque chose sur le style d'un artiste qui pouvait en cacher un autre. De quoi s'agissait-il, en fait ? Du petit examen auquel l'avait soumis Bulovius. Et alors ? Pourquoi ne pouvait-elle chasser cette broutille de son esprit ? Et pourquoi était-ce lié à sa description du Lorrain ? L'histoire n'avait pas un dénouement heureux, en fait, avait-il précisé.

Flavia remonta jusqu'à ses années d'école. La mythologie gréco-romaine. Elle avait dû l'étudier vers l'âge de douze ans. Plus elle cherchait à retrouver ses souvenirs, plus ils lui échappaient. Elle resta assise là cinq minutes, peut-être plus, son cerveau refusant de lui restituer les souvenirs dont elle avait besoin. Pourquoi Sabbatini avait-il choisi ce tableau en particulier ? Elle n'arrêtait pas de se poser la question. Pourquoi avait-il été aussi précis ? Elle finit par secouer la tête et se leva.

Cette fois-ci, une secrétaire gardait la porte. Flavia lui déclara qu'elle n'avait pas de rendez-vous mais que le député la recevrait quand même. C'était urgent.

Il la reçut quelques minutes plus tard. Quand elle entra dans le bureau exigu, il se leva pour l'accueillir, l'invitant d'un geste à s'asseoir sur le siège en bois qu'elle avait occupé peu de temps auparavant. Il lui fit le même sourire vaguement triste, inhabituel chez un homme politique.

« Bonjour, signora. Ravi de vous revoir. J'espère que vous m'apportez de bonnes nouvelles, cette fois-ci. »

Elle s'apprêta à répondre mais se tut, prise de vertige. Toutes les questions et toutes les supputations surgirent au même moment pour former un grand rébus dont le sens lui apparut soudain. Eurêka ! Si Argyll affirmait que dans l'identification d'un tableau une simple intuition doit parfois prendre le pas sur une masse de preuves, il en allait de même avec les crimes et délits.

D'un seul coup, il n'y eut plus l'ombre d'un doute dans son esprit. Des années de formation et d'expérience avaient aiguisé son intuition, l'avait rendue sensible aux contradictions et aux incohérences. Je connais très bien mon boulot, se dit-elle, tout en se rendant compte que sa compétence ne servait à rien. Quel gâchis ! songea-t-elle, distraitement. Ça ne l'intéressait plus vraiment, en fait.

« Je crains que non, fit-elle, s'efforçant de maîtriser

son souffle. Toutefois, je crois que vous ne les trouverez pas trop mauvaises.

— Poursuivez, je vous prie.

— J'imagine que vous venez de faire enlever tous les micros de votre bureau, n'est-ce pas ? »

Il fit oui de la tête.

« Dans ce cas, nous pouvons cesser de feindre et parler sans fard. Je viens vous proposer un marché. J'aimerais vous faire arrêter, mais je ne pense pas en avoir les moyens pratiques.

— Me faire arrêter ? s'étonna-t-il, l'air à la fois perplexe et amusé. Mais pourquoi donc ? demanda-t-il d'un ton narquois.

— Pour le meurtre de votre femme et de votre beau-frère, répondit-elle sans hausser la voix. Bien que vous n'ayez pas accompli la besogne vous-même, naturellement. C'est Dossoni qui s'en est chargé. »

Ses traits s'étaient brusquement figés en une expression menaçante. Avait-elle commis une erreur ? Elle venait de l'accuser du pire des crimes. Après ce double forfait personne n'aurait dû s'en tirer. Mais ç'avait été le cas et ça le resterait. Flavia n'y pouvait rien. Elle allait devoir se montrer elle-même très maligne pour rester en vie.

Di Lanna reprit la parole, mais le ton détendu et la voix charmeuse avaient disparu.

« Quelles preuves et quel raisonnement logique vous ont conduite à ces conclusions ? »

Voici donc venu le temps des mensonges. Comment avouer qu'elle n'avait jamais vu le rapport élaboré par le juge, qu'elle se contentait d'en deviner le contenu en se fondant sur le comportement insensé de Sabbatini ? L'acte symbolique. Elle déchiffrait et interprétait les symboles pour tenter de saisir quelque chose qui lui échappait à jamais.

Elle ne pouvait guère révéler qu'elle était parvenue à ses conclusions grâce au choix précis de Sabbatini d'un certain tableau du Lorrain. Ayant appris son arrivée par les journaux, il avait alors cessé d'hésiter et était passé à l'action sans plus tarder. Parce que le véritable dénouement de la légende de Céphale et Procris n'est pas heureux. Céphale tue la femme qu'il vient tout juste d'épouser avec la flèche qu'elle lui a donnée, et aucune déesse ne la ressuscite. Procris lui donne un pouvoir qu'il utilise pour la tuer.

Maria avait apporté du pouvoir à son mari grâce à l'argent de sa famille, argent dont di Lanna s'était servi pour l'assassiner. Voilà ce que devait montrer les relevés bancaires. Un versement à Dossoni pour le payer, une fois la tâche exécutée. Ensuite, di Lanna avait invoqué son chagrin légitime pour empêcher le frère de Maria de bénéficier de l'héritage du père. S'étant octroyé la part du lion, il était devenu ainsi un personnage important du pays. Qui aurait pu agir contre lui ? Tous les hommes politiques étaient ses débiteurs et chacun était conscient de ce qui était arrivé à Balesto. Di Lanna était intouchable. S'il tombait, il entraînerait tout le monde dans sa chute.

Mais Flavia ne dit rien de tout ça. Elle se contenta de deviner et d'espérer.

« Mes déductions sont fondées sur le rapport Balesto et sur les relevés des transactions bancaires qu'il avait également découverts.

— Je ne vous crois pas, répliqua di Lanna en souriant.

— Parce que Dossoni les a récupérés ? En effet. Mais il ne vous les a pas remis, n'est-ce pas ? Il s'est mis à travailler pour son propre compte.

— Qu'est-ce qui vous fait penser ça ?

— C'est lui qui me l'a dit. Mais vous n'avez pas de souci à vous faire à son sujet.

— Vraiment ? Pourquoi donc ?

— Il est mort. C'est ce que je suis venue vous dire.

— Par conséquent, vous êtes la seule personne à être plus ou moins au courant de l'affaire ?

— En effet. Alors, que s'est-il passé ? »

Il réfléchit un instant, puis haussa les épaules.

« Le tableau a disparu et j'ai reçu un fax. Une photocopie d'une page d'Ovide. Maurizio était sûr que je saisirais le message. Ça lui ressemblait bien. Ç'aurait dû être très clair, mais il avait l'esprit si tordu qu'il fallait toujours une exégèse pour comprendre son intention. J'ai donc contacté Dossoni. Pour faire le ménage. Mais il a, semble-t-il, voulu tirer parti de la situation. Je l'avais déjà payé, mais une fois qu'il a eu tué Maurizio et qu'il a eu le rapport il est devenu plus exigeant. Quand la demande de rançon est arrivée je savais qu'elle venait de lui. Trois millions d'euros. J'ai payé. Vous comprenez sans doute pourquoi je voulais qu'on oublie cette affaire.

— C'est clair comme de l'eau de roche.

— Combien voulez-vous ? demanda-t-il d'un ton las.

— Rien. Vous ne trouverez jamais ni le rapport ni la preuve. Et je ne les utiliserai jamais, sauf si on me provoque. Je vous ficherai la paix et en échange vous me ficherez la paix.

— En quel honneur ?

— Depuis combien de temps le Premier ministre est-il au courant ? reprit-elle sans répondre à la question.

— Depuis le tout début. Pour quelle raison pensez-vous que je suis son soutien le plus zélé ? » Il la regarda avec tristesse. « Il y a des années que j'ai cette épée de Damoclès suspendue au-dessus de ma tête.

— Que voulez-vous ? Que je m'apitoie sur votre sort ?

— Non. Depuis six mois, des membres de mon parti parlent de quitter le gouvernement. Toute cette affaire et l'envoi du rapport à Maurizio constituent une mise en garde de la part de Sabauda. Au moindre écart, il détruira ma carrière.

— Je croyais que c'était le juge qui avait envoyé le rapport.

— Ne dites pas de bêtises. C'était un sale coup de Sabauda.

— Il ne peut pas se passer de vous et vous n'osez pas vous passer de lui.

— Ça revient plus ou moins à ça, en effet.

— Alors il n'y a pas de plus grand châtiment, ni pour l'un ni pour l'autre, il me semble. Les deux font la paire. Si je pouvais vous envoyer en prison, je le ferais. Mais je doute de pouvoir m'attaquer et à vous et au gouvernement. » Di Lanna acquiesça d'un sourire. « Mais vous ne pouvez rien me faire à moi non plus. À la moindre menace, le rapport sera publié. Il est possible qu'il ne vous détruise pas, mais cela risque de vous nuire. De vous entraîner dans des procès avec vos fidéicommissaires pour le reste de votre vie. De mettre un point final à votre carrière de chef de parti. Ça, j'en ai le pouvoir, à mon avis. Grâce au rapport et à la preuve. »

Que je ne détiens pas, songea-t-elle.

« Oui. Cela est en votre pouvoir, admit-il sagement. Si je perds la maîtrise des fonds, je perds le parti. C'est vrai. Or, vous promettez de vous abstenir. Pourquoi donc ?

— Parce que j'en ai marre de vous tous. Si je vous envoie en taule, vous serez remplacé par quelqu'un d'aussi corrompu. Pourquoi s'embêter ? Ça ne ferait que me gâcher la vie et, de toute façon, vous vous en tirerez toujours. Les gens de votre engeance s'en tirent toujours. Je veux prendre le large une fois pour toutes. »

Il opina du chef.

« Par conséquent, on est d'accord ? » reprit-elle.

Nouveau hochement de tête.

« Fort bien, poursuivit Flavia. Alors vous allez intervenir auprès du ministère pour que je reçoive la plus forte indemnité de licenciement jamais accordée dans la police. Et ensuite on observe un cessez-le-feu. On se fiche mutuellement la paix. On connaît tous les deux les conséquences d'une rupture du pacte. »

Elle se leva. Il l'imita et lui tendit la main. Elle sortit du bureau sans la lui serrer.

Elle enfila les couloirs, le souffle court à nouveau, saisie de vertiges à cause de la nausée, courant pour gagner la sortie principale de la Chambre et déboucher dans la lumière du soleil. Elle ne se rappelait même plus qu'Argyll, qui se précipitait vers elle, l'air angoissé après l'avoir cherchée dans la ville pendant des heures, aurait toujours dû se trouver en Toscane.

Avant même qu'il ait eu le temps de dire un seul mot, elle lui vomit sur les souliers.

20

Si le montant des indemnités de départ de Flavia reflétait la détermination de di Lanna à honorer ses engagements, ils n'avaient aucun souci à se faire. Il y eut des moues, des oh ! et des ah ! Des ombres de jalousie passèrent sur le visage de ses collègues, tels des nuages filant dans un ciel d'automne. Même Flavia n'en crut pas ses yeux. Pourtant elle n'éprouva aucun plaisir en constatant qu'elle allait gagner un peu plus maintenant à se tourner les pouces que jadis quand elle s'échinait à la tâche. La méthode employée pour obtenir ce résultat pesait sur sa conscience et c'était une piètre consolation de savoir qu'il n'y avait absolument aucun moyen de remédier à la situation.

Elle débarrassa son bureau de ses affaires, puis Argyll et elle déménagèrent de leur appartement romain pour aller s'installer, après une brève recherche, dans une maison calme, située à une trentaine de kilomètres de Florence, un peu à l'extérieur d'un joli village où vivaient encore quelques Italiens. Au fur et à mesure que les mois passaient, que ses pieds gonflaient et qu'elle marchait de plus en plus comme un canard, Flavia se sentait de mieux en mieux dans sa peau. Elle repeignit sa nouvelle cuisine. Choisit des rideaux. Confectionna des petits plats, en mit certains au congélateur, prépara des conserves. Et resta tranquillement assise, somnolant à l'ombre de plus en plus longtemps.

À sa manière, Argyll joua les papas poules. Il agaça terriblement Flavia en étant trop aux petits soins, en lui lançant de longs regards de reproche si elle parcourait plus de cent mètres d'une seule traite. Il se mit à examiner les enfants dans les poussettes pour voir à quoi ils ressemblaient, son attention n'étant accueillie que par les hurlements des marmots et les regards soupçonneux des mamans. Il démissionna de son poste juste à temps pour éviter d'avoir à faire sa stupide communication sur les collections. Il dit enfin adieu à ses tableaux, qui partirent en camion en direction de Londres. Il les suivit afin d'assister à la vente aux enchères. Entre-temps, il retourna voir le tableau de Bottando et fit du charme à Aldo, l'ami de Flavia, pour qu'il lui laisse visiter la collection secrète du Vatican. Il faillit éclater de rire en la découvrant, devinant comment ces tableaux avaient atterri là. Cela ne faisait absolument aucun doute quand on contemplait l'ensemble. Ajoutez à cela le dessin de la galerie des

Offices, et il n'avait même pas besoin des notes de Bulovius.

La vente fut triomphale. Grâce à Mary Verney, qui utilisa à plusieurs reprises des intermédiaires pour faire monter les enchères et paya comptant après coup, les quatre ventes différentes où figuraient les tableaux d'Argyll devinrent quasiment légendaires dans le milieu des marchands d'art, tandis qu'en même temps grandissait sa réputation. Il était donc plus malin qu'on l'avait cru... Chaque tableau pulvérisa les estimations et atteignit des sommets. Croquis au crayon de Rossini estimé à deux cents livres, vendu pour la somme de trois mille cinq cents livres. Une *Descente de la Croix*, petite huile sur bois de Catarini, estimée à mille cinq cents livres, adjugée pour la somme de quatorze mille cinq cents livres.

Et ainsi de suite. Soixante-treize lots, et lorsque le dernier fut vendu, une bonne partie de l'argent de la rançon avait été lavée, blanchie, repassée et versée sur le compte bancaire d'Argyll par l'intermédiaire des services financiers des maisons de ventes aux enchères. Mary Verney s'était donc pas mal appauvrie en acquérant plusieurs dizaines de tableaux mineurs pour lesquels elle n'avait pas du tout de place.

Alors qu'il était à Londres pour un vernissage organisé dans la galerie d'Edward Byrnes, Argyll annonça que lui et Flavia, ainsi que Bottando peut-être, pensaient monter une agence de détectives privés spécialisée dans la recherche discrète de tableaux volés

dont les clients seraient des propriétaires qui ne tien-
draient pas à faire appel à la police.

« Vraiment ? » demanda un vieil homme, un collectionneur de gravures qui vivait tout au nord de l'Italie,
près des Alpes autrichiennes. Argyll le connaissait
vaguement depuis des années et il y avait longtemps
que l'homme lui était sympathique. « Dans ce cas,
peut-être pourrais-je vous consulter sur une question
délicate qui me tracasse depuis un certain temps… »

Argyll hésita, puis sourit.

« Eh bien ! fit-il, il faudra voir. Je dois d'abord
régler une affaire avec le Vatican.

— Vraiment ? répéta le vieil homme.

— Oui. Une petite question à propos d'un triptyque. De très grande valeur.

— Vraiment ? De qui ? »

Argyll sourit, puis lui chuchota quelque chose à
l'oreille. Stupéfait, le vieil homme fit un bond en
arrière.

« Grands dieux ! s'écria-t-il. Vraiment ? »

Magdalen Nabb

Les enquêtes de l'adjudant Guarnaccia

Florence : ses ruelles encombrées, ses parfums de Tocsane, ses placettes animées… Ne vous fiez pas à ce décor idyllique : les murs de la prestigieuse cité sont aussi blancs que sont sombres les intrigues qu'ils dissimulent ! Dans cette ville aux mil facettes, l'adjudant Guarnaccia, personnage flegmatique et gastronome notoire, met son incroyable intuition au service de la justice : un Maigret à l'italienne qui suscita les louanges, d'autan plus flatteuses que rares, de Georges Simenon lui-même !

n°3305 – 6,90 €

GRANDS DÉTECTIVES, DES POLARS HORS LA LOI DU GENRE

Alexander McCall Smith

Les enquêtes d'Isabel Dalhousie

Présidente du très prestigieux Club des philosphes amateurs d'Édimbourg, Miss Dalhousie a une fâcheuse tendance à s'occuper de ce qui ne la regarde pas. Cette incorrigible curieuse, adepte tenace de la vérité, va se retrouver mêlée, au fil de ses tumultueuses aventures écossaises, aux mystères de sa ville natale. Morts suspectes, trafic d'oeuvre-d'art, délits d'initiés, trahisons amoureuses se succèdent dans la capitale, gagnée par les appétits modernes, aussi voraces qu'immoraux. Alexander McCall Smith nous régale une nouvelle fois d'un personnage de femme hors du commun.

n°3931 – 7,30 €

Kerry Greenwood
Les enquêtes de Phryne Fisher

Comme toutes les garçonnes des années 1920, Phryne Fisher ne craint qu'une chose : l'ennui. Aussi, lorsqu'on lui propose de jouer les détectives à Melbourne, Phryne part sans hésiter. Sur place l'attendent déjà les pires crapules, mafieux en tout genre, trafiquants de drogue et communistes exaltés. Au volant de son Hispano-Suiza ou sur les pistes des dancings, un verre à la main et une arme dans son sac, la belle va y mener ses enquêtes comme sa vie : à toute allure ! Les cœurs et les criminels d'Australie sont prévenus.

n° 3905 – 7,30 €

Cet ouvrage a été réalisé par

BUSSIÈRE

GROUPE CPI

à Saint-Amand-Montrond (Cher)
pour le compte des Éditions 10/18
en octobre 2006

Imprimé en France
Dépôt légal : novembre 2006.
N° d'édition : 3904. – N° d'impression : 063832/1.